D1833304

सम्पत सरल

अपने तीखे वैचारिक व्यंग्यों से सामाजिक-राजनीतिक विसंगतियों को उजागर करनेवाले सम्पत सरल का जन्म 8 अप्रैल, 1962 को गाँव मणकसास, झुंझुनू, राजस्थान में हुआ। वे हिन्दुस्तानी व्यंग्य-लेखकों में अपनी अलग पहचान रखते हैं। दुख और करुणा को हँसते हुए रचना बना देने का फ़न बहुत मुश्किल है, लेकिन उन्होंने इसे न सिर्फ़ बड़ी सरलता से साधा है, बल्कि नये मुहावरों और नये प्रतीकों के साथ व्यंग्य की नई ज़मीन भी खोजी है। 'एक मंजिला मकान में लिफ्ट' और 'निठल्ले बहुत बिजी हैं' उनके चर्चित व्यंग्य-संग्रह हैं।

लेखन और वाचन दोनों माध्यमों से हिन्दी व्यंग्य को वैश्विक बनाने में महत्त्वपूर्ण भूमिका निभानेवाले सम्पत सरल को पढ़-सुनकर हठात् जो मुस्कान उभरती है, वह भीतर तक उद्वेलित भी करती है।

ई-मेल : sampatsaralshow@gmail.com

बुद्धिप्रकाश

सम्पत सरल

राजकमल पेपरबैक्स

राजकमल पेपरबैक्स में
पहला संस्करण : 2025

राजकमल पेपरबैक्स : उत्कृष्ट साहित्य के जनसुलभ संस्करण

राजकमल प्रकाशन प्रा. लि.
1-बी, नेताजी सुभाष मार्ग, दरियागंज
नई दिल्ली-110 002
द्वारा प्रकाशित

शाखाएँ : अशोक राजपथ, साइंस कॉलेज के सामने, पटना-800 006
पहली मंजिल, दरबारी बिल्डिंग, महात्मा गांधी मार्ग, प्रयागराज-211 001
1, अनमोल सोराबजी सन्तुक लेन, मरीन लाइंस, मुम्बई-400002
वेबसाइट : www.rajkamalprakashan.com
ई-मेल : info@rajkamalprakashan.com

विकास कंप्यूटर एंड प्रिंटर्स
ट्रॉनिका सिटी-201 102
द्वारा मुद्रित

मूल्य : ₹299

BUDDHIPRAKASH
Satire by Sampat Saral

ISBN : 978-93-6086-570-2

हरिशंकर परसाई
शरद जोशी
की परम्परा को

क्रम

बुद्धिप्रकाश

वही सम्मान इस वर्ष भी

मेरे मोबाइल फोन पर व्हाट्सएप टोन बजी। आदेश के लहजे में मित्र का सन्देश था—पिछले वर्ष मिल चुका 'समाज गौरव सम्मान' मुझे इस वर्ष फिर मिल रहा है। मेरे सम्मानपत्र पर छापने के लिए अबकी बार भी मेरी प्रशस्ति लिखकर व्हाट्सएप करो। सम्मान देने वाली संस्था ने तुरन्त माँगी है।

मित्र ने क्या अटपटा किया? हिन्दी के लेखक से अपेक्षा रहती ही है कि वह ऑर्डर पर पत्र, प्रार्थनापत्र, सम्मानपत्र, प्रशस्तिपत्र लिख देता है।

हर शहर-कस्बे में ऐसे दो-एक लिक्खाड़ पाए भी जाते हैं जिनकी अलंकारिक तत्सम हिन्दी पर जोरदार पकड़ होती है और वे सम्मानितों के लिए बड़े चाव से पत्र, प्रार्थनापत्र, सम्मानपत्र, प्रशस्तिपत्र लिखते रहते हैं। अक्सर तो सम्मान लेने वाला उनके नाम-काम से परिचित होता है, अन्यथा सम्मान देने वाली संस्था गाइड कर देती है कि तुमको अपने सम्मानपत्र में अपने लिए जैसी प्रशस्ति लिखवानी हो, अलाँ या फलाँ से लिखवाकर फटाफट व्हाट्सएप कर दो, ताकि तुम्हारा सम्मानपत्र तुम्हें भेंट करने से पहले तैयार हो सके।

सम्मान देने का काम करने वाली संस्थाएँ सम्मानपत्र की भाषाई जिम्मेदारी लेनदार पर ही डाले रखती हैं। कल को ऐसा नहीं हो कि वह अपने नाम से पहले 'आदरणीय' लिखवाना चाहता था और संस्था ने 'श्रीमान' लिख दिया। फिर 'समाज गौरव सम्मान' पाने वाला समाज के लिए क्या-क्या कर चुका है और क्या-क्या कर रहा है, वह सब भी वही जानता है। सम्मान प्रदाता संस्था को सम्मान्य के सामाजिक किये-धरे से क्या लेना-देना? वह उसके सामाजिक योगदान पर ध्यान दे कि अपने को मिलने वाले दान, अनुदान पर?

मैंने मित्र को फोन कर आश्चर्य प्रकट किया, "जो सम्मान गत वर्ष ले चुके, वही सम्मान इस वर्ष भी?"

उसने बेपरवाही से कहा, "तो क्या हुआ? सम्मान देने वाली संस्था से मेरी पहचान इतनी गाढ़ी है कि मैं यह वार्षिक सम्मान प्रति वर्ष ले सकता हूँ, बल्कि सम्मान यदि त्रैमासिक हो जाए तो वर्ष में चारों बार ले सकता हूँ।"

मैंने जानना चाहा, "चलो, सम्मानपत्र के लिए तुम्हारी प्रशस्ति तो लिखकर भेज दूँगा, लेकिन यह तो बता दो कि मैंने गत वर्ष क्या-क्या लिखा था? कहीं ऐसा न हो कि उन्हीं शब्दों, वाक्यों, अलंकारों को दोहरा दूँ।"

उसने कहा, "तुम्हारा गत वर्ष का लिखा होगां न तुम्हारे पास।"

मैं मना किया, "नहीं, मेरे पास तो नहीं है मेरा वह लिखा हुआ।"

उसने उलाहना दिया, "बड़े गैरजिम्मेदार लेखक हो। अपना लिखा ही सँभालकर नहीं रखते।

छोड़ो वह न सही, मेरे सम्मानपत्र ग्रहण करते हुए का जो फोटो भेजा था मैंने तुमको और तुमने मुझे बधाई भी दी थी, तुम्हारे मोबाइल फोन की गैलरी में वह तो होगा ही। उसी फोटो में तुम्हारी गत बार की लिखी मेरी प्रशस्ति भी है, उसे पढ़ लो।"

मैंने खेद जताया, "मेरे मोबाइल फोन की गैलरी में वह फोटो नहीं है। मैंने उसे देखा, तुमको बधाई की इमोजी भेजी और उसी समय डिलीट कर दिया। ऐसा करो कि तुम्हारे पास तुम्हारा वह सम्मानपत्र रखा ही है। उसका फोटो खींचकर भिजवा दो।"

वह दो टूक बोला, "मैंने लिया जरूर था वह सम्मानपत्र, लेकिन सालभर हो गया पता नहीं अब कहाँ पड़ा है? तुम तो जो लिखना है, लिख-विखकर जल्द से जल्द भेज दो।"

मैंने उसके इस वर्ष के 'समाज गौरव सम्मान' के लिए भी उसकी प्रशस्ति लिखकर उसे व्हाट्सएप कर दी।

उसे सामूहिक विवाह की तर्ज पर हुए सम्मान समारोह में फिर 'समाज गौरव सम्मान' मिला। उसने सम्मानपत्र प्राप्त करते हुए की अपनी फोटो मुझे भेजी। उसकी शानदार उपलब्धि पर मैंने उसे ढेरों बधाइयाँ दीं। साथ ही उसके

सम्मानपत्र पर अपनी लिखी प्रशस्ति पढ़कर अपनी पीठ भी थपथपाई कि मैं एक ही सम्मानधारी की एक वर्ष के अन्तराल पर दो प्रशस्तियाँ भिन्न भिन्न ढंग से लिख गया।

अबकी बार मैंने अपनी लिखी उसकी प्रशस्ति उसके 'समाज गौरव सम्मान' लेते हुए की फोटो सहित, अपने ईमेल के ड्राफ्ट में सुरक्षित रख ली है। अगले वर्ष उसकी प्रशस्ति फिर लिखनी है और शब्दों, वाक्यों, अलंकारों की पुनरावृत्ति से भी बचना है।

बहेलिया बैंक

कल बैंक जाना हुआ। अपने ही खाता से राशि निकालनी थी।

खाता को अकाउंट और राशि को अमाउंट न कहने से आप समझ ही गए होंगे कि भारत को दुनिया की सबसे बड़ी अर्थव्यवस्था बनाने की राह में मैं ही सबसे बड़ा अवरोध हूँ।

मेरी कोशिश रहती है कि मैं जब भी बैंक जाऊँ, वहाँ कम से कम ठहरूँ और स्टूल-कुर्सी पर न बैठूँ। बैंक में एयरकंडीशंड की ठंडक हो या स्टूल-कुर्सी पर बैठक, सब चार्जेबल है। बैंकिंग में अनेक चार्जेज हिडन होते हैं, भूत-प्रेत सरीखे।

भले ही मेरा वास्ता कभी भूत-प्रेत से नहीं पड़ा है, लेकिन बैंक के हिडन चार्जेज से पड़ता रहता है।

जैसे ही मैंने भरा हुआ चेक और पासबुक कैशियर को दिये, उसने कंप्यूटर पर मेरे खाता का स्टेटमेंट देखकर कहा, "सर, आपके लिए तो लोन का ऑफर है।"

मैंने उसका कहा सुना-अनसुना कर दिया, क्योंकि उदारीकरण के इस दौर में 'ऑफर' से तात्पर्य उन दानों से होता है जो जाल के नीचे डाले जाते हैं।

मुझे अपनी रकम और पासबुक देते हुए उसने फाँसने का फिर प्रयास किया, "ले लो सर, लोन का ऑफर हर किसी के भाग्य में नहीं होता। लोग तो गंगा नहाने हरिद्वार जाते हैं, आपके तो घर बैठे आई है।"

मैंने हँसते हुए दो टूक कहा, "मैं लोन-वोन से बचता हूँ।"

इस चार्वाकी समय में भी जो लोन से परहेज करे, वह बैंक वालों की नजरों में मनुष्यरूप होकर भी वनमानुष होता है।

पता नहीं वह मेरे हँसने से समझ गया या लोन को लोन-वोन कहने से, उसने तीसरी बार फंदा नहीं फेंका।

घर पहुँचकर मैंने कपड़े ही बदले थे कि फोन की घंटी बजी। मैंने फोन उठाया। उधर से अपना और बैंक का मोहक परिचय देते हुए फोनकर्ता ने पूछा, "सर, क्या आप क्रेडिट कार्ड यूज करते हैं?"

मैंने प्रतिप्रश्न किया, "क्रेडिट कार्ड से फायदा?"

वह सविस्तार बताने लगा, "सबसे बड़ा फायदा तो यही है कि पर्चेजिंग आप करो, पेमेंट बैंक करेगा...।"

मैंने उसकी बात काटते हुए कहा, "यदि बैंक ऐसी नेकी पर उतारू है तो क्रेडिट कार्ड को दरिया में डालो। मैं सामान खरीदकर कैश काउंटर पर आपके बैंक का नाम-नम्बर-पता नोट करा दूँगा या आपके बैंक को फोन करके सूचित कर दूँगा कि मैंने फलाँ दुकान से यह-यह खरीदा है आप भुगतान कर दें।"

उसने मेरी बात का बुरा नहीं माना, क्योंकि ऐसी बातों का बुरा न मानना बैंक कर्मियों के पैकेज में शामिल होता है। उसने समझाना जारी रखा, "सर, आपको एक बार क्रेडिट कार्ड यूज करके देखना चाहिए।"

मैंने कहा, "क्रेडिट कार्ड यूज तो दूर, मैं लेना ही नहीं चाहता। क्रेडिट कार्ड गैरजरूरी खरीदारी को उकसाता है और भुगतान में जरा सी भी लापरवाही हो जाए तो क्रेडिट पर बट्टा अलग से।"

उसके द्वारा क्रेडिट कार्ड के और फायदे बखानने से पहले ही मैंने जिस तरह छोटे से वाक्य में बड़े नुकसान गिनाए, उसने दूसरा हथकंडा अपनाया, "सर, आप सर्विस में हैं या किसी प्रोफेशन में? करते क्या हैं?"

मैंने व्यंग्यात्मक ढंग से बताया, "मैं देश-दुनिया में घूम-घूमकर लोगों को क्रेडिट कार्ड के नुकसान बताता हूँ। वैसे नहीं, जैसे कथावाचक अपने भक्तों को जीवित रहना नर्क भोगने जैसा बता-बताकर खुद जिन्दगी में स्वर्गिक मजे लूटते हैं।"

उसने हल्का ठहाका लगाया और फोन कट गया।

उसके हल्के ठहाके से मैं समझ गया कि वह निराश नहीं है। वह लोन, क्रेडिट कार्ड आदि के ऑफर को लेकर मुझे फिर-फिर फोन करता रहेगा।

बुद्धिप्रकाश

बुद्धिप्रकाश के रोल नम्बर सारे लोगों द्वारा, सारे अखबारों में, सारे दिन खोजने पर भी, इस साल भी नहीं मिले।

जून माह का अन्तिम सप्ताह। दोपहर का वक्त। यों तो गाँव में अखबार दोपहर तक ही आ पाते थे, लेकिन आज प्रात:काल ही ले आए गए। माध्यमिक शिक्षा बोर्ड ने दसवीं कक्षा का परीक्षा परिणाम जारी किया था। एक बार भी किसी परीक्षा में नहीं बैठने वाले परिजन, एक ही परीक्षा में अनेक बार बैठ चुके अपने होनहारों के रोल नम्बर उन अनुभवियों से ढुँढ़वा रहे थे जो खुद तो दसवीं पास नहीं कर पाए, किन्तु दसियों बार दसवीं की परीक्षा दे चुकने के परिणामस्वरूप अखबारों में सट से परीक्षा परिणाम देखने की टेक्निक सीख गए थे।

जो विद्यार्थी पास मिला, उसके रोल नम्बर अन्य अखबारों में भी खोजे गए। यह जानने के लिए कि क्या वह वास्तव में पास हो गया है और यदि वास्तव में पास हो ही गया है तो क्या सभी अखबारों में पास हो गया है?

दसवीं कक्षा का रिजल्ट आने के दिन उपलब्ध हो सकने वाले सभी अखबार गाँव में मँगाने की परम्परा थी, ताकि किसी एक अखबार में किसी एक के रोल नम्बर जोग-संजोग से मिल ही जाएँ तो तुरन्त दूसरे अखबारों से पुष्टि की जा सके। गाँव में कई जन की कई बार किरकिरी हो चुकी थी कि एक अखबार में बेटे के रोल नम्बर मिले और माँ-बाप भावातिरेक में गुड़ बाँट बैठे। बाद में जब अंकतालिका के नाम पर अंक न मिलकर खाली तालिका मिली तो सारा किया-धरा गुड़गोबर हो गया।

बुद्धिप्रकाश का परीक्षा परिणाम परम्परागत निकला। वह दसवीं कक्षा में दसवीं बार भी फेल रहा।

बुद्धिप्रकाश का पिता सुदामा गाँव के ही सरकारी स्वास्थ्य केन्द्र में कम्पाउंडर था तथा वहीं गया हुआ था। उसकी माँ गृहिणी थी। वह रसोई में खट रही थी। माँ थी तो निरक्षर, लेकिन टेलीविजन पर सीरियल देखते-देखते उसमें देश, काल, वातावरण विषयक समझ व्यापक थी।

माध्यमिक शिक्षा बोर्ड का दसवीं का परीक्षाफल अखबारों में आ चुकने की जानकारी होने के बावजूद सुदामा ने घर पर फोन-वोन करके कुछ जानना जरूरी नहीं समझा। उसका मानना था कि कोई नई बात घटती तो घरवाले खुद ही फोन करके बता देते।

बुद्धिप्रकाश ने तमाम अखबारों को समेटा। उनकी बीन बनाई और फिल्मी गानों की धुनें बजाता हुआ रसोईघर में पहुँचा। उसने सारे अखबार चूल्हा फूँकने के उद्देश्य से माँ की ओर बढ़ाए।

बेटे के फिर फेल हो जाने से माँ को फिर बड़ी राहत मिली। उसने बेटे को कलेजे से लगाते हुए कहा, "तूने फिर मेरे दूध की लाज रख ली। दुर्भाग्य से पास हो बैठता तो लेने के देने पड़ जाते। तेरे दसवें प्रयास में पास होने पर गाँव वाले मिठाई माँगते और हमारे गाँव छोड़ने की नौबत आ जाती।"

माँ को सपूत की दसवीं बार की उपलब्धि पर दसवीं बार गर्व हुआ कि उसने दस बरस उन्हीं किताबों से निकाल दिये। कागज की कद्र की और पर्यावरण संरक्षण किया। उसने अखबारों को जलाकर बेटे के लिए तुलसी-अदरक वाली चाय बनाई। माँ को इस बात का भी हर्ष हुआ कि अखबारों के पूरी तरह फुँक जाने पर भी बुद्धिप्रकाश के रोल नम्बरों पर आँच नहीं आई।

बुद्धिप्रकाश ने चाय पी और चौक में पड़ी चारपाई पर बाएँ हाथ का तकिया बनाकर बाईं करवट लेट गया। उसने देखा कि दीवार पर एक चींटी बार-बार चढ़ने का प्रयास कर रही है, किन्तु हर बार गिर जाती है। ऐसा चींटी के साथ दस बार हो चुका है, पर चींटी हार नहीं मान रही है। अन्ततः चींटी चढ़ने में सफल रही, क्योंकि उसने दीवार बदल दी।

वह अखबार छापने वालों को भला-बुरा कहता हुआ सोचने लगा कि रीचेकिंग कराई जाए या रीएडमिशन ठीक रहेगा? उसने यह भी सोचा कि मुझे मार्कशीट की प्रतीक्षा करनी चाहिए। सम्भव है, मैं पास हो गया होऊँ, किन्तु अखबारों में मेरे रोल नम्बर छापते समय मशीनों की निबें टूट गई हों। अखबारों

पर भरोसा करना मूर्खता है। जब सोनोग्राफी तक की रिपोर्ट गलत निकल जाती है तो ये तो बेचारे अखबार हैं।

गर्मी तो थी, किन्तु उसने अतिरिक्त गर्मी महसूस की। वह उठा। उसने ठंडक पाने की गरज से अपने सिर पर दो लोटे पानी उड़ेला। पानी उड़ेलकर सिर को कई बार झटका, जैसे भीग जाने पर श्वान शरीर को झटकता है।

सुदामा संध्या समय भोजनकाल तक ही घर लौट पाता था, क्योंकि जिस स्वास्थ्य केन्द्र पर एक भी मरीज न आए, वहाँ देर तक रुकने में क्या हर्ज था?

घर लौटकर सुदामा ने जब भोजन कर लिया तो बेटे को भोजन के लिए बुलाया। बुद्धिप्रकाश ने साफ मना कर दिया कि वह आज से आजीवन खाना नहीं खाएगा। वह बोला कि बिना कोई काम किये रोटियाँ तोड़ना चोरी करने जैसा है।

बेटे के मुख से इतना सुनना था कि बाप ने जूता निकाला। माँ ने बेटे का यह कहते हुए बचाव किया कि यह घर है कोई सदन-वदन नहीं है।

सुदामा को भी अचानक ध्यान आया कि बेटे के पैरों में भी उसी साइज के जूते हैं। उसने तुरन्त जूता और विचार दोनों वापस ले लिये।

सुदामा ने बेटे को समझाया, "बेटे, भोजन से क्या वैर? बिना काम किये भोजन करते रहना चोरी के समान नहीं है। ठंडे दिमाग से सोचा जाए तो चोरी का दर्जा काम से कहीं ऊँचा है। काम न करना चोरी नहीं है, बल्कि चोरी करना भी काम है।"

बुद्धिप्रकाश ने पिता से चोरी और काम की तुलनात्मक व्याख्या सुनी। वह समझ गया कि जिन चोरी और काम को वह विलोम समझता था, वे तो पर्याय हैं। उसने भरपेट भोजन किया और पिता की आज्ञा लेकर छत पर जाकर लेट गया।

रात घिर आई थी, लेकिन बुद्धिप्रकाश के नेत्रों से नींद हजारों प्रकाशवर्ष दूर थी। चन्द्रमा उसी तरह गायब था जैसे अखबारों में उसके रोल नम्बर। तारागण यों दिखाई दे रहे थे मानो आकाश ब्लास्ट की चपेट में आ गया हो और छर्रों से उसके शरीर पर असंख्य घाव हो गए हों। हवा पूरी तरह बन्द थी, जैसे सदा के लिए खिसक गई हो। सामने स्थिर खड़ा नीम का पेड़ यों लग रहा था, जैसे कोई विद्यार्थी फेल होकर एक ही कक्षा में अटक गया हो।

बुद्धिप्रकाश ने अपने अतीत का सिंहावलोकन किया। उसे खुद पर

गुस्सा आया। मैं इतना कायर तो कभी न था। जिसने कभी गुरुजनों के सामने नमस्कार तक के लिए हाथ नहीं जोड़े, उलटे सामने पड़ने पर गुरुजनों ने ही उसके आगे हाथ जोड़े।

उसके मन में एग्जामिनरों के प्रति प्रतिशोध उबलने लगा। उसे मालूम था कि एक एग्जामिनर को जाँच कार्य के लिए प्रति उत्तर पुस्तिका चार रुपये मिलते हैं। वह सोचने लगा कि क्या कोई पढ़ा-लिखा शिक्षक मात्र चार रुपये के लिए इतना गिर सकता है कि किसी परीक्षार्थी को दस बार फेल कर दे। कोई उसे ऐसे गैरजिम्मेदार एग्जामिनरों के नाम-पते बता दे तो वह उसे चार हजार रुपये दे सकता है। क्या परीक्षा प्रणाली इतनी सड़ चुकी है कि कॉपी पूरी तरह खाली छोड़ आने पर पाँच-सात अंक साफ-सफाई के भी न दिये जाएँ?

बुद्धिप्रकाश को जीवन में पहली बार समय की क्षति का बोध हुआ। वह करवटें बदलता रहा। उसे उस नर्म गद्दे पर लेटकर भी नींद नहीं आ रही थी जो उसके कम्पाउंडर पिता ने स्वास्थ्य केन्द्र से रुई चुरा-चुराकर भरवाया था। अब तक चैन की नींद सोते रहने वाले ने सपने में भी नहीं सोचा था कि उसे कभी अनिद्रा से चुनौती मिलेगी।

चिन्ता करते-करते उसने चिन्तन प्रारम्भ किया। वह अब तक दस में से नौ बार गणित और अंग्रेजी के अलावा बाकी सब विषयों में पास होता रहा था। वह जब भी डूबा है उसे गणित और अंग्रेजी ने ही डुबाया है। एक साल उसने पूरे समय गणित और अंग्रेजी की तैयारी की। नतीजा यह निकला कि शेष विषयों में रह गया। वह हनुमानजी पर क्रुद्ध हुआ, जिनका वह फुल टाइम भक्त था। आखिर क्यों मारुतिनन्दन ने उसके साथ इतनी बार चोट की? कभी वह जूते-चप्पल पहने तो उनके मन्दिर में नहीं चला गया? किसी दिन ऐसी भूल तो नहीं हो गई उससे कि लाल लँगोटी वाले के चरणों के बजाय चेहरे से सिंदूर खरोंचकर टीका लगा लिया हो? वह हनुमान चालीसा के किये पाठों के उच्चारण को लेकर शुद्धता-अशुद्धता का विचार करने लगा।

मैंने प्रतिवर्ष कड़ी मेहनत करने में कोई कसर नहीं छोड़ी। सम्भावित प्रश्नोत्तरों के नकल के कारतूस बनाकर ले गया। दुर्भाग्य से फ्लाइंग आ टपकी। सभी कारतूस निगलने पड़े। पेपर तो अनकिया रहा ही, सारे सवाल भी कई दिनों तक कई डॉक्टरों से हल कराने पड़े।

यों गलतियाँ मुझसे कम नहीं हुई हैं। जिस दिन गणित की परीक्षा थी। मैं घर से रामपुरी ले गया था, ताकि मेज पर खुला रखकर निर्भीकता से उत्तर लेखन कर सकूँ, लेकिन 'देखता हूँ अबके कोई कैसे फेल करता है' के ओवर कॉन्फिडेंस के चलते पासबुक अंग्रेजी की रख ले गया। पूरे तीन घंटे परीक्षा हॉल का नाप-जोख और वास्तु-परीक्षण करना पड़ा। रामपुरी खुले में खुला का खुला धरा रह गया। परीक्षा हॉल में सब ही-ही, खी-खी करने लगे। जो चीज डराने के लिए ले गया था, वह हँसाने के काम आई।

अगले वर्ष प्रण किया कि जो हो, गत बार वाली मिस्टेक नहीं दोहराऊँगा। जिस दिन गणित का प्रश्नपत्र था, याद कर गणित ही की पासबुक ले गया। याद दिलाने में पिताजी ने भी पर्याप्त मदद की। पर कहते हैं ना कि भाग्य में लिखे को विधाता भी नहीं टाल सकता, जबकि भाग्य में लिखता भी वही है। हे राम! इस बार रामपुरी ले जाना भूल गया।

अचानक उसे पढ़ाई-वढ़ाई को चिरतिलांजलि देकर राजनीति में कॅरियर बनाने का विचार सूझा। उसने तय किया कि जो हो जाए, किसी शिक्षा बोर्ड से पास का सर्टिफिकेट लेने के बजाय चुनाव आयुक्त से जीत का सर्टिफिकेट लेना है।

बुद्धिप्रकाश को कुछ खो देने से ज्यादा पा जाने की खुशी हुई। उसने अपनी तुलना कोलम्बस से की जो भारत की खोज करने निकला था और अमेरिका के तट से जा लगा।

गहरे कॅरियर सागर से उबरने का जोरदार आइडिया हाथ लगते ही बुद्धिप्रकाश गहरी नींद में डूब गया।

सात पत्र श्रद्धांजलि के

प्रिय अतुकांत,

शुभाशीष।

गुलबर्गा से वापसी में ट्रेन में कवियों की साहित्य चर्चा से जाना कि तुम्हारा पिता चिरंजीलाल 'कौतुक' सदा के लिए नहीं रहा। मेरा तो हमउम्र था। बेटे, पके फल की सद्गति समझो। छंद का पक्षधर कहीं अतुकांत से तो नहीं हार गया? यदि ऐसा ही हुआ है तो मुक्ति संग्राम में विजय के लिए बधाई स्वीकारो।

लाड़ले, नर हो न निराश हो कभी। वह क्षति दे गया तो तुम भी कोई कम पूर्ति नहीं हो। जब तक तुम कवि कम, आयोजक ज्यादा हो, देश के हर बड़े कवि के लिए लाड़ले पुत्रवत और हर छोटे कवि के लिए सम्माननीय पितातुल्य रहोगे। माताजी अभी हों तो प्रणाम कहना।

शुभेच्छु,

दीनानाथ 'दीन'

प्रिय अतुकांत,

नमस्ते।

डाक से तुम्हारे कुम्भकर्ण मेले वाले अखिल भारतीय कवि सम्मेलन के आमंत्रण की बाट जोह ही रहा था कि तुम्हारा शोक सन्देश मिला। दोस्त, तुम्हारे पिताजी का असामयिक निधन, लगता है मेरी भी क्षति है। तुम्हारे कवि सम्मेलन में मेरा पूरा दो साल का गैप हो गया था। सोच था, इस बार तो याद करोगे ही। मुझे तुम्हारे पिताजी से ऐसी उम्मीद नहीं थी। हाँ, जाते-जाते वह एक प्लस पॉइंट जरूर छोड़ गए हैं। उनके बारह दिन मेले वाले कवि सम्मेलन

से पूर्व ही निपट जाएँगे और तुम समय से फ्री हो जाओगे। इतना भव्य एवं गरिमामय कवि सम्मेलन सँभालना तुम्हारे और सिर्फ तुम्हारे ही वश की बात है।

अन्यथा न लो तो एक श्रेष्ठ सुझाव है। क्यों नहीं इसी आयोजन से पिताजी के नाम पर कोई छोटा-मोटा पुरस्कार स्थापित कर दो। बोहनी-बट्टा मुझसे किया जा सकता है।

कवि सम्मेलन में बुलाना हो तो अविलम्ब इनविटेशन भिजवा दो। नहीं तो सीजन पीक पे है, डेट कहीं और फँस सकती है।

तुम्हारे पिताजी की स्मृति रह-रहकर कर रहा हूँ।

तुम्हारा,
भुवनभास्कर 'जुगनू'

भाईवर अतुकांत जी,

करबद्ध।

हतभाग हाय हम छले गए।
देखो-कौतुक जी चले गए॥

पता करने पर पता चला कि पिता परलोक पधार गए। भगवान ने भारी करी। गत वर्ष आपके साथ ही उनके भी आकाशवाणी में दर्शन किये थे। काव्य में श्रद्धेय 'कौतुक' जी की क्या गजब की पकड़ रही? माइक पर खड़ा हो चुकने के बाद उन्हें पकड़-पकड़ कर ही बिठाना पड़ता था।

मैंने तो आकाशवाणी जाना बन्द सा ही कर रखा है। रेडियो वाले वर्षभर में एक-आध तो कांटेक्ट भिजवाते हैं। ऊपर से यह और कि नई रचना लाया करो। अब यह तो आप भी जानते ही हो कि मंच के कवि बेचारे हर साल नई रचना कहाँ से लाएँ? आपको तो खैर पिताजी का सहारा रहा, पर हमें तो इधर-उधर से खुद ही लिखनी पड़ती है। पिताजी के अचानक चले जाने से अब लेखन सम्बन्धी दिक्कतें आपके सम्मुख भी आएँगी।

सरस्वती हौसला देगी। इसी आशा और विश्वास के साथ।

सदैव ही,
दयाराम 'निर्दय'

आदरणीय श्री अतुकांत जी,

चरण-स्पर्श।

मोबाइल फोन का मैसेज बॉक्स हर्ष से खोला तो विषाद से भर गया। आपके पिताश्री के बैकुंठवास ने फिर सिद्ध कर दिया कि जगत मिथ्या और ब्रह्म ही सत्य है। पहले-पहल तो आपके एसएमएस को जोक समझा, क्योंकि सूचना क्रान्ति का भरपूर लाभ लेते हुए कवियों द्वारा परस्पर भेजे गए मैसेज जोक्स ही होते हैं। फिर पूज्य मुखबिर 'गाजीपुरी' जी को फोन लगाकर कन्फर्म किया।

मैं चिन्तित हूँ। अब तो निश्चित ही आप मुखबिर 'गाजीपुरी' जी के प्रोग्राम में नहीं जा पाएँगे। समय से अपनी स्थिति उन्हें स्पष्ट कर दें, ताकि वह अँधेरे में न रहें तथा स्थानापन्न मुझे बुक कर सकें। इस काम को प्रायोरिटी पर लें। पिताजी के क्रिया-कर्म की सौ उलझनें रहेंगी, मैं भुगत चुका हूँ।

थोड़ा लिखे को ज्यादा समझें। शायद फोन भी करूँ।

अकिंचन,
रंगलाल 'बेरंग'

डियर अतुकांत,

नमस्कार।

फ्लाइट से उतरते ही ज्ञात हुआ तेरे फादर की डेथ हो गई? यार अचानक यह क्या कर बैठा?

कल ही मॉर्निंग फ्लाइट से न्यूयॉर्क से लौटा हूँ। एक जान सौ लफड़े। अभी फिर फ्लाइट से सिंगापुर जाना है। फ्लाइट में एयर होस्टेस से चुहल के दौरान भी मन में खिन्नता बनी रही। मैं हंड्रेड परसेंट मानता हूँ कि वह सब तेरे फादर के नहीं रहने का ही आभास था।

देश क्या विदेशों में भी देखता हूँ कि आजकल कवि सम्मेलनों में सिर्फ और सिर्फ चुटकुलेबाजी होने लगी है। कविता सचमुच संकट में है। गत माह तुम्हारे बीरबलपुर वाले प्रोग्राम में तुम्हारे सारे लतीफे एकदम औरों से हटकर थे। वाह! वाह! क्या बात है? मैंने तो तुम्हारे तमाम लतीफे तत्काल दिमाग में फीड कर लिये थे। आश्वस्त रहो, तुम्हारी उपस्थिति में भी तुम्हारा नाम लेकर

ही सुनाऊँगा। मेरा फर्ज बनता है कि जिसने मूल परिश्रम किया है, उसका यश बढ़ाऊँ।

बताना अस्थिविसर्जन हेतु तुम ही जाओ तो श्री प्रलाप कानूनगो जी से कहकर, रुड़की में तुम्हारी एक काव्य संध्या जमा दूँ। मन भी और सा हो जाएगा तथा किराए के चार पैसे भी निकल आएँगे। तुरन्त सूचित करो कि कितने पेमेंट तक में बात करूँ तथा रुड़की में काव्यपाठ अस्थियाँ लेकर जाते में कर सकोगे या विसर्जन कर आते में?

जिन्हें जाना था, चले गए। साथ तो मरा नहीं जाता। खुशखबरी यह है कि जल्द से जल्द अपना पासपोर्ट बनवा लो। न्यूयॉर्क में तुम्हारा नाम दे आया हूँ।

शेष बाद में, तुरन्त एयरपोर्ट के लिए निकलना है।

शुभाकांक्षी,

माँगीलाल 'सूरज'

छोरे राम-राम।

सुना, तेरा बाप मर लिया? तूने तो खैर सुन ही लिया होगा? वैसे भी मौत की खबर कभी झूठी नहीं निकलती।

मुझे तेरे पिता के मरने की सूचना फोन कर माँगीलाल 'सूरज' ने दी। वह दिन-रात मुझे फोन करता रहता है। कई बार तो ऐसा भी होता है कि हम दोनों आमने-सामने खड़े हैं और एक-दूसरे से फोन पर घंटों बातें कर रहे हैं। वह विभिन्न जानकारियों के विषय में मुझे रुचिपूर्वक मनोयोग से अवगत कराता रहता है। जैसे धृतराष्ट्र को संजय ने महाभारत का आँखों देखा हाल बताया था।

माँगीलाल 'सूरज' काव्यमंच का हीरो है। माँगीलाल को माँगीलाल 'सूरज' किसने बनाया? सर्वविदित है, मोतीलाल 'सूरजमुखी' ने, क्योंकि उसके पास कविता भले ही बिलकुल नहीं है, लेकिन कवि सम्मेलन जुगाड़ने की क्षमता अद्‌भुत है। मंच पर बिना कविता वाला ऐसा स्टार पोएट न हुआ है और न होगा। अन्य कवि जितना कमाते हैं, उतना तो माँगीलाल 'सूरज' फोन और हवाईयात्राओं पर उड़ा देता है। उसके पास नैनवाँ से भी कवि सम्मेलन का आमंत्रण आए तो आयोजक से उसका पहला ही प्रश्न होता है कि नैनवाँ में

एयरपोर्ट है क्या? हमारी मैत्री तो इतनी प्रगाढ़ है कि एक द्वारा एकत्र किये लतीफे दोनों मिल-बाँटकर सुना लेते हैं।

अनेक कवियों ने उस पर आरोप लगाया है कि उसने उनकी कविताएँ टीवी शो में पढ़ दीं और उनके नामों तक का जिक्र नहीं किया। मैं इसे ईर्ष्यालुओं का दुष्प्रचार मानता हूँ। टीवी पर उसके मुख से मैंने भी अपनी कविता सुनी है, जबकि अपना नाम नहीं सुना है। देश-दुनिया के कवियों को उलटा उसका अहसानमन्द होना चाहिए, क्योंकि साहित्य में चोरी की तो दीर्घ परम्परा रही है, लेकिन डाकाप्रथा का श्रीगणेश माँगीलाल 'सूरज' ने ही किया है।

कुल मिलाकर मेरे लेखन का सार यही है कि तुम भी माँगीलाल 'सूरज' बनो। हम दोनों से तीन बातें सीखो। मैनेजमेंट, मार्केटिंग और पॉजिटिव होने के बजाय दिखना। पिता के अभाव से उपजा खालीपन इन्हीं तिकड़मों से दूर किया जा सकेगा। कवि कहलाना चाहते हो तो नित नये-नये कवि सम्मेलन खड़े करो।

जो मुझे कवि सम्मेलन में बुलाए, उसे मैं विदूषक होने पर भी कवि मानता हूँ तथा जो मुझे नहीं बुलाए, उसे कवि होने पर भी विदूषक। तुम कब बुला रहे हो?

माँगीलाल 'सूरज' का फोन आ रहा है। फिलहाल इतना ही।

हितैषी,

मोतीलाल 'सूरजमुखी'

प्यारे अतुकांत जी,

प्रेमालाप।

दद्दा के देहावसान से हैरान रह गई! सचमुच 'कौतुक' जी का निधन मुझे व्यक्तिगत विरह व्यथा दे गया। हाय! कितने उदारमना थे वे। स्वयं ने जीवनभर रक्षाबन्धनी गीत गाए तथा श्रृंगार मुझ जैसियों के वास्ते रचा। आपको तो पता ही है कि मेरे कुल तीनों गीतों स्वर्णभस्म, शिलाजीत और खजुराहो के भाव और भाषा पूज्य 'कौतुक' जी के ही मस्तिष्क और कलम की उपज हैं। कवयित्रियों के तो वे इतने अन्तरंग प्रशंसक रहे कि कवयित्री किसी वय की हो, सुनना तो दूर, उसे दूर से देखते ही वंसमोर-वंसमोर कह उठते थे। प्रथम भेंट में ही मेरी पीठ पर हाथ फेरकर दिये उनके आशीर्वाद की सिहरनें मुझमें

अभी तक अक्षुण्ण हैं। लेखन को परे रख दें तो आपके पिताजी शर्तिया आप ही पर गए थे।

मानो तो मेरी ओर से उत्तम सलाह है। उनकी पहली बरसी पर हमें एक कवयित्री सम्मेलन रखना चाहिए, ताकि उनकी अतृप्त रही आत्मा को अक्षय तृप्ति मिल सके। गाते-गाते मैं भी इन दिनों गीत-मुक्तक लिखने की सोचना सीख गई हूँ। भावी गीत का अलिखित मुखड़ा माइंड में है—'बहुत देर कर दी हुजूर जाते-जाते'। तर्ज वही मूल फिल्म तवायफ वाली रहेगी। श्राद्ध पर गा दूँगी तो श्रद्धा गीत हो जाएगा। आपको मेरे गले की सौगंध है, मुखड़े का जिक्र भूल से भी कहीं और मत कर देना, नहीं तो सक्सेना जी ले उड़ेंगे।

आपसे एक शिकायत सी भी है। यों तो मिलने-जुलने पर शकुन्तला-शकुन्तला रटते रहते हो, पर जब किसी कवि सम्मेलन में मुझे बुलाने की बात आए तो दुष्यंत हो जाते हो। बात मन की है, सो मन से मत लगा लेना।

व्यवहार और पत्रव्यवहार अनवरत रहेगा।

आपकी ही,
मेकअपवती

बातचीत

"कल नहीं दिखे?" मैंने बातचीत शुरू की।

"कहीं बातचीत करने गया था," उसने बातचीत में बताया।

"अभी कहाँ से आ रहे हो?"

"बातचीत करके।"

"कल का क्या प्रोग्राम है?"

"दो-एक से बातचीत करनी है।"

"तुम जाओगे या वे आएँगे?"

"बातचीत से तय कर लेंगे।"

बातचीत का मतलब है—ठाले की बेगार, च्विंगम का वाणीरूप। टरकाने की जुगत, टालने की तरकीब और लटकाए रखने की तिकड़म को बातचीत कहा जाता है। बातचीत अक्षरों, शब्दों, वाक्यों से निर्मित मौखिक फ्लाइओवर है, जो जमीनी सचाइयों से बचाता है। बातचीत से तात्पर्य है—जिन्न वाली बोतल पर जीभ का डाटा। गणित के अनुसार बातचीत की सटीक परिभाषा है—दो या दो से अधिक मुखों को जोड़ने वाली सरल या वक्र वाचिक-रेखा।

भूखे का ध्यान भूख से हटाने के लिए उसके सामने अन्न उत्पादन के आँकड़ों की व्याख्या करना बातचीत का सुन्दरतम उदाहरण है। मात्र दस अंगुल गहरी जड़ तक पहुँचने के लिए दस गज ऊँची शाखाओं पर बैठ, उपाय सोचने की अदाकारी को बातचीत कहा जाता है। समस्या को खत्म करने वाले कारणों को खत्म करना हो तो बातचीत राम-बाण है। हल न करने का एकमात्र हल है बातचीत।

वार्तालाप, चर्चा, मशवरा, डायलॉग, बोलचाल, विमर्श, कॉन्फ्रेंस, संवाद,

शिखरवार्ता बातचीत रूपी रावण के शेष नौ मुख हैं। सरकार की खा, सरकार में रह, जो बातचीत नहीं करता या कर सकता, वह कामचोर, सोऊ या पार्थिव होता है। सरकार में काम और बातचीत गड्डमड्ड होते हैं। काम करते हुए बातचीत। काम न करते हुए बातचीत। काम की बातचीत। बातचीत का काम।

राष्ट्रीय गौरव की बात है कि भारत बातचीत प्रधान देश है। जानकर हर्ष होता है कि अंग्रेजकाल में कांग्रेस की स्थापना का मूल उद्देश्य अंग्रेजों से बातचीत करना ही था तथा कांग्रेस की बार-बार की बातचीत से तंग आकर ही अंग्रेज यहाँ से अपना पिंड छुड़ाकर भागे थे। कांग्रेस के अनुसार उसकी बातचीत के सुफल को ही आजादी कहा जाता है। अंग्रेजों के जाते ही बातचीत के नाम पर कांग्रेस का मुँह बन्द हो गया और वह भविष्य की आशंकाओं से घिर गई। महात्मा गांधी ने भी कह दिया था कि कांग्रेस को भंग कर देना चाहिए, क्योंकि आजाद भारत में बातचीत की कोई जरूरत नहीं है और कांग्रेस बातचीत के अलावा कुछ कर नहीं सकती है, लेकिन जवाहरलाल नेहरू सहित कई ने शासन-हित में बातचीत का होते रहना अत्यावश्यक माना।

हमने बातचीत रूपी तलवार को बातचीत रूपी ढाल में बदल लिया और संसद, विधानसभा, शहरी निकाय, ग्राम पंचायत, प्राधिकरण, बोर्ड, आयोग आदि वाला कॉन्सेप्ट अपनाया, ताकि बातचीत होती रहे। देश की विदेश से, केन्द्र की राज्यों से, अधिकारियों की अधिकारियों से या किसी की भी किसी से अर्थात स्वयं के अलावा सबसे।

बातचीत का स्टॉक बराबर बना रहे, अत: सरकार जी-जान से बातचीत में जुटी रहती है। मंत्री, अध्यक्ष, प्रभारी, सचिव, आयुक्त, जिलाधीश, निदेशक, अधीक्षक आदि पद बातचीत के लिए ही सृजित हैं। बातचीत का दायरा उत्तरोत्तर बढ़ता रहे, सो उक्त पदों से विशेष, अतिरिक्त, संयुक्त, उप, सहायक, वरिष्ठ, कनिष्ठ जैसे सींग-पूँछ भी जुड़े होते हैं। शारीरिक श्रम करने वालों से बातचीत करने वालों का वेतन हमेशा ज्यादा होता है। बातचीत करने वाले नासमझ हों तो सरकार अपने खर्च से दुभाषिये उपलब्ध कराती है। सरकारी लोगों को बातचीत में इतना व्यस्त रहना पड़ता है कि वे एक से दूसरी जगह बातचीत के लिए दौड़-धूप करते रहते हैं। उनकी बातचीत में मदद हेतु कारें, ड्राइवर्स, स्टाफ हर समय तैनात रहते हैं।

डयूटी पर मनोयोग से बातचीत करते रहने वाला भी घर पहुँचकर बातचीत बन्द कर देता है। कारण, बातचीत वहीं शोभा देती है, जहाँ वेतन-भत्ते मिलते हैं। ऑफिसर पति तक निजी पत्नी से बातचीत करने से कतराता है, क्योंकि वह तनख्वाह देती नहीं, लेती है। जहाँ वेतन उठाओ, वहाँ बातचीत डैश है और जहाँ वेतन सौंपना पड़े, वहाँ फुलस्टॉप।

दुनिया में सबसे रोचक और लम्बी बातचीत भारत-पाकिस्तान की बातचीत है। नवरस-सिक्त। दोनों देश ऐसी बातचीत करते रहते हैं कि कुछ भी हो जाए, हमें बातचीत करते रहना है। नमूना हाजिर है—

भारत-पाकिस्तान ने जब कई दिनों तक बातचीत नहीं की तो बोरियत से घबराकर अमेरिका ने भारत से बातचीत की। भारत ने अमेरिकी सलाह को आदेश मान, पाकिस्तान से बातचीत की कि हमें बातचीत करनी चाहिए। पाकिस्तान को डाउट हुआ कि भारत ने हमसे बातचीत के विषय में बातचीत भी क्यों की? उसने भारत की बातचीत को लेकर तुरन्त अमेरिका से बातचीत की, "साहब, भारत से क्या बातचीत करें? भारत तो बातचीत के अलावा कुछ करता ही नहीं है।"

अमेरिका ने बातचीत में पाकिस्तान को समझाते हुए बातचीत की कि यह आप दोनों का आपसी मसला है, सो आप दोनों आपस में ही बातचीत करो।

इस प्रकार तीनों में बातचीत हो चुकी तो भारत और पाकिस्तान ने परस्पर बातचीत की।

पाकिस्तान ने बातचीत का विषय पूछा। भारत ने कहा, "किसी भी फाइनल बातचीत तक पहुँचने के लिए जरूरी है कि हम लगातार बिना विषय की बातचीत करते रहें।"

बिना विषय की बातचीतों का ही सुपरिणाम कहो कि पाकिस्तान बातचीत के बाद भी खून-खराबा नहीं छोड़ता और भारत खून-खराबे के बाद भी बातचीत।

पाकिस्तान ने बातचीत में भारत से पूछा, "बातचीत के लिए आप इस्लामाबाद आएँगे या हम दिल्ली आएँ?"

भारत ने कहा, "बातचीत में जल्दबाजी ठीक नहीं है। पहले हमें बातचीत से बातचीत का माहौल बनाना चाहिए। फिर बातचीत से तय कर लेंगे कि बातचीत के लिए कौन सी जगह ठीक रहेगी।"

इतनी बातचीत के बाद भारत ने पाकिस्तान से बातचीत की, "बातचीत के लिए पहले आप दिल्ली आ जाओ, फिर हम इस्लामाबाद आकर बातचीत कर लेंगे अथवा बातचीत ही तो करनी है, अत: पहले हम इस्लामाबाद आ जाते हैं, आप बाद में दिल्ली आ जाना। स्थान बदलने से कौन सी बातचीत बदल जाएगी?"

बातचीत से जब दोनों देशों में बातचीत का वातावरण बन चुका तो दोनों ने स्वयं को अमेरिकी जहाज का पंछी स्वीकार, परस्पर बातचीत की। बातचीत सचिव स्तर की, मंत्री स्तर की और प्रधानमंत्री स्तर की हुई। सचिव, मंत्री और प्रधानमंत्री स्तर की बातचीत में सचिवों, मंत्रियों और प्रधानमंत्रियों ने तो बातचीत की, लेकिन स्तर चुप रहा, उसने कोई बातचीत नहीं की।

बातचीत टूट नहीं जाए, अत: अमेरिका लगातार दोनों देशों से बातचीत कर, यह कहता रहा कि यह दोनों देशों का आपसी मसला है, सो आप दोनों आपस में ही बातचीत करो।

प्रत्येक बातचीत में पूरा जोर बातचीत पर रहा। पाकिस्तान ने बातचीत में कहा, "हम कश्मीर लेकर रहेंगे।"

भारत ने बातचीत में कहा, "हम कश्मीर सूई की नोक की बराबर भी नहीं देंगे, चाहो तो दुबारा बातचीत कर लो।"

दोनों मुल्क बातचीत में हाथ मिलाते हुए बैठते हैं और आँखें दिखाते हुए उठते हैं, बातचीत के अगले अमेरिकी आदेश की प्रतीक्षा के साथ।

भारत सरकार तो बातचीत की इतनी शौकीन है कि अपराधियों, डाकुओं, आतंकवादियों तक से कहीं भी कभी भी बिना शर्त बातचीत को तैयार रहती है, पर हाय रे! भारत सरकार की बदनसीबी। बन्दूक से न डरने वाले भी बातचीत से डरते हैं। अपराधी, डाकू, आतंकवादी साफ कह देते हैं कि जान दे देंगे, लेकिन बातचीत नहीं करेंगे।

लघु कथाएँ

मार्केटिंग फंडा

मनमोहन की दुकान में शुद्ध देशी-विदेशी पटाखे थे। क्वालिटी बढ़िया, कम प्रदूषण, धमाका ज्यादा, वाजिब कीमत और एक हिडन चार्ज नहीं।

नरेन्द्र ने पैकिंग पर 'मेड इन इंडिया' लिखे चाइनीज पटाखों की दुकान खोली। क्वालिटी घटिया, ज्यादा प्रदूषण, धमाका कम, कीमत मनमानी और अनेक हिडन चार्जेज।

मनमोहन की जमी-जमाई दुकान का धुआँ निकल गया, जबकि नरेन्द्र की नई दुकान धुआँधार चल निकली।

कारण?

कारण दोनों दुकानों पर टँगे बोर्ड।

मनमोहन की दुकान के बोर्ड पर लिखा था—पटाखे। नरेन्द्र ने बोर्ड पर लिखवाया—पटाखे ही पटाखे।

प्रतिशोध

उसकी शादी हुए सप्ताह भर हुआ था।

मैंने सलाह दी, "दोस्त, सिनेमा देखो। सैर-सपाटा करो। पत्नी को लिये-लिये क्या मन्दिर-मन्दिर भटकते फिरते हो?"

उसने कहा, "सुना है जोड़े ईश्वर बनाता है, बस उसी को ढूँढ़ना है।"

साधु

रावण ने साधु का रूप धर सीता का हरण किया।

लौटते समय हड़बड़ी में उससे उसका मेकअप बॉक्स यहीं छूट गया।

वह मेकअप बॉक्स जिन भाग्यशालियों के हाथ लगा, सब साधु बन विश्वासियों की मति हर रहे हैं।

तलाश

पाकिस्तानी प्रधानमंत्री ने अमेरिकी राष्ट्रपति को आखिरी रिपोर्ट सौंपी—

"जहाँपनाह! ओसामा बिन लादेन को तलाशने में हम पूरी तरह नाकाम रहे हैं। अल्लाह कसम, वह ज़हाँ रह रहा है, उस जगह को छोड़कर तमाम जगह तलाश चुके।"

घास की रोटी

जयंती-विशेष पर वीर रस का कवि सम्मेलन था।

सरस्वती वंदना के थोड़े समय पश्चात ही आयोजन रद्द करना पड़ा, क्योंकि प्रथम कवि ने ज्योंही काव्यपाठ प्रारम्भ किया, त्योंही आकाशवाणी हुई, "पुन: घास की रोटियाँ खाई जा सकती हैं, किन्तु ऐसी कविताएँ नहीं सुनी जा सकतीं।"

गुरु-भक्ति

दोपहर का वक्त। सूर्य का भरपूर उजाला।

ऊँचे आसन पर विराजे गुरु ने सामने तले बैठे चेलों की क्लास ली, "बताओ पट्ठो दिन है कि रात?"

चेलों ने समवेत कहा, "गुरुदेव रात।"

गुरु ने साश्चर्य अगला सवाल दागा, "भरी दुपहरी में रात! किन्तु किस आधार पर?"

चेले दंडवत होकर बोले, "गुरुदेव, जब आपने प्रश्न पूछा था, तब आपके दोनों नेत्र मुँदे थे।"

वैतरणी और हिन्दी की पूँछ

परिजनों ने पुष्पवृष्टि की और मातहतों ने मंगल गीत गाए—'हम घरि आए हो राजा राम भरतार'। डॉ. सेतुराम 'तुरंग' फॉरेन होकर आए थे।

पहले से मैनेज मीडिया वाले साक्षात्कार हेतु पहुँचे। डॉ. सेतुराम 'तुरंग' अपने ड्राइंग रूम में विराजे थे। कस्तूरी-मृग की भाँति अपनी ही नाभिगंध से पगलाये हुए। फैशन का चश्मा, डिजाइनर बरमुड़ा और कलरफुल टी-शर्ट पहने, वह सबका मुजरा ले रहे थे। बीच-बीच में विरोधी लेखकों की पुस्तकों के पन्ने फाड़ते और हवाई जहाज बनाकर उड़ाते। उनकी धज से साफ था कि वह न्यूयॉर्क से लौटे थे, आठवें विश्व हिन्दी सम्मेलन में सक्रिय भागीदारी करके।

अमेरिका महज़ एक महाद्वीप नहीं है, बैकुंठ है। जिसके रास्ते में अदृश्य वैतरणी बहती है। चतुर सुजानों ने हिन्दी को गाय बनाया, पूँछ पकड़ी और पार उतर लिये।

भारत और भारत से बाहर के लिखने न लिखने वाले कोई हजार-आठ सौ हिन्दी लेखकों का टूर था वह। हिन्दी साहित्य के पर्यटकों की तादाद और भी बढ़ाई जा सकती थी, लेकिन लेखकों को ऐसे सुअवसर सरकारों के प्रति उनकी सेवाओं की मैरिट के आधार पर प्रदान किये जाते हैं।

हिन्दी भाषा एवं साहित्य को डॉ. सेतुराम 'तुरंग' की अमूल्य देन रही थी। डॉक्टरेट प्राप्त करने में उन्होंने हिन्दी का अहसान नहीं लिया था। वह आरएमपी थे। वह सेतुराम इस अर्थ में थे कि जहाँ भी छोटी-बड़ी सोने की लंका होने की सूचना मिलती, वह अविलम्ब पुल तान लेते थे। शिक्षामंत्री के साले साहब की शादी थी। डॉ. सेतुराम 'तुरंग' ने कड़ा परिश्रम कर शादी कार्ड के प्रूफ़ पढ़े। पारिश्रमिक स्वरूप साहित्य अकादेमी का अध्यक्ष पद प्राप्त हुआ। दौड़ में

सदैव सबसे आगे तथा बिसात में अढ़ाई घर चलने का हुनर, सो उपनाम रखा 'तुरंग'। हिन्दी-उर्दू में एक सन्देह के लाभ वाली परम्परा है कि कोई भी प्राणी उपनाम/तखल्लुस रख ले तो कवि/शायर मान लिया जाता है, अत: 'तुरंग' जी भी कवि कहलाए। उनका एक काव्य-संग्रह छप ही चुका था—सन्देश-सतसई। जिसमें मोबाइल फोन के नायाब सात सौ एसएमएस संकलित थे। विश्व हिन्दी सम्मेलन में एंट्री के लिए चार योग्यताएँ पर्याप्त हैं—डॉक्टरेट, सेतुराम, तुरंग और सन्देश-सतसई।

डॉ. सेतुराम 'तुरंग' उन अभागों से घिरे थे, जिनके लिए न्यूयॉर्क तो दूर, भारतीय महानगर ही किसी ग्रह से कम नहीं होते। परिवेश ऐसा था, मानो नवब्याहता प्रथम बार ससुराल से लौटी हो और उसकी अविवाहित सहेलियों ने उसे घेर रखा हो तथा कुरेद-कुरेदकर उससे उसके ससुरालिया अनुभव पूछ रही हों कि ऐ बताना, फिर क्या हुआ?

मीडिया कर्मियों ने इंटरव्यू चालू किया।

"पाँच-छह दिनों बाद भारतभूमि पर पाँव धरा, तब आपने कैसा महसूस किया?"

"दिल्ली के इंदिरा गांधी इंटरनेशनल एयरपोर्ट पर उतरा तो लगा ही नहीं कि मैं विश्व हिन्दी सम्मेलन में न्यूयॉर्क गया था। मुझे भान हुआ कि मैं सुनीता विलियम हूँ और अन्तरिक्ष से लौटी हूँ। सच में, मुझे अभी भी भारहीनता महसूस हो रही है।"

"इस साहित्यिक यात्रा का अनुभव?"

"बड़ा प्रासंगिक सवाल है आपका। सतर्कता के बावजूद कभी-कभी साहित्यिक यात्राओं से सीखने को मिल जाता है। जाते से ही लें। हवाई जहाज ने रनवे छोड़ते ही हजार किलोमीटर के आसपास की रफ्तार पकड़ ली। इससे सीखा कि जमीन से कटे बिना हिन्दी लेखक की गति नहीं बढ़ सकती। अधिकतर साहित्यकारों ने भारत में रहकर भी इस यात्रा से पहले एक-दूसरे का नाम नहीं सुना था। विश्व हिन्दी सम्मेलन ने उन्हें अमेरिका में मिलवा दिया। यह बड़ी उपलब्धि हुई। फ्लाइट में अप्सराएँ नाश्ता, भोजन आदि-आदि करा रही थीं। कई लेखकों ने उनसे पूछा कि आप सबके अब तक कितने कलेक्शन आ चुके हैं? किन-किन पत्र-पत्रिकाओं में आप छपना चाहती हैं? लेखन-प्रकाशन

में किसी प्रकार की अड़चन आए तो हुकुम करना। वैसे, अब तो हम भी हरदम आपके टच में रहेंगे। वे कहने लगीं की निश्चित ही आप लोगों को स्वयं के लेखक होने की भाँति हमारे विषय में भी गलतफहमी हुई है। हम लेखिकाएँ नहीं, एयरहोस्टेस हैं। हिन्दी साहित्य का दुर्भाग्य कहिए, उनकी बात सुनकर हम सबको ऐसे झटके लगे, जैसे हम आकाश मार्ग से न जाकर भारत में किसी प्रधानमंत्री ग्राम सड़क योजना वाली रोड पर चल रहे हों। जरा सोचिए, सुन्दर महिलाएँ हिन्दी लिटरेचर के फील्ड में नहीं उतरेंगी तो हिन्दी का उद्धार कैसे होगा? उस दुर्घटनाक्रम से भी यह बड़ा लाभ मिला कि स्त्री-विमर्श हो गया।"

"वहाँ किन-किन विषयों पर विचार मंथन हुआ? कौन-कौन से सत्र आयोजित किये गए थे?"

"खूब विचार मंथन हुआ। जो विचार के उद्‌देश्य से गए थे, उन्होंने विचार किया। जो मंथन के लिए गए थे, उन्होंने मंथन किया। काफी सारे सत्र घटित हुए। हिन्दी पर भी बात हुई। काव्य-सत्र सर्वाधिक उल्लेखनीय रहा। ज्यादातर कवियों को सुनकर खुद अमेरिकियों ने स्वीकारा कि यह तो हम पर 9/11 से भी बड़ा कहर है।"

"विश्व हिन्दी सम्मेलन का कोई नकारात्मक पक्ष भी रहा?"

"हाँ, रहा। वहाँ हमें खरीदारी अपनी जेबों से करनी पड़ी। विश्व हिन्दी सम्मेलन की तिथि और स्थान तय होते ही भारत सरकार को चाहिए था कि वह दिल्ली से न्यूयॉर्क तक रेल लाइन डलवाती। हिन्दी साहित्यकारों को इतनी सुविधा तो मिलनी ही चाहिए कि यात्रा ट्रेन से करें और किराया हवाई जहाज का उठाएँ।"

"हिन्दी भाषा को लेकर आपके घर-परिवार में कैसा वातावरण है?"

"मेरे दो बेटे हैं। दोनों कॉन्वेंट में पढ़े हैं, लेकिन समय की चाल के अनुरूप मैंने बड़े का नाम उपसर्ग और छोटे का नाम प्रत्यय रखा है। हिन्दी को अब मार्केट के हिसाब से बरता जाना चाहिए। उपसर्ग और प्रत्यय नामकरण के पीछे मेरी यही मंशा रही है। मल्टीनेशनल कम्पनियों ने क्या, नेशनल कम्पनियों तक ने सिद्ध कर दिया है कि प्रॉडक्ट क्वॉलिटी के दम पर नहीं, लेबल और ब्रांडिंग के बेस पर बिकता है।"

"क्या आप अपनी इस विदेश यात्रा को विषय बनाकर कुछ लिखना-विखना भी चाहेंगे?"

"देखिए, पाँच-छह रोज में ही इतने एक्सपीरियंस हुए कि क्या बताऊँ? तीन अति महत्त्वपूर्ण चीजें मैंने वहाँ देखीं। होटल का रूम, कार्यक्रम स्थल और एक शॉपिंग मॉल। उन्हीं पर लिखने बैठूँ तो तीन-चार खंडों की कोई शानदार कृति बन जाए, लेकिन अब हिन्दी में लिखने-पढ़ने में समय लगाना हिन्दी का और अपना अहित करना है। हिन्दी में जितने कागज काले किये जाने थे, किये जा चुके। अब तो इस भाषा को भुनाने का वक्त है।"

"हिन्दी भाषा, साहित्य के उन्नयन को लेकर भविष्य की क्या चिन्ताएँ आपकी?"

"भारत सरकार को चाहिए कि अगला विश्व हिन्दी सम्मेलन वह टुंड्रा प्रदेश में आयोजित करे। इससे दो लाभ होंगे। एक, ऐसी जगह जाने का मेरा मन है। दूसरा, हम हिन्दीसेवी टुंड्रा प्रदेश जाकर एस्किमोज को हिन्दी सिखाना चाहते हैं। एस्किमोज हिन्दी में अरुचि दिखाएँगे तो भी हम कम-से-कम एक रिकॉर्ड तो बना आएँगे। वैसे ही, जैसे अटल बिहारी वाजपेयी यूएनओ में हिन्दी में भाषण देकर बना आए थे।"

साक्षात्कार सम्पन्न हुआ। इतना बताने के बाद पूछने को बचा भी क्या था?

पता नहीं, हिन्दी के कारसेवक कब समझेंगे कि जगह घेरना और जगह बनाना दो अलग बातें हैं?

देंगे नहीं, भेजेंगे

भारत सरकार का मानना है कि उसके कई मोस्टवांटेड अपराधी पाकिस्तान में सादर निवास कर रहे हैं। एकदम सेफ, कतई नॉनरिफंडेबल।

यदि सकारात्मक होकर सोचें तो इन वांछित अपराधियों की माँग और अनापूर्ति दोनों देशों के मध्य गोंद का काम करती है। ज्योंही जोड़ ढीला पड़ने लगता है, भारत सरकार हाथ फैलाते हुए अपने अपराधी माँगती है और पाकिस्तान सरकार अँगूठा दिखाते हुए मना कर देती है। माँग खारिज, गुंजाइश बरकरार।

भारत सरकार पाकिस्तान सरकार को कड़ी चेतावनी देती है, "हम हजार दफा अन्तिम बार अपराधी माँग चुके हैं। यह हमारी ओर से आखिरी अन्तिम बार माँग है। हमें हमारे अपराधी सौंप दो, वरना...।"

इस बीच भारत की जनता अपनी सरकार से पूछ लेती है, "वरना क्या?"

भारत सरकार बताती है, "वरना हम निरन्तर अन्तिम बार अपराधी माँगते रहेंगे।"

जनता सवाल करती है, "हमारी सरकार क्यों बार-बार पाकिस्तान सरकार से अपराधियों की माँग करती है?" यह जानते हुए भी कि वह कदापि नहीं देगी?

भारत सरकार अपनी जनता को समझाती है, "हमें मालूम है कि पाकिस्तान सरकार हमें कभी हमारे अपराधी देगी नहीं, लेकिन इससे माँगने का रियाज तो बना रहता है।"

भारत सरकार माँग करती है, "हमारे तमाम मोस्टवांटेड अपराधी हमें तुरन्त सौंपो।"

पाकिस्तान सरकार हँसते हुए पूछती है, "क्या करोगे लेकर?"

भारत सरकार झल्लाकर कहती है, "हम उन्हें चुनाव लड़वाएँगे, तुम्हें इससे क्या?"

पाकिस्तान सरकार कहती है, "देखो, हम तुम्हें सौंप तो देंगे, पर उनके रख-रखाव पर ही हर साल तुम्हारे करोड़ों रुपये लुट जाएँगे। जबकि हमारे यहाँ सारे अपराधी शून्य खर्च पर रह रहे हैं। उलटा कमाकर और दे रहे हैं।"

अपने अपराधी माँगते रहना भारत सरकार का कर्तव्य है और न देना पाकिस्तान सरकार का धर्म।

लघु-दीर्घ ब्रेक के बाद भारत सरकार की ओर से फिर माँग दुहराई जाती है, "अब तो दे दो हमारे मोस्टवांटेड अपराधी।"

पाकिस्तान सरकार, "कहाँ रखोगे ले जाकर?"

भारत सरकार, "सैकड़ों को पहले से खिला-पिला रहे हैं। इन्हें भी पाल लेंगे।"

पाकिस्तान सरकार, "तुम्हें गलतफहमी हो गई है। हमारे यहाँ तुम्हारा कोई अपराधी नहीं रहता।"

भारतीय विदेशमंत्री, "क्यों मजाक कर रहे हो, ओसामा बिन लादेन तक तो है तुम्हारे यहाँ।"

पाकिस्तानी गृहमंत्री, "मजाक तो तुम कर रहे हो। ओसामा बिन लादेन का तो इन्तकाल हुए ही सालों गुजर चुके।"

भारतीय गृहमंत्री, "ऐसा दावा तुम किस आधार पर कर रहे हो?"

पाकिस्तानी विदेशमंत्री, "दस मिनट पहले ही हमारे वजीरे आजम को खुद ओसामा बिन लादेन ने बताया है।"

भारत सरकार, "ओसामा-वोसामा की तुम और अमेरिका जानो। हमें तो बस, हमारे वाले दे दो।"

पाकिस्तान सरकार, "ना। देंगे नहीं।"

भारत सरकार, "तो?"

पाकिस्तान सरकार, "भेजेंगे।"

भारत सरकार, "तो फिर भेज-भाजकर नक्की करो।"

पाकिस्तान सरकार, "कैसी बचकानी बातें कर रहे हो। सारे एकमुश्त भेज दिये तो हम दोनों ही ठाले नहीं हो जाएँगे?"

सम्भव है, ऐसा भी हो कि जब भारत सरकार पाकिस्तान सरकार से अपने मोस्टवांटेड अपराधी माँग रही होती हो, तब मन-ही-मन यह चिन्ता भी कर रही हो कि भाई कहीं दे ही मत देना, अन्यथा हम भविष्य में क्या माँगेंगे?

कई अपराधियों की तो हमारी सरकार कन्धार जाकर होम डिलीवरी दे आई। सोचो, यदि उस दिन उन्हें हमारी सरकार सकुशल पहुँचाकर नहीं आती तो आज वह पाकिस्तान सरकार से क्या माँगती?

एक और मजेदार बात। भारत सरकार अपराधी माँगते समय और पाकिस्तान सरकार मना करते समय अपने-अपने मुँह अमेरिकी दिशा में रखती हैं। उसी प्रकार जैसे आमने-सामने बैठे पति-पत्नी अनबन के चलते निवेदन और मनाही अपने दो-चार माह के शिशु के मार्फत करते हैं।

पति कहता है, "चीनू अपनी मम्मा से बोलो कि चाय बना दे।"

पत्नी बोलती है, "मना कर दे चीनू कि दूध फट गया है।"

भारत सरकार द्वारा बार-बार अपने अपराधी माँगने पर भी पाकिस्तान सरकार के मना कर दिये जाने के मूल में उसकी शायद भारतीय जनता के प्रति सद्भावना रहती है।

कुछ समय पूर्व लालकृष्ण आडवाणी पाकिस्तान गए थे (हालाँकि चर्चा है, गए तो थे वह जिन्ना की कब्र पर फूल चढ़ाने, लेकिन अपनी पर चढ़ा आए)। उन्होंने वहाँ भारत सरकार का पूर्व उपप्रधानमंत्री और पूर्व गृहमंत्री रह चुकने के कारण आदतवश पाकिस्तान सरकार से माँग कर दी कि वह कम-से-कम बीस मोस्टवांटेड अपराधी तो अविलम्ब भारत सरकार को सौंपे।

पाकिस्तान सरकार ठहरी भारतीय जन सामान्य की शुभचिन्तक। उसने साफ मना कर दिया। सम्भवतया यह सोचकर कि यदि बीस अपराधी भारत सरकार को सौंप दिये तो सारे के सारे वहाँ संसद-विधानसभाओं में होंगे।

द आर्ट ऑफ लिविंग

जब मैं उसे रुपये देने गया, तब समय दोपहर से जरा पूर्व का था। तीतरपंखी बादलों के बीच सूरज साफ चमक रहा था, जैसे कोई व्यक्ति अपने कर्जदारों से घिरा होकर भी बेशर्मी से हँस रहा हो। यों तो सूरज उस मौसम में उस वक्त उतना ही प्रकाशमान था जितना उसे उस मौसम में उस वक्त प्रकाशमान रहना था, किन्तु उन बादलों के घेरे की वजह से उसकी चमक हाईलाइट हो गई थी, जिससे वह सेलिब्रेटी सा लग रहा था।

आज सोचता हूँ कि यदि उस दिन उसे रुपये उधार नहीं देता तो मैं जीवन के एक बहुत बड़े अनुभव से वंचित रह जाता। मैंने उसी से सीखा कि उधार लेते रहना कला और विज्ञान दोनों है। उसी से जाना कि उधार लेते रहने से रुतबा बढ़ता है। एक बार जिससे उधार ले लो, मिलने पर वह यों गिड़गिड़ाने लगता है जैसे खुद उधार माँग रहा हो। उसके अनुसार उधारी के चमत्कारिक लाभ हैं। पहचान का दायरा बढ़ता है। जिनसे ले चुके उन्हें तो छोड़ो, जिनसे लेना बकाया है, वे तक पहचानने लगते हैं। उसका मत है कि यदि किसी को शिकायत रहती है की समाज में उसे कोई नहीं पूछता तो वह और कुछ न करे, बस लोगों, बैंकों तथा फाइनेंस कम्पनियों से उधार लेना शुरू कर दे। पूछ स्वत: बढ़ने लगेगी, जब लोग दरवाजे पर खड़े हो, बच्चों से पूछेंगे कि पापा हैं क्या?

उसका दर्शन है कि उधार लेते रहने से न सिर्फ जरूरतें पूरी होती हैं, बल्कि मनुष्य की लाइफ सिक्योर भी होती है। ऋणी व्यक्ति वह तोता बन जाता है जिसमें ऋण दे चुके लोगों की जानें बसती हैं। जुकाम तोते को होता है, खाट फाइनेंसर पकड़ लेते हैं। कर्ज लेने वाला सदैव स्वस्थ रहता है। उसे हल्की सी

हरारत भी हो जाए तो दर्जनों लोग दवा-दारू के लिए दौड़ते हैं। इस आशंका से कि देनदार नहीं बचा तो लेनदार भी मर लेंगे। वह तो यहाँ तक दावा करता है कि उधार लेने वाला ही नहीं, उधार देने वाला भी नीरोग रहता है, क्योंकि अपना दिया धन वसूलने में उसकी इतनी एक्सरसाइज हो जाती है कि उसे अलग से योगा वगैरह की आवश्यकता नहीं रहती। अत: ऋण लेकर घी पीते रहो, ताकि शरीर में शक्ति बनी रहे, जिससे और ऋण ले सको।

हालाँकि भूला तो वह भी क्या होगा, लेकिन मुझे तो अच्छी तरह याद है। सुबह-सुबह उसका फोन आया था कि उसे दस हजार रुपये की सख्त जरूरत है। पाँच दिनों में लौटा दूँगा। उसने जरूरत से पूर्व 'सख्त' कहा तो मैं भी सख्त नहीं रह पाया। वैसे भी मैं उसे निहायत ईमानदार और समर्थ व्यक्ति मानता था, क्योंकि वह अपना मोबाइल नम्बर कभी नहीं बदलता था, जबकि मोबाइल हैंडसेट अक्सर बदलता रहता था।

मैंने स्कूटर उठाया, बैंक गया और अपने खाता से दस हजार रुपये निकालकर सहर्ष उसे दे आया।

उसने मुझे ठीक पाँचवें दिन लौटाने के वादे के साथ रुपये उधार लिये थे और पाँच बरस होने को आए। इस अवधि में उससे अनायास भेंट भी हुई। मेरा फोन भी बराबर अटेंड करता है, किन्तु यदि तकाजे के लिए उसके घर और ठीयों पर जाऊँ तो कभी नहीं मिलता। मिल भी कैसे सकता है? मैं उस एक को ढूँढ़ने जाता हूँ और उसे मुझ जैसे अनेक को ढूँढ़ने निकलना पड़ता है।

एक दिन रेलवे स्टेशन पर टकरा गया। भुक्तभोगी जानते ही हैं कि मैं कवि हूँ। मैं ब्रह्ममुहूर्त में रेलवे स्टेशन पर मय सूटकेस खड़ा था, इस उम्मीद से कि कहीं से कवि सम्मेलन के लिए फोन आ जाए तो तुरन्त ट्रेन पकड़ लूँ।

वह भी वहाँ अवश्य ही किसी की तलाश में आया होगा। उसने सम्भवतया भीड़भाड़ वाली जगह का चयन इसलिए किया होगा कि हो न हो, गुच्छे में तो एक-आध अंगूर मीठा निकल आएगा। वह मुझे देखकर हँसा। उसने दूर से हाथ नहीं हिलाया, बल्कि पास आकर हाथ मिलाया। मैंने भी हाथ पकड़ने की मुद्रा में उससे हाथ मिलाया। मैंने अप्रत्यक्ष इशारे से उसका ध्यान खींचने के लक्ष्य से कहा, "आज तो बड़ी चोट होते-होते बची। रेलवे स्टेशन पहुँचना अपरिहार्य था और मेरी जेब में एक पाई भी नहीं थी। जैसे-तैसे एक सज्जन से

लिफ्ट लेकर आया।" मैंने सोचा कि अपनी परिस्थिति के जिक्र से इसे जरूर मुझसे ली रकम की स्मृति होगी।

मेरी बात सुनकर वह हँस दिया। मैं लक्ष्य संधान में विफल रहा। उसे हँसता देख, मेरी दशा हो गई थी, मानो पृथ्वीराज चौहान ने चन्दबरदाई के बड़े नाप-जोख कर कहे 'चार बाँस चौबीस गज, अंगुल अष्ट प्रमान' वाले दोहे को हँसकर टाल दिया हो।

उसने सविस्तार बताना प्रारम्भ किया, "खुशी की बात है कि आपको लिफ्ट मिल गई। मनुष्यता अभी मरी नहीं है। तभी तो आकाश बिना खंभों के टिका है। चिन्ता व्यर्थ है। जिस तेजी से साधन सुविधाएँ बढ़ रही हैं, चौबीसों घंटे लिफ्ट मिला करेगी। अब तो शहर में एयरपोर्ट भी बनने जा रहा है। वह भी डोमेस्टिक नहीं इंटरनेशनल। जिस उद्देश्य से आज आप रेलवे स्टेशन पर खड़े हैं, शीघ्र ही एयरपोर्ट पर खड़े हुआ करेंगे।"

मैंने बढ़ती महँगाई की चर्चा छेड़ी, वह नई आर्थिक नीतियों के लाभ गिनाने लगा। मैंने मीडिया का हवाला दे, उसे सुझाया कि पेट्रोल-डीजल के भाव पहले ही आसमान छू रहे हैं, ऊपर से सरकार और मूल्यवृद्धि करने जा रही है। उसने कहा कि सब बेकार की बातें हैं, मैंने तो परसों ही नई कार फाइनेंस कराई है। मैंने घर खर्च की दिक्कतों की बात चलाई, वह विभिन्न योजनाओं में पूँजी निवेश के फायदे बताने लगा। मैं पाताल में धँसने की चिन्ता प्रकट करता, वह अंबर तक पहुँचने के आसान रास्ते बताने लगता।

मैंने उसे स्मरण कराया, "जो रकम तुमने मुझसे पाँच दिनों में लौटाने का वचन देकर उधार ली थी, वह हमारे बच्चों की बीमा की किश्त के लिए थी।"

वह प्रवचनकारों के अन्दाज में बोला, "जब जीवन का पलभर का भरोसा नहीं है तो पता नहीं लोग क्यों ये बीमा-वीमा कराते हैं?"

हम दोनों काफी समय संग-संग खड़े रहे। इस बीच मैंने देखा कि कितने ही लोग आए जो मेरी ओर तो झाँकते भी नहीं थे जबकि उसके आगे झुक-झुककर हाथ जोड़ते थे। उसने अपने शर्ट की कॉलर उठाई और मुझ पर रौब झाड़ते हुए बोला, "देखा यारों का जलवा?"

मैं गले तक भर आया था। मैंने हथौड़ा मारा, "लोगों से उधार ले-लेकर लौटाओ नहीं तो आइडेंटिटी तो बनती ही है।"

उसने इस पर भी मुक्तभाव से ठहाका लगाया और मुझसे हाथ छुड़ा, अपने प्रोजेक्ट में लग गया।

मैं भरे मन खाली हाथ सोचता रहा कि जो उधार लेने में संकोच न करे, लेकिन चुकाने में करे, वह कभी आर्थिक तंगी नहीं भुगत सकता। जिसने निर्लज्जता की चादर तान ली, वह पैर चाहे जितने पसार ले, उसके पैर कभी उघड़ नहीं सकते।

उसके रहन-सहन को देखकर विचार आया कि हम नेशनल से मल्टीनेशनल क्या हुए, बाजार में ऐसी-ऐसी काठ की हाँड़ियाँ आ गई हैं, जो अनेक बार चढ़ाई जा सकती हैं। जलना तो दूर, काली तक नहीं पड़तीं। काठ की लज्जाप्रूफ क्वालिटी देख, उस कहावत ने ही आत्मदाह कर लिया, जिसके अनुसार काठ की हाँड़ी चूल्हे पर सिर्फ एक ही बार चढ़ सकती है।

जब कवि सम्मेलन बाबत कहीं से किसी का कोई फोन-वोन नहीं आया और तमाम गाड़ियाँ निकल गईं तो मैं घर लौट आया। मैंने पछतावा करते हुए पत्नी से कहा, "वह आज मिला था। मुझे उसे रुपये उधार देने ही नहीं चाहिए थे। कुपात्रों के कारण सुपात्रों की सहायता का भी मन नहीं करता।"

पत्नी मेरा कर्ज चुकाने का मौका नहीं चूकी, "आप जिसे उधार देते हो, वह लौटता भी है कभी? देने भी खुद गए और लेने के लिए भी चक्कर काटने पड़ रहे हैं?"

मेरे अन्दर के मददगार ने कहा, "आदमी ही आदमी के काम आता है। बादल होकर प्यासी धरा को पानी न दे तो फिर बादल होने का क्या अर्थ है?"

वह दुनियादार हुई, "प्रकृति और मनुष्य-प्रकृति में बड़ा फर्क होता है। व्यक्ति एक बार शर्म त्याग दे तो समझो हो गया सदा के लिए बेशर्म। उतर गई लोई तो क्या कर लेगा कोई।"

मैंने तर्क दिया, "वह तब विपत्ति में फँसा होगा। पहले कभी लेन-देन का काम भी उससे नहीं पड़ा था। पहली बार माँगने पर ही मना कर देता तो उसकी नजर में कैसा मददगार रह जाता मैं?"

पत्नी व्यावहारिक हो कहने लगी, "वह समय गया जब लोग शादी-ब्याह, हारी-बीमारी में ही कर्ज लेते थे। अब तो गैरजरूरी चीजों, कामों के लिए उधार ले लेते हैं। नये मॉडल की गाड़ी चाहिए। कपड़े, एसेसरीज लेटेस्ट डिजाइन के

हों। इलेक्ट्रॉनिक्स आइटम नवीनतम हों ही। मोबाइल हैंडसेट चार-छह महीने में बदलना ही बदलना है।"

उसके बारे में एक बड़ा रोचक किस्सा पता चला। किसी ने उससे पूछ लिया, "भाई जी काम-धाम कुछ करते नहीं दिखते हो। भरा-पूरा परिवार है। बच्चे महँगे शिक्षण संस्थानों में पढ़ रहे हैं। घर रईसों की भाँति मेंटेन रखते हो। कई-कई फोन, नई से नई कार। व्यक्तित्व ऐसा कि किसी बहुत बड़ी कम्पनी के एग्जीक्यूटिव लगते हो। सब कैसे साधते हो? कहाँ से मैनेज करते हो इतना धन? नित्य खबरें आती हैं कि मजदूर-किसान आत्महत्या कर रहे हैं और एक तुम हो?"

उसने पूरे आत्मविश्वास के साथ बताया, "मुझे प्रतिमाह कुल तीस हजार रुपये की आवश्यकता होती है। तीन दस हजारी फाँसने होते हैं हर महीने। हर तरफ धन की नदी बह रही है। बस, चोंच मारना आना चाहिए।"

मैं यदा-कदा फोन कर रुपये लौटाने का निवेदन करता हूँ तो अगला हँसकर कहता है कि तुम्हारा घर है। जब चाहो फोन करके आ जाओ।

यदि किसी से मिलना हो और वह कहे कि जब चाहो फोन करके आ जाओ तो उसके यहाँ बिना फोन किये जाना चाहिए, ताकि वह अवश्य मिले। यह भी मैंने उसी से सीखा।

मैंने फोन किया, "घर ही पर हो?"

उसने जवाब दिया, "नहीं, बाहर हूँ।"

मैंने कहा, "खाओ मेरे गले की सौगंध?"

वह बोला, "आपके गले की सौगंध।"

फोन पर न सिर्फ वह घर पर होते हुए भी कह देता है कि बाहर हूँ, बल्कि मेरे गले की सौगंध खाते समय अपना हाथ भी मेरे गले से लगा देता है, फोन पर ही।

एक दिन मैं बिना फोन किये उसके घर जा धमका। वह बेड पर बैठा था। सुस्ताने की मुद्रा में। जैसे शिकार कर लेने के उपरान्त बाज बैठता है। वह किसी से ताजा उधार लाए रुपये गिन रहा था। मुझे साक्षात देख हँसा। उसने सहजता से रुपये तकिये के नीचे दबाए। मैं मन-ही-मन बड़ा प्रसन्न हुआ कि आज तो काम बना ही समझो।

मैं भी उसी बेड पर बैठ गया। मैंने बात शुरू की, "पाँच दिनों का नाम लेकर रुपये उधार लिये थे। पाँच साल से ऊपर होने को आए। मेरा हाथ तंग है। लौटा दो तो जरा राहत मिले।"

उसने अधलेटा हो तकिये पर कुहनी टिकाई और हँसने लगा।

मैंने निवेदन किया, "इस बार दे दो। आवश्यकता पड़े तो फिर ले लेना।"

वह फिर हँसा।

मैंने मजबूरी बताई, "बच्चों की पढ़ाई की फीस देनी है। बन्दोबस्त हो नहीं रहा।"

वह बच्चों की तरह खिलखिलाकर हँसा।

मैंने बहाना बनाया, "रात से बूढ़ी माँ को खाँसी की शिकायत है, तुम उधार लौटा दोगे तो लौटते में उसके लिए दवाई लेता जाऊँ।"

वह हँसते-हँसते बूढ़ों की तरह खाँसने लगा।

वह नहीं पसीजा। मैं अपनी समस्या का जो भी प्रारूप बताता, वह उसी तर्ज पर अदाकारी करने लगता।

आखिर मैंने उससे पूछा, "बाल-बच्चेदार आदमी हो। बेहिसाब कर्ज ले रखा है। डर लगता है, तुम्हें कहीं सुसाइड न करनी पड़ जाए?"

वह बेफिक्री से बोला, "जनाजा बाजे-गाजे से निकलेगा। पाँव पूरे पसार कर सोऊँगा। बैंड-चादर सब उधार मिलते हैं।"

मैं अजीब सोच में डूब गया। क्या निश्चिन्तता है? सरकारी करनी के नतीजे आ तो रहे हैं। एक समय था जब व्यक्ति अत्यावश्यक होने पर ही हीनताबोध के साथ कर्ज लेता था और चुकाकर गर्वित होता था। फिर थोड़ी तरक्की हुई। व्यक्ति रोता हुआ ऋण लेने लगा और रोते-रोते चुकाने लगा। अपने अभाव गिनाकर उधार माँगता और लौटाने का वक्त आता तो फिर अभाव गिनाने लगता। अब तो उदारीकरण का दौर है। मनी और करेक्टर में अवमूल्यन की जबरदस्त होड़ चल रही है। नई अर्थनीति ने अर्थशास्त्र ही उलट-पलट डाला। रोकर उधार लेने वाला हँसकर उधार लेने वाला बन गया। भले स्वीकारो मत, पर विकास तो हुआ है। लोग हँसते हुए कर्ज लेते हैं और चुकाने की बात आए तो फिर हँसने लगते हैं।

मुझे अपने एक परिचित के यहाँ डिनर पर जाना पड़ा। उसने किसी बैंक

से लोन हेतु आवेदन कर रखा था। उस दिन उसका लोन पास हुआ था। डिनर उसी मांगलिक अवसर के उपलक्ष्य में था। मेरे पास चूँकि स्कूटर था, सो मेरा एक मित्र भी अटैच हो लिया।

हमने देखा कि मेजबान के यहाँ हमारे पहुँचने के थोड़ी देर बाद ही वह भी सपरिवार सूटेड-बूटेड चमचमाती कार से उतरा। उसे देखकर मैंने मित्र से कहा, "अहा हा! कितना सुखकारी होता है। क्रेडिटकार्ड से खरीदे कपड़े पहन, किश्तों पर उठाई गाड़ी ड्राइव करते हुए, उस पार्टी में शामिल होना, जो लोन मिलने के उपलक्ष्य में दी जा रही हो।"

मैं और मेरा मित्र एक ओर अलग-थलग से खड़े थे। ज्योंही वह हमारे करीब से गुजरा। मैंने औपचारिकता निभाते हुए मित्र से उसका परिचय कराया। मित्र ने उससे हाथ मिलाया और मुझे उलाहना दिया, "तुम भी कैसी मजाक कर रहे हो? इन्हें कौन नहीं जानता?"

मैंने कहा, "दोस्त, मैं कोई परिचय-वरिचय नहीं करा रहा हूँ, आगाह कर रहा हूँ।"

वह हमारी हँसी में अपना ठहाका मिलाकर मेजबान की दिशा में बढ़ लिया।

मैं मित्र को उसकी खासियत बताने लगा कि वह कहीं भी, किसी से भी, कितना भी उधार माँग सकता है और सामने वाले की क्या मजाल जो उसे देने से बच सके।

मित्र ने भी रहस्योद्घाटन किया कि एक बार इसने मुझसे भी दो हजार रुपये माँगे थे। मैंने कहा कि मेरी जेब में तो मात्र पचास रुपये हैं। तो बोला कि चल, पचास ही दे। मैंने जेब से निकालकर पचास का नोट इसे दे तो दिया, लेकिन पूछे बिना न रह सका कि यह क्या बात हुई? मेरे पचास रुपये देने से तुम्हारी दो हजार रुपये की जरूरत कैसे पूरी हो सकेगी? तो पता है इसने क्या कहा? कहा कि वह अलग गणित है। असल में मेरी कार प्रतिलीटर पन्द्रह किलोमीटर का एवरेज देती है। तुम्हारे दिये पचास रुपये का एक लीटर पेट्रोल इसमें डलवाकर पन्द्रह किलोमीटर तक अन्य को टटोल सकता हूँ।

मैंने मित्र को उसकी अच्छाई बताई, "ऐसा नहीं है कि यह लोगों से महज लेता ही लेता है, बल्कि वक्त-जरूरत औरों की मदद भी करता है।"

सुनकर मित्र आश्चर्यचकित हुआ और पूछा, "मदद भी करता है यह जरूरतमन्दों की?"

मैंने बताया, "हाँ, मदद करता है, बल्कि करता ही रहता है। मान लो, इसने किसी से एक हजार रुपये माँगे और उसने इसे सिर्फ बीस रुपये ही दिये तो इसके द्वारा उसकी नौ सौ अस्सी रुपये की मदद हुई कि नहीं हुई?"

मित्र बजाय हँसने के, गम्भीर हो उसके प्रति कृतज्ञ हुआ। स्वयं को उसका ऋणी माना कि उसने एक दिन आड़े वक्त में उसकी भी उन्नीस सौ पचास रुपये की सहायता की थी।

प्रेम गली अति साँकरी

अपने देश में प्रेम करना और प्रेम न करना, दोनों कभी खतरे से खाली नहीं रहे। अन्य दिनों की छोड़िए, वेलेंटाइन डे तक पर श्रीराम सेना वाले तो धमकी दे डालते हैं कि जो कोई प्रेम करता हुआ पाया गया उसे पीटेंगे और सरकार पुलिस को यह आदेश दे देती है कि देखो, इस दिन सिंगल नागरिक भी प्रेम से वंचित नहीं रहना चाहिए। फलत: प्रेम करने वालों को श्रीराम सेना वाले पीटते हैं और प्रेम न करने वालों को पुलिस वाले।

मुझसे भिन्न-भिन्न प्रकार के लोग भिन्न-भिन्न प्रकार की सलाहें लेने आते रहते हैं। इस भय से कि जाकर सलाह नहीं ली तो देने आ जाएगा।

एक दिन एक नौजवान मेरे पास आया और निवेदन किया कि क्या एक सलाह मिलेगी?

मैंने सुअवसर लपका, "बैठा ही इसलिए हूँ। सलाह तो मैं बिन माँगे ही देता हूँ, तुम तो माँग भी रहे हो। एक क्यों दस माँगो।"

उसने कहा, "मैं चौपाया होना चाहता हूँ। आपकी क्या सलाह है?"

मैंने प्रतिप्रश्न किया, "अक्ल से तो लग ही रहे हो और कैसा चौपाया होना चाहते हो?"

उसने बात घुमाई, "क्या आपने प्रेम या प्रेमविवाह किया था?"

मैं बोला, "मैंने न प्रेम किया और न प्रेमविवाह। ऐसे मामलों में मेरी स्थिति सदैव 'क्या जाने अदरक का स्वाद' वाली रही है। मेरी शादी पूरी तरह सुनियोजित थी। और मेरी भाँति शादियाए हुए जानते ही हैं कि अपने यहाँ मैरिज अरेंज हो तो सारे काम पिता करता है, सिवाय फेरे खाने के।

मुझे तो स्कूल-कॉलेज के समय में भी प्रेम-व्रेम नसीब नहीं हुआ था। मैं

था हिन्दी साहित्य का छात्र, सो मरते हुए पर कौन मरती? लेकिन वह कमजोरी ही मेरी ताकत भी थी। एक तो साहित्य का छात्र होने से मेरी भाषा अच्छी थी। दूसरा, मैंने ट्रकों पर लिखी शेरो-शायरी पढ़-पढ़कर स्मृति-भंडार फुल कर रखा था। उस कारण प्रेमी युवक मुझसे प्रेमपत्र लिखवाते थे। और मैं जिस युवक के लिए एक भी प्रेमपत्र लिख देता था, उसके दो में से एक या दोनों नतीजे तय थे। या तो वह अपनी प्रेमिका और उसके अन्य प्रेमियों द्वारा पिटता था या उस प्रेमिका से उसकी शादी हो जाती थी (हालाँकि ले-देकर बात एक ही है)। भले काफी समय गुजर गया, लेकिन आज भी कई अपनी प्रेमिका-पत्नी और बाल-बच्चों के साथ टकरा जाते हैं जो मेरे लिखे प्रेमपत्रों की वजह से ब्याहे गए थे। मुझे देखते ही दाँत पीसते हुए बड़बड़ाने लगते हैं कि तू ही है वह जिसने हम भले युवकों को महासंग्राम में झोंक डाला।"

वह बोला, "तब तो आपसे प्रेम या प्रेमविवाह को लेकर सलाह क्या, चर्चा ही व्यर्थ है।"

मैंने कहा, "व्यर्थ क्यों है? मैंने भाँग नहीं खाई तो क्या, भँगेड़ियों को तो देखा है। यों भी हर विषय पर सलाह देने पर उतारू हम भारतीयों को अनुभव वगैरह की कहाँ जरूरत होती है?"

उसने बात बढ़ाई, "मुझे लव मैरिज करनी चाहिए या अरेंज मैरिज?"

मैंने तुरन्त सलाह दी, "जब घंटेभर घोड़ी पर बैठकर जीवनभर के लिए स्वयं घोड़ी बनना है तो लव का बाईपास क्यों? प्रेम से नहीं बच सके तो प्रेमविवाह से तो बचो। बाद में पछताना न पड़े कि हाय! किसी पेशेवर प्रेमी से गीता-रहस्य समझ लेते तो मुक्ति पा जाते।

श्रीकृष्ण ने तो द्वापर में ही प्रयोग द्वारा सिद्ध कर दिया था कि सफल गृहस्थी का कुल भेद यह है कि रास राधा संग रचाओ और ब्याह रुक्मणि से करो।"

उसने शंका प्रकट की, "प्रेमविवाह के कितने साइड इफेक्ट होते होंगे?"

मैंने कहा, "कितने गिनाऊँ? ब्याह की कुनैन खाते ही प्यार का मलेरिया उतर जाता है। गगनविहारी तोते को पिंजरे में बन्द कर दो तो बेचारा बासी हरी मिर्च और चने की सूखी दाल को ही ताजा फल समझने लगता है। जो उड़-उड़कर टीं-टीं गाता था, वह रटा-रटाया राम-राम दोहराता रहता है। मैंने प्रेम के दौरान कबूतर उड़ाने वालों के विवाहोपरान्त तोते उड़ते देखे हैं।

प्रेमिका संग प्यार के पलों में झीलों-तालाबों में फेंके गए कंकर शादी होते से ही दाल-सब्जियों में निकलने लगते हैं। प्रेमी जिस प्रेमिका को शादी के लिए लेकर भागता है, शादी के चार-छह माह बाद उसे देखते ही भागने लगता है।

इश्क बलिदान माँगता है। मैं ऐसे कई को जानता हूँ जिन्होंने कभी अपने पिता की गाढ़ी कमाई से प्रेमिकाओं को जलेबियाँ खिलाई थीं और आज वे हलवाई का काम कर रहे हैं।"

उस पर उम्र का जोर तारी था। उसने मेरी सम्पूर्ण सलाह खारिज की और मुझे चिढ़ाने की गरज से खुमार बाराबंकवी का शेर सुनाया—'न हारा है इश्क न दुनिया थकी है/दिया जल रहा है हवा चल रही है'।

मैं भी कहाँ परास्त होने वाला था। अविलम्ब सलाह दागी, "प्रेम दर्शन का विषय है, प्रदर्शन का नहीं। नेह के नाम पर देह के आकर्षण से बचो। शमा का स्थान ट्यूबलाइट ने ले लिया है, परवाना जलने की चाहत से जाता है और उसे छिपकली खा जाती है।"

मेरी सलाह सुनी-अनसुनी कर वह चला गया। मैं अगले सलाहेच्छु की प्रतीक्षा करने लगा।

सत्यदमन और शान्तिरिपु

प्राचीन काल में आत्मनिर्भर नामक राज्य पर सत्यदमन नामक राजा राज करता था।

राजा सत्यदमन के सुशासन की दो प्रमुख विशेषताएँ थीं। हँसने पर सख्त पाबन्दी और उसकी हाँ में हाँ न मिलाने का मतलब—सत्य का विरोध।

राजा सत्यदमन जिस सिंहासन पर बैठता था, वह कोई सिंह की आकृति वाला आसन नहीं था, बल्कि सामान्य कुर्सी ही थी। चूँकि उस सामान्य कुर्सी पर बैठने के बाद सियार को भी सिंह हो जाने जैसी फीलिंग आती थी, अत: उसे सामान्य कुर्सी होने के बावजूद सिंहासन सम्बोधित किया जाता था।

राजा सत्यदमन का स्वयं का दावा था कि सम्पूर्ण ब्रह्मांड में उसके जैसा पराक्रमी राजा न भूतकाल में हुआ है और न भविष्य में होगा। राजा सत्यदमन के अतुलनीय पराक्रमी होने का अन्दाज उस दृश्य से भी लगाया जा सकता था कि उसके सिंहासन के चारों पायों से धर्म, राष्ट्रवाद, एजेंसियाँ और मीडिया हर समय बँधे रहते थे। चारों पायों से बँधे बेचारे वे उतनी ही लम्बाई तक घूम-फिर सकते थे जितनी उनकी रस्सियों की लम्बाई रख छोड़ी गई थी। बन्धकों का रिमोट राजा के हाथ में था और राजा का रिमोट कहीं दूर किसी धनपति के हाथ में।

धर्म मिशनभाव से प्रजा को यह गूढ़ रहस्य समझाने में रत रहता था कि भ्रम ही ब्रह्म है। राष्ट्रवाद का दृढ़ मत था कि उसके तेज के आगे सूर्य भी निस्तेज है। एजेंसियाँ राजा के लिए ढाल का काम करती थीं और राजा के विरोधियों के लिए तलवार का। मीडिया का एकमात्र लक्ष्य था राजा के षड्यंत्रों को कूटनीति और मूर्खताओं को मास्टर स्ट्रोक सिद्ध करते रहना।

शासन पर मजबूत पकड़ बनाए रखने के लिए राजा सत्यदमन सदैव तरकश में छह घातक तीर रखता था—कॉस्ट्यूम मोह, कैमराकांक्षा, प्रचारपिपासा, अहंकार, आत्ममुग्धता और मिथ्याभाषण।

रात में राजा देर से सोता था, ताकि देर रात तक कॉस्ट्यूम चेंज करता रहे और सुबह जल्द उठ जाता था, ताकि फटाफट कॉस्ट्यूम चेंज करना शुरू कर सके।

राजा को कैमरे में कैद होने की इस हद तक लत थी कि किसी दीवार पर 'आप सीसीटीवी कैमरे की नजरों में हैं', लिखा पढ़कर जहाँ जन सामान्य में डर पैदा होता था, वहीं राजा सत्यदमन की बाँछें खिल उठती थीं।

अपने प्रचार के मामले में वह अन्य राज्यों के राजाओं से असंख्य योजन आगे था। अन्य राज्यों के राजा जहाँ नेकी हो जाने पर मीडिया-सोशलमीडिया पर अनायास डाल-डूल देते थे, राजा सत्यदमन मीडिया-सोशलमीडिया पर डालने ही के लिए 'नेकियाँ' किया करता था।

अपने अहंकार की तुष्टि के लिए राजा अपने ही हाथों अपने ऊपर चँवर डुलाने का एक्शन बराबर करता रहता था।

राजा सत्यदमन की आत्ममुग्धता का कोई पारावार नहीं था। एक दिवस शिकार के लिए गया राजा जंगल में जब पाँच मिनट तक अपनी धज नहीं देख पाया तो उसके प्राण सूखने लगे। जंगल में दर्पण की व्यवस्था थी नहीं और शिकार की प्लानिंग और हथियारों के चयन की हड़बड़ी में सबके मोबाइल भी राजमहल ही में छूट गए थे। वह तो एक हाँका लगाने वाला अपनी वाटर बोटल से गड्ढे में पानी भरकर राजा को धज देख लेने का जुगाड़ नहीं करता तो उस बियाबान में मुख्य शिकारी का खुद शिकार होना तय था।

आ हा हा हा! राजा के मिथ्याभाषण के तो कहने ही क्या थे? वह राज्य में भूकम्प आने का दावा करता था और पत्ता तक नहीं हिलता था तो भूकम्प आने वाला उसका दावा ऑन रिकॉर्ड होने पर भी वह अपने दावे से पलटकर कह डालता था कि देखो, मैंने तो पहले ही दावे के साथ कह दिया था कि मेरे रहते राज्य में पत्ता तक नहीं हिल सकता।

सही राय देने यानी दोहरे होकर 'जी! हुजूर' कहने के लिए राजा सत्यदमन के

मातहत एक भारी-भरकम अमात्यमंडल था। यह अलग बात है कि अमात्यमंडल में अकेला शान्तिरिपु ही अमात्य-महामात्य सब कुछ था, बाकी तो बस मंडल था।

महामात्य शान्तिरिपु की हैसियत इस बात से लगाई जा सकती थी कि वह राजा सत्यदमन के दोनों हाथ था। दायाँ भी और बायाँ भी।

जैसा कि नाम से स्पष्ट है, महामात्य शान्तिरिपु शान्ति का शत्रु था। महामात्य शान्तिरिपु ही ने राजा सत्यदमन को सुशासन का रहस्य बता रखा था कि महाराज, शान्तिपूर्वक शासन करने के लिए राज्य में हर घड़ी अशान्ति बनाए रखना बेहद जरूरी होता है।

इस हेतु राजा सत्यदमन ने जब राज्य के नागरिकों को लड़ाकर दो भागों में विभाजित करने के हथकंडे अपनाने का आदेश दिया तो महामात्य शान्तिरिपु ने सुझाया कि महाराज 2जी का जमाना लद गया। अब दुनिया 5जी-6जी की ओर बढ़ रही है। अत: नागरिकों को सिर्फ दो भागों में बाँटने से बात नहीं बनेगी। चिरकाल तक राज करने के लिए प्रजा को कई भागों में बाँटकर रखना जरूरी होता है, बल्कि मजा तो तब है जब नागरिकों को कई भागों में बाँटते रहने के बजाय हर नागरिक को कई भागों में बाँट दिया जाए।

गुणों के मामले में राजा सत्यदमन खुद भले ही अधूरा था, पर वह गुणग्राहक पूरा था। उसने शान्तिरिपु के गुणों को पहचाना और जो शान्तिरिपु सिर्फ अमात्य लायक समझा गया था, इस शानदार सलाह के बाद महामात्य बना दिया गया।

राजा सत्यदमन राज्य में बराबर अशान्ति बनाए रखने की जिम्मेदारी महामात्य शान्तिरिपु को सौंपकर निश्चिन्त हो गया। महामात्य शान्तिरिपु ने भी अपने पद की जिम्मेदारी और कर्तव्य का हमेशा ध्यान रखा और राज्य में अशान्ति बनाए रखने को लेकर कभी शिकायत नहीं आने दी। उसने प्रजा को सदैव बेचैन रखा, ताकि राजा चैन से राजा बना रह सके।

महामात्य शान्तिरिपु के सद्प्रयासों से हालात यहाँ तक अशान्त रहते थे कि नागरिक प्रथम तो परस्पर सलाम-नमस्ते ही नहीं करते थे और सलाम-नमस्ते करते भी थे तो एक-दूसरे को सबक सिखाने के उद्देश्य से करते थे।

लोग इस कदर गुस्से से भरे रहते थे कि जूते-चप्पल बजाय पहनकर चलने के, तानकर चलते थे।

सम्पूर्ण राज्य में सिंगल सिटीजन के भी शान्त रहने का मतलब था, इन्द्र

का सिंहासन डोलाने के लिए किसी ऋषि द्वारा तपस्या शुरू कर डालना। अत: किसी नागरिक के क्षणिक शान्ति रखते ही महामात्य शान्तिरिपु के सिपाही उसे अशान्तिभंग के अपराध में पकड़कर कारागार में डाल देते थे।

बहुधर्मी लोगों को धर्मों के नाम पर लड़ाया जाता था। जहाँ एक ही धर्म के लोग रहते, वहाँ जातियों के नाम पर भिड़ाया जाता और एक ही जाति के लोग होने पर गोत्रों के नाम पर। एक गोत्र वालों में उपगोत्रों की दीवारें ख़ड़ी कर जूतम-पैजार कराई जाती थी।

प्रजा में लड़ाई-झगड़े की खबर नहीं मिलने पर महामात्य शान्तिरिपु तत्काल काम पर लगता था कि मेरे होते यह अघट कैसे घट गई?

महामात्य शान्तिरिपु के क्रिया-कलापों से राज्य में अशान्ति का यह आलम था कि विश्राम की मुद्रा में खड़ा नागरिक भी उलटी गुलेल का लुक देता था।

महामात्य शान्तिरिपु के कारनामों से राजा सत्यदमन भी राज-काज में अशान्ति का महत्त्व जान चुका था। यही कारण है कि एक दफा सड़क महकमा सँभाल रहे शान्तिप्रिय अमात्य ने राजा सत्यदमन से निवेदन किया, "महाराज! राज्य में हर तरफ तू-तड़ाक, गाली-गलौच, दंगे-फसाद चल रहे हैं। कोई कुल्ला भी कर रहा होता है तो लगता है बन्दूक अपनी नाल खुद साफ कर रही है। अशान्ति मानवता के लिए अशुभ होती है, महाराज।"

राजा सत्यदमन उस पर फट पड़ा, "अपनी सड़कछाप सलाह अपने ही पास रखा करो। जिसे तुम अशान्ति बता रहे हो, वही तो मेरे सुशासन की टीआरपी है।"

बँधुआ न्यूज चैनलों पर घंटों अपना महिमामंडन सुनने-देखने के बाद भी जब समय नहीं कटा तो राजा सत्यदमन नेलकटर लेकर नाखून काटने लगा।

राजा सत्यदमन अपने नाखून खुद काटने लगा, ताकि राज्य के नाम के अनुरूप प्रजा में आत्मनिर्भर बनने का सन्देश जा सके।

वह जैसे-जैसे अपने नाखून काटता जाता था, उसके ठीक सामने कागज-कलम लिये खड़ा उसका राजकवि वैसे-वैसे सीन को छंदबद्ध करता जाता था।

यों तो नेलकटर राजमहल के आसपास की छोटी-मोटी दुकानों पर भी आसानी से उपलब्ध थे, लेकिन राज्य को फुल्ली डिजिटल बनाने के लक्ष्य से

राजा सत्यदमन ने नेलकटर ऑनलाइन खरीदा था।

नेलकटर था तो 'मेड इन पिंगपोंग', पर स्वदेशी के हो-हल्ले को देखते हुए पिंगपोंग राज्य की निर्माता कम्पनी ने उसकी पैकिंग पर 'मेड इन आत्मनिर्भर' लिखवा दिया था। इससे आत्मनिर्भर राज्य की मुद्रा भले ही बाहर चली जाती थी, पर स्वदेशी के प्रति आग्रही नागरिकों का राष्ट्रवाद तुष्ट रहता था।

ऐसा नहीं था कि नेलकटर जैसी सामान्य वस्तु भी आत्मनिर्भर राज्य के उद्यमी नहीं बना सकते थे। बना सकते थे, लेकिन पिंगपोंग नामक राज्य के राजा से राजा सत्यदमन की प्रगाढ़ मैत्री की वजह से 'मेड इन पिंगपोंग' नेलकटरों का आयात अपरिहार्य कर दिया गया था।

राजा सत्यदमन ने नाखून काटने को ज्योंही नेलकटर उठाया, राजकवि ने कविता रची—'रिपुओं के शीश उड़ाने को तलवार उठाई सिंघम ने'। राजा सत्यदमन ने बाएँ हाथ की अँगुलियों के नाखून काटकर दाएँ हाथ की अँगुलियों के नाखून काटने के लिए नेलकटर को दाएँ से बाएँ हाथ में पकड़ा तो राजकवि ने अपने राजा की वीरता का कलात्मक वर्णन किया—'हाथों की अदला-बदली कर तलवार चलाई सिंघम ने'।

राजा सत्यदमन अपनी एक अँगुली का नाखून काटता और राजकवि से अपनी उस वीरता का काव्यात्मक बखान सुनता, तत्पश्चात ही नेलकटर दूसरी अँगुली के नाखून की ओर बढ़ाता। यदि एक नाखून सम्पूर्ण कटने पर भी राजकवि राजा सत्यदमन के उस पराक्रम को काव्य में नहीं बाँध पाता तो राजा सत्यदमन तब तक उस कटे हुए नाखून को ही काटने का अभिनय जारी रखता, जब तक कि राजकवि उस दृश्य को छंदबद्ध नहीं कर देता था।

हाथों-पैरों की बीसों अँगुलियों के नाखून काटते-काटते राजकवि ने निम्नलिखित मजेदार कविता लिख मारी—

रिपुओं के शीश उड़ाने को तलवार उठाई सिंघम ने।
हाथों की अदला-बदली कर तलवार चलाई सिंघम ने॥
खड्ग एक हाथ दो और दुश्मन की संख्या बीस लाख,
सबकी गर्दन यों काटी काटी हों गाजर बीस लाख,

आसन पर बैठे-बैठे ही तलवार चलाई सिंघम ने।
हाथों की अदला-बदली कर तलवार चलाई सिंघम ने॥
पाँच मिनट में रण जीता हल्की सी लीनी अँगड़ाई,
थकने-वकने की बात दूर शिकन-विकन तक ना आई,
देवों ने पुष्पवृष्टि की तलवार चलाई सिंघम ने।
हाथों की अदला-बदली कर तलवार चलाई सिंघम ने॥

राजा सत्यदमन ने सच्ची कविता रचने पर अपने राजकवि को एक नाखून बराबर एक लाख स्वर्ण-मुद्राएँ अर्थात बीस लाख स्वर्ण-मुद्राएँ भेंट कीं।

राजकवि को इतनी बड़ी भेंट देना बनता भी था, क्योंकि राजा के लिए सच्चा कवि वही होता है जो नेलकटर को तलवार लिख दे, एक नाखून की तुलना एक लाख दुश्मनों से कर दे और नाखूनों में खून नहीं होने के बावजूद राजा द्वारा उनके काटे जाने पर अपनी कलम से खून की नदियाँ बहा दे।

महामात्य शान्तिरिपु ने अपने रणनीतिक कौशल से आत्मनिर्भर राज्य के नागरिकों को मोटा-मोटी तीन श्रेणियों में बाँट रखा था। भक्त, विरोधी और मूर्ख।

महामात्य शान्तिरिपु की तमाम तिकड़मों के बावजूद जो उक्त श्रेणी विभाजन से बच-खुच गए थे, वे समझदार थे। मूर्ख इस सीमा तक मूर्ख होते थे कि वे खुद को समझदार मानते थे और समझदारों को मूर्ख।

भक्तों का मिशन था अपने आराध्य राजा सत्यदमन से भिन्न मत रखने वालों को ईश्वर विरोधी मानना और उन्हें चिढ़ाने के लिए जीभें दिखाते रहना। विरोधियों का काम था, भक्तों द्वारा जीभें दिखाए जाने पर जवाब में अँगूठे दिखाना। यदि समझदार दोनों पक्षों को समझाते कि बजाय एक-दूसरे को जीभें-अँगूठे दिखाने के हम सबको मिलकर राजा सत्यदमन को नीति विरुद्ध कार्य करने पर मुट्ठियाँ तानकर दिखानी चाहिए तो मूर्ख भक्तों के खेमे में खड़े होकर समझदारों को जीभें दिखाने लगते थे।

राजा सत्यदमन ने आटे पर पुराना टैक्स बढ़ा दिया और नमक पर नया टैक्स लगा दिया। उसे आशंका हुई कि प्रतिक्रिया में मुट्ठियाँ तन सकती हैं। उसने महामात्य शान्तिरिपु को इशारा किया और शान्तिरिपु ने भक्तों को। फिर

क्या था, महामात्य शान्तिरिपु का इशारा पाते ही भक्त डीजे की धुनों पर नाचते-गाते विरोधियों को जीभें दिखाने निकल पड़े। सैकड़ों चिढ़ाती हुई जीभें अपनी ओर बढ़ती देख, विरोधी भी छतों-बालकनियों पर से जीभें दिखाने वालों को अँगूठे दिखाने लगे।

समझदारों ने दोनों पक्षों को समझाने की कोशिश की तो वर्चुअल मचानों पर चढ़कर मूर्खों ने उन्हें जीभें और अँगूठे दोनों दिखाने शुरू कर दिये।

दृश्य ऐसा मनोरंजक बन पड़ा कि भक्त, विरोधी, मूर्ख, समझदार सब आटा-नमक का भाव भूल गए।

यह आत्मनिर्भर राज्य का पूर्ण कालिक खेला था। राजा सत्यदमन अनीति करके महामात्य शान्तिरिपु को इशारा करता। महामात्य शान्तिरिपु भक्तों को इशारा करता। महामात्य शान्तिरिपु का इशारा पाते ही भक्त डीजे की धुनों पर नाचते-गाते विरोधियों को जीभें दिखाने निकल पड़ते। सैकड़ों चिढ़ाती जीभें अपनी ओर बढ़ती देख, विरोधी छतों-बालकनियों पर से जीभें दिखाने वालों को अँगूठे दिखाने लगते। समझदार दोनों पक्षों को समझाने की कोशिश करते तो ऑनलाइन मचानों पर चढ़कर मूर्ख समझदारों को जीभें और अँगूठे दोनों दिखाने लगते।

दृश्य ऐसा मनोरंजक बन पड़ता कि भक्त, विरोधी, मूर्ख, समझदार सब राजा सर्वदमन की अनीति भूल-भाल जाते।

एक बार जीभें दिखाकर चिढ़ाने के उद्‌देश्य से भक्त डीजे की धुनों पर नाचते-गाते विरोधियों के यहाँ पहुँचे। जब बदले में अँगूठे दिखाने वाले विरोधी नहीं दिखे तो भक्तों को बड़ी निराशा हुई कि आज तो वार खाली चला गया।

चिढ़ने के लिए शिकार न मिले तो चिढ़ाने वाला अपने से चिढ़ने लगता है। अत: उस हादसे के बाद से भक्त जीभें दिखाने वाले काम पर तभी निकलते थे, जब उन्हें दरबारी सूत्रों से पुख्ता सूचना मिल जाती थी कि चिढ़ने वाले घरों पर ही मौजूद हैं, निकल लो। जीभों का जवाब अँगूठों से देने वाले भी काम-धंधे छोड़-छाड़कर घरों ही पर रहने लगे थे कि आने दो जीभें दिखाने वालों को।

चूँकि परस्पर चिढ़ाने के लिए मनुष्य के पास जीभ एक ही होती है, जबकि अँगूठे दो। सो, जीत के अहसास के बावजूद भक्तों के मन में यह कसक रहती थी कि हाय! हम सौ का मुकाबला वे पचास होकर ही कर लेते हैं।

मजे की बात थी कि महीने में दो-चार बार तो भक्त इस कसक के याद आने पर ही डीजे की धुनों पर नाचते-गाते विरोधियों को जीभें दिखाने निकल पड़ते थे।

राजा सत्यदमन का दृढ़मत था कि ई-रिक्शा, ई-बैंकिंग, ई-मेल, ई-सिगरेट, ई-कॉमर्स की तर्ज पर जिस दिन आत्मनिर्भर राज्य की तमाम भाषाओं-बोलियों के तमाम शब्दों से पहले 'ई' लगा दी जाएगी, उसी दिन राज्य में डिजिटल क्रान्ति हो जाएगी।

राजा सत्यदमन डिजिटल क्रान्ति के मजे जानता था। डिजिटल क्रान्ति के बाद वे लोग भी बसों, ट्रेनों, हवाई जहाजों के किराए और टाइम टेबल देखते रह सकते हैं, जिन्हें कभी कहीं नहीं जाना होता। परीक्षाएँ ऑनलाइन हो जाने से नकल के पुर्जों पर जाया होने वाला समय और कागज दोनों बचते हैं। डिजिटल क्रान्ति उपरान्त जेबकतरे प्रमोट होकर ठग बन सकते हैं। रियल लाइफ के कष्टों को परास्त करने के लिए वर्चुअल लाइफ ब्रह्मास्त्र होती है।

सूर्योदय का वक्त था। राजा सत्यदमन मुकुट धारण किये सिंहासन पर आरूढ़ था। सूरज उसके कमलमुख पर स्वर्णिम किरणें बिखेर रहा था। राजा सत्यदमन यदि रात में भी मुकुट धारण कर सिंहासन पर आरूढ़ हो जाता तो उसके कमलमुख पर स्वर्णिम किरणें बिखेरने के लिए सूरज को रात में भी निकलना पड़ता था।

भक्तों का तो यहाँ तक दावा था कि एक रात उनका महापराक्रमी राजा सत्यदमन मुकुट धारण कर सिंहासन पर आरूढ़ हुआ, लेकिन पूरी रात गुजरने पर भी उसके कमलमुख पर स्वर्णिम किरणें बिखेरने सूरज नहीं आया। फिर क्या था, कुपित राजा सत्यदमन ने सुबह उदय होते ही भरे दरबार में बुलाकर सूरज की ऐसी क्लास लगाई कि बेचारा रात में निकलने को सदा के लिए तरस गया। वह तो सूरज ने राजा सत्यदमन से अपने अपराध के लिए साष्टांग क्षमा माँग ली थी, अन्यथा वह उसका हमेशा के लिए दिन में भी निकलना बैन कर देता।

राजा सत्यदमन ने सरकंडे की कलम काली स्याही वाली दवात में डुबो रखी थी और हिन्दी-अंग्रेजी के विभिन्न शब्दकोश खोलकर फैला रखे थे। उसे

हिन्दी शब्दकोशों में प्रकाशित शब्दों से पहले ईख वाली 'ई' लिखनी थी और अंग्रेजी शब्दों से पहले 'E' for Elephant.

राज्य को डिजिटल बनाने पर आमादा राजा सत्यदमन ने राज्यभर में फैले हिन्दी वर्णमाला के विशेषज्ञ विद्वानों से इमली वाली 'इ' और ईख वाली 'ई' की मात्राशक्ति का भेद पहले ही समझ लिया था। साथ ही उसने हिन्दी-अंग्रेजी के दो-दो प्रूफरीडर भी तैनात कर रखे थे, ताकि वह कहीं हिन्दी शब्द के पहले 'E' for Elephant और अंग्रेजी शब्द से पहले ईख वाली 'ई' न लिख बैठे। राजा सत्यदमन की जैसी शिक्षा-दीक्षा हुई थी, उसकी कलम से ऐसा उलटफेर होता रहता था।

अंग्रेजी शब्दों से पहले 'E' for Elephant लिखने का काम उसने हिन्दी प्रोजेक्ट के बाद करने की सोची। दरअसल अंग्रेजी वाले काम में समय और मेहनत कम लगनी थी, क्योंकि उस जमाने में भी अंग्रेजी की 'E' तो सिर्फ 'E' for Elephant ही होती थी, लेकिन हिन्दी में 'इ' से इमली और 'ई' से ईख के अन्तर वाला लफड़ा भारी था।

राजा सत्यदमन से उसके तकनीकी सलाहकार ने करबद्ध निवेदन किया कि महाराज, डिजिटल क्रान्ति हिन्दी-अंग्रेजी शब्दों के पहले क्रमश: ईख वाली 'ई' और 'E' for Elephant लिखने भर से नहीं होगी। तकनीक और ज्ञान-विज्ञान को उन्नत करना होगा।

इतना सुनते ही भड़ककर राजा सत्यदमन ने अपने तकनीकी सलाहकार को देश निकाला दे दिया।

राजा सत्यदमन अपने दो कदमों से तीनों लोक नापता रहता था, सो भलीभाँति जानता था कि जिन अंग्रेजीभाषी राज्यों में डिजिटल क्रान्ति हो चुकी थी, उन्होंने भी वह उपलब्धि अपने अंग्रेजी शब्दों के पहले सिर्फ 'E' for Elephant लिखकर ही अर्जित की थी।

उधर तकनीकी सलाहकार देशनिकाले पर रवाना हुआ और इधर राजा सत्यदमन एकाग्र होकर हिन्दी शब्दों से पहले ईख वाली 'ई' लिखने में जुट गया।

आत्मनिर्भर राज्य में डिजिटल क्रान्ति बस 'ई'/'E' भर दूर थी।

राजा सत्यदमन ने श्वेत चादर बिछे रुई वाले गद्दे पर सेमल भरे मसनद के

सहारे अधलेटे, चिन्तन की कुछ ऐसी मुद्रा बना रखी थी कि कोई छूकर भी नहीं बता सकता था कि मसनद और राजा में से राजा कौन सा है?

अचानक राजा सत्यदमन के दाएँ कान के पास एक मच्छर भिनभिनाया। उसने 'मेड इन पिंगपोंग' मोस्क्यूटो बैट से चटाक सी मच्छर को मौत के घाट उतार डाला। मच्छर रक्त चूसक होता है। सो, राजा सत्यदमन भला मच्छर को खुद के साथ वैसा करने की छूट कैसे दे सकता था, जैसा वह खुद प्रजा के साथ करता था।

मच्छर का आखेट करते में मोस्क्यूटो बैट से उसके नाक पर हल्की सी खरोंच भी आई थी, पर दर्द महसूस करने के बजाय वह दर्प से भर उठा था, क्योंकि मोस्क्यूटो बैट इंपोर्टेड था।

ज्योतिषियों ने राजा सत्यदमन की ग्रहदशा देखकर प्राणलेवा बला टलने पर सन्तोष की साँस ली थी और महामात्य शान्तिरिपु से असंख्य महामृत्युंजय जाप तुरन्त शुरू कराने को कहा था। राजा सत्यदमन के स्वस्थ एवं दीर्घायु होने की कामना के लिए राज्य में स्थान-स्थान पर दिन-रात हवन-पूजन चलने लगे थे।

घटना-स्थल पर अनुपस्थिति के कारण से राजकवि को राजा सत्यदमन के वीरोचित कार्य को सजीव छंदबद्ध करने से चूकने का बेहद मलाल रहा था, हालाँकि उस यादगार नुकसान की भरपाई राजकवि ने बाद में मच्छरों को धिक्कारने वाले कवित्त रचकर कर ली थी।

राजा सत्यदमन की उस शानदार उपलब्धि के जश्नस्वरूप बँधुआ न्यूज चैनल ब्रेकिंग न्यूजों से अट गए थे और उनके न्यूज रूम अखाड़ों में बदल गए थे। अगले दिन अखबारों में राजा सत्यदमन की अविस्मरणीय वीरता और अस्त्र-शस्त्र संचालन कौशल को लेकर विशेष सम्पादकीय और लेख लिखे गए थे।

बँधुआ न्यूज चैनलों की बहसों का सार-संक्षेप कुछ यूँ सा रहा था कि राजमहल में मच्छर घुसाने के लिए भक्तों ने विरोधियों को जिम्मेदार ठहराया था तो विरोधियों ने भी राजा सत्यदमन पर मोस्क्यूटो बैट बनाने वाली विदेशी कम्पनी से साँठगाँठ का आरोप लगाया था। विरोधियों के इस आरोप पर भारी हंगामा हुआ था कि स्वदेशी का हिमायती कहलाने वाले ने विदेशी औजार से स्वदेशी जीव की हत्या कर डाली। बँधुआ न्यूज चैनलों की बहसों में भागीदार झल्लाते रहे थे और एंकर चिल्लाते रहे थे।

भक्तों ने मच्छर को शोषक और राजा सत्यदमन को सर्वहारा बताया था। विरोधी राजा सत्यदमन द्वारा भारी टैक्स वसूली के आँकड़े गिनाते हुए मच्छर के समर्थन में कूद पड़े थे कि जो प्रजा का खून चूसता हो, उसका एक मच्छर द्वारा खून चूसने में क्या गलत है?

राजा सत्यदमन के हाथों मारे गए मच्छर का दर्जनों चिकित्साशास्त्रियों ने बिना देखे ही पोस्टमार्टम कर-करके स्पष्ट किया कि वह किस आकार-प्रकार का मच्छर था और उस प्रजाति के मच्छर सिर्फ राजाओं को ही क्यों काटना चाहते हैं?

सुरक्षा विशेषज्ञों ने माँग की थी कि तुरन्त राजा सत्यदमन की सुरक्षा व्यवस्था अपग्रेड कर, उसके अंगरक्षकों को हथियारों की जगह मोस्क्यूटो बैट थमाए जाएँ।

इलेक्ट्रॉनिक और प्रिंट मीडिया के सभी क्रिया-कलाप मोस्क्यूटो बैट, मच्छरदानी, मच्छर संहारक स्प्रे, क्रीम, पाउडर, अगरबत्ती वगैरह बनाने वाली कम्पनियों द्वारा प्रायोजित रहे थे।

स्वास्थ्य विभाग ने राज्य की हर दीवार पर राजा सत्यदमन के मच्छर मारते के फोटो सहित उसके शौर्य वाले स्लोगन और नारे लिखवा दिये थे, ताकि पढ़-पढ़कर नागरिक गर्वित होते रहें और मच्छर लज्जित।

उसका नाम तो कुछ और था, पर वह हर समय अपने राज्य के नागरिकों के भविष्य की चिन्ता करता रहता था, अत: भक्त, विरोधी, मूर्ख, समझदार सब उसे चिन्तामणि पुकारते थे।

चिन्तामणि नाम उसे मूर्खों ने व्यंग्य के लहजे में दिया था, जिसके लिए भक्त मूर्खों के आभारी थे। विरोधी चिन्तामणि से सिर्फ इसलिए सहानुभूति रखते थे कि वह अपने तर्कों से भक्तों और मूर्खों को आईना दिखाता रहता था। समझदार शायद अतिरिक्त समझदार थे, इसलिए चिन्तामणि की हल्की बातों को गम्भीरता से लेते थे और गम्भीर बातों को हल्के में।

चिन्तामणि अध्ययनशील और व्यवहारकुशल तो था ही, उसका हास्यबोध भी लाजवाब था।

चिन्तामणि भक्तों का विरोधी नहीं था। बस, राजा सत्यदमन के प्रति उनकी

भक्ति से असहमति रखता था। चिन्तामणि और विरोधियों में यह अन्तर था कि भक्तों के जीभें दिखाने पर विरोधी जहाँ उन्हें अँगूठे दिखाते थे, चिन्तामणि हँसने लगता था।

विरोधियों के अँगूठे दिखा दिये जाने पर भक्त अपनी जीभें दिखाने को 'प्रोजेक्ट सार्थक हुआ' मानने लगते थे, लेकिन चिन्तामणि के हँस देने पर यों तड़तड़ाने लगते थे, मानो खौलते तेल में पानी के छींटे मार दिये हों।

मूर्ख भले ही शुद्ध भक्त नहीं थे, लेकिन भक्त शुद्ध मूर्ख भी थे। भक्त और मूर्ख चिन्तामणि के बोलने को भौंकना कहते थे।

चिन्तामणि भी उनके कहे का बुरा नहीं मानता था और हँसकर कहता था कि हाँ, वह ऐसा कुत्ता है, जो नागरिक अधिकारों की रखवाली करता है और चोरों पर भौंकता है।

चिन्तामणि द्वारा सिस्टम की आलोचना किये जाने को भी भक्त राजा सत्यदमन की ही निंदा समझते थे।

चिन्तामणि यदि इतनाभर ही कह देता कि जो हो, राजा सत्यदमन है ईमानदार, तो भी भक्त आँखें तरेरने लगते थे कि शर्म नहीं आती राजा सत्यदमन के बारे में झूठ फैलाते हुए।

चिन्तामणि की बातों का जवाब भक्त कुतर्कों से देते थे। जैसे चिन्तामणि रसोई गैस की बेतहाशा बड़ी कीमतों पर चिन्ता प्रकट करता तो भक्त पलटवार कर पूछते कि क्यों, राजा सत्यदमन के सिंहासनारूढ़ होने से पहले तो घर-घर में रसोई गैस के कुएँ हुआ करते थे?

चिन्तामणि कहता, "जहाँ शिक्षण संस्थाओं से अधिक धर्मस्थल हों, उस राज्य के नागरिकों के कतई अच्छे दिन नहीं आ सकते।"

भक्त उसे समझाने लगते, "पिछले जन्म में भजन-पूजन नहीं किया तो इस जन्म में भोगना पड़ रहा है। यदि इस जन्म में भजन-पूजन नहीं करेंगे तो अगले जन्म में फिर भोगना पड़ेगा, समझे।"

चिन्तामणि ने शिकायत की, "आम नागरिक को हर काम के लिए कई-कई दफ्तरों के कई-कई चक्कर काटने पड़ते हैं। राजा सत्यदमन को अपने अधिकारियों की जवाबदेही तय करनी चाहिए।"

एक भक्त ने व्यंग्यबाण छोड़ा, "चन्द्रमा धरती के चक्कर काटता है।

धरती सूरज के चक्कर काटती है। सूरज आकाश गंगा के चक्कर काटता है। इस चक्करबाजी के लिए भी राजा सर्वदमन को ही दोषी ठहरा दो? यदि चक्कर काटना गलत होता तो राजा सत्यदमन अब तक सौरमंडल की गति नहीं बन्द कर देता?"

भक्तों की पैरवी में एक मूर्ख ने हस्तक्षेप किया, "हर समय राजा सत्यदमन के खिलाफ आँय-बाँय बकते रहते हो, कितनी दलाली मिलती है राजा सत्यदमन के दुश्मनों से?"

चिन्तामणि सहजता से बोला, "पूरी डेढ़ करोड़ स्वर्ण-मुद्राएँ मासिक। एक करोड़ विरोधी देते हैं और पचास लाख समझदार।"

मूर्ख झल्लाया, "क्यों मूर्खतापूर्ण बकवास कर रहे हो?"

चिन्तामणि ने हँसकर कहा, "भाईसाहब, शुभारम्भ तो आपने किया था।"

राजा सत्यदमन के आत्मनिर्भर राज्य में डिजिटलक्रान्ति भले ही होने को थी, पर न्यूजक्रान्ति हो चुकी थी।

हर नागरिक इधर से खबर लेता रहता था और उधर को खबर देता रहता था। यदि कोई किसी खबर से चूक जाता था तो बाकी लोग उसका मजाक उड़ाने लगते थे कि लो, इतनी बड़ी खबर है और इसे खबर ही नहीं है?

खबरें बड़े चाव से सुनी-सुनाई जाती थीं। खबर सुनाने वाला एक ही खबर को सौवीं बार भी यों सुनाता था जैसे पहली बार सुना रहा हो तो उसी खबर को सौवीं बार सुनने वाला भी ऐसे सुनता था जैसे पहली बार सुन रहा हो।

खबरों को लेकर प्रजा के मन में यह भाव रहता था कि जिन्दगी छोटी है और खबरें ज्यादा। अत: खबरें यों बटोरी जाती थीं जैसे आँधी के आम बटोरे जाते हैं।

खबर सुनने-सुनाने की ऐसी हुड़क थी कि दो लोगों के मिलने पर दोनों एक-दूसरे से बजाय कुछ और पूछने के यही पूछते थे कि और सुनाओ क्या खबर है? मजे की बात थी कि वे एक दिन में जितनी बार भी मिलते थे, हर बार यही पूछते थे। हर नागरिक के पास दो ही काम थे, जुगाली की खबरें सुनना और खबरों की जुगाली करना।

राजा सत्यदमन के सुशासन में विवेक-बुद्धि, सत्य-अहिंसा, शिक्षा-स्वास्थ्य,

रोजी-रोटी आदि का तो अकाल रहता था, लेकिन खबरों का कभी अकाल नहीं रहता था। दर्शकों से अधिक न्यूज चैनल थे और पाठकों से अधिक अखबार।

राजा सत्यदमन के सिंहासन के पाए से बँधा मीडिया खबरों की दुकान, गोदाम, कारखाना सब था। बँधुआ मीडिया खबरें तलाशता-जुटाता नहीं, गढ़ता था और देता नहीं, फैलाता था।

लोग वर्क फ्रॉम होम टाइप रात-दिन घर में लेटे-बैठे खबरें ही सुनते-पढ़ते रहते थे। कोई घर से निकलता भी था तो या तो किसी से खबर लेने निकलता था या किसी को खबर देने निकलता था।

नाना प्रकार की खबरें हुआ करती थीं।

पछतावे की खबरें होती थीं—हाय! इतनी बड़ी घटना हो गई और हमें खबर तक नहीं हुई।

अचम्भे की खबरें होती थीं—ओहो! हमारी खबर और हमें ही खबर नहीं?

गर्व की खबरें होती थीं—खबर छोटी हो या बड़ी, सबसे पहले अपन को ही मालूम चलती है।

धिक्कार की खबरें होती थीं—दुनिया-जहान की खबरों में डूबे रहते हो और खुद की खबर ही नहीं है।

स्वीकार की खबरें होती थीं—आपने तो तुरन्त खबर दे दी थी, लेकिन मैंने ही गौर नहीं किया।

या तो एक व्यक्ति दूसरे को तीसरे के बारे में खबर दे रहा होता था या तीसरा दूसरे से पहले के बारे में खबर ले रहा होता था।

इस चिन्ता तक की खबरें होती थीं कि देखो, क्या जमाना आ गया? सबकी खबरें रखने वाले अपने से बेखबर रहने लगे हैं।

विशेष खबरें राजा सत्यदमन को लेकर होती थीं अथवा कह सकते हैं कि राजा सत्यदमन को लेकर जो खबरें होती थीं, वे ही विशेष होती थीं।

एक दिवस ज्योंही राजा नहाकर स्नानघर से निकला, त्योंही न्यूज चैनलों ने ताबड़तोड़ ब्रेकिंग न्यूज दागीं। एक न्यूज चैनल ने ब्रेकिंग न्यूज चलाई—राजा नहाया। दूसरे न्यूज चैनल ने खुशी जाहिर की—राजा आज भी नहाया। तीसरे न्यूज चैनल ने अटकलें लगाईं—राजा क्यों नहाया? चौथे न्यूज चैनल ने नई जानकारी दी—राजा पहली बार नहाया। पाँचवें न्यूज चैनल ने आत्मनिर्भरता की

पुष्टि की—राजा खुद नहाया। छठे न्यूज चैनल ने रहस्योद्‌घाटन किया—राजा पानी से नहाया। सातवें न्यूज चैनल ने ब्रेकिंग न्यूज में गर्मी भरी—राजा गर्म पानी से नहाया। आठवें न्यूज चैनल ने स्थिति और साफ की—राजा साफ पानी से नहाया। नौवें न्यूज चैनल ने गुप्त जानकारी दी—राजा स्नानघर में नहाया। दसवें न्यूज चैनल ने राहतभरी ब्रेकिंग न्यूज चलाई—राजा आज तो नहाया।

सुबह दस बजे के आसपास का समय था। आत्मनिर्भर राज्य के सेवाकर्मी दफ्तरों के लिए घरों से वैसे ही निकाले जा चुके थे, जैसे अशुद्ध पते लिखे लिफाफे डाक के डिब्बों से निकाले जाते हैं।

दिनभर के प्रोग्राम पूछने महामात्य शान्तिरिपु राजदरबार में पहुँचा। सिंहासन पर आरूढ़ राजा सत्यदमन अपने दोनों हाथों से खुद पर चँवर डुला रहा था, भले ही हाथों में चँवर नहीं थे।

महामात्य शान्तिरिपु ने झुककर प्रणाम किया। राजा सत्यदमन ने खुद के हाथों खुद पर चँवर डुलाने वाला अभिनय स्थगित कर पूछा, "मेरा आज का प्रोग्राम नहीं पूछोगे महामात्य शान्तिरिपु?"

महामात्य शान्तिरिपु बोला, "वही तो पूछने आया हूँ महाराज, लेकिन आपका खुद पर चँवर डुलाने वाला अभिनय देखकर नहीं पूछा कि हो सकता है आपका आज दिनभर खुद पर चँवर डुलाने वाला अभिनय करने का ही प्रोग्राम हो।"

राजा सत्यदमन ने भावुक होते हुए कहा, "वाह, महामात्य शान्तिरिपु! तुम्हारे उत्तम विचार सुनकर मन भावुक हो गया।...क्यों न आज भावुक होने का ही प्रोग्राम रखा जाए?"

सिंहासन के पाए से बँधा मीडिया राजा सत्यदमन की जय बोलते हुए चिल्लाया, "आपकी और मेरी टीआरपी के लिहाज से गजब आइडिया है महाराज।"

महामात्य शान्तिरिपु ने मीडिया को उतावलेपन के लिए लताड़ा, "महाराज के भावुक होने वाले सीन ठीक से फिल्माना, वरना न सिर्फ विज्ञापन वाला राशन-पानी बन्द कर दूँगा, बल्कि कारागार में भी डाल सकता हूँ।

स्वच्छता अभियान के शुभारंभ के अवसर पर महाराज ने फर्श पर पड़े दो तिनके एक ही बार में बीने थे, जबकि तुम्हारे फिल्मांकन से लगा था कि

महाराज एक ही तिनका दो बार में बीन रहे हैं। मीडिया को महाराज की हर हरकत का मूल उद्देश्य पहचानना चाहिए। स्वच्छता अभियान का आयोजन महाराज ने किसी जगह वगह की सफाई के लिए नहीं किया था, अपने विरोधियों के सफाये के लिए किया था।"

बँधुआ मीडिया ने क्षमा माँगते हुए आश्वस्त किया, "भावुकता की शूटिंग को लेकर निश्चिन्त रहे महामात्य शान्तिरिपु। महाराज की सिंगल आँख से रिसा सिंगल आँसू भी ऐसा फिल्मा दूँगा कि देखने वालों को लगेगा हिमालय के सारे ग्लेशियर एक साथ पिघल रहे हैं।"

सिंहासन के पाए से बँधे मीडिया का सत्य के प्रति भयंकर समर्पण भाव महससू कर, राजा सत्यदमन भावुक हो गया।

बँधुआ मीडिया से घिरा राजा सत्यदमन भावुक होने राजमहल से निकल पड़ा।

घर के बाहरी चौक में तीनेक साल का कुपोषित बच्चा मिट्टी खा रहा था। बच्चे की निर्धन माँ उससे मिट्टी थूक देने को अनुनय-विनय कर रही थी। राजा सत्यदमन उस दृश्य को देखकर ज्योंही भावुक हुआ, बँधुआ मीडिया के कैमरामैनों ने खटाक-खटाक सीन क्लिक कर डाला। तत्काल न्यूज चैनलों पर दृश्य सहित खबरें चल पड़ीं—'प्रभु की बाललीला और मिट्टी खाते शिशु-मुख में ब्रह्मांड-दर्शन की माँ की अभिलाषा देखकर भावुक हुआ राजा सत्यदमन'।

उद्देश्य प्राप्त होते ही राजा सत्यदमन राजमहल की ओर लौटने लगा। रास्ते में झोंपड़ी के द्वार पर उदास बैठी एक लाचार वृद्धा को देख, राजा सत्यदमन ने उसके पैर छूए और आगे बढ़ गया।

कुपोषित बच्चे के मिट्टी खाने वाले दृश्य से मिले माइलेज के हिसाब-किताब के चक्कर में राजा सत्यदमन भावुक होना भूल गया। कोई पचास कदम दूर जा चुकने पर अचानक उसे भावुक न होना याद आया। वह उलटे पाँव लौटा। उसने वृद्धा के दुबारा पैर नहीं छूए, सिर्फ भावुक हुआ और राजमहल की ओर चल पड़ा।

न्यूज चैनलों पर दूसरा दृश्य देखने के बाद तो तय करना मुश्किल हो गया कि राजा सत्यदमन और उसके भक्तों में से कम भावुक कौन हुआ?

महामात्य शान्तिरिपु का एक ही काम था राज्य में अशान्ति बनाए रखना। अशान्ति के लिए उसने शान्ति समितियों का पिरामड खड़ा कर रखा था। नाम भले ही उनका शान्ति समिति हुआ करता था, लेकिन काम उनका नाम के विपरीत था। यदि कोई शान्ति समिति शान्ति भंग कराने में लापरवाही बरत जाती थी तो महामात्य शान्तिरिपु उस शान्ति समिति को ही भंग कर देता था।

शान्ति समितियाँ नागरिकों को लड़ाने में व्यस्त रहती थीं, लेकिन यदि कभी लोग स्वविवेक से ही लड़ने-झगड़ने लगते थे, तब भी शान्ति समितियाँ शान्ति से नहीं बैठती थीं, वे आपस में लड़ने-झगड़ने लगती थीं।

महामात्य शान्तिरिपु आदमी की शक्ल में शतरंज था। उसका हर बोल 'दाँव' होता था और हर कदम 'चाल'।

वह अपने हुनर में इतना पारंगत था कि दो मूक-बधिरों में गाली-गलौच करा सकता था। दो अपंगों में लातें चलवा सकता था। बिना हाथों वाले नागरिक परस्पर घूँसे मार सकते थे। महामात्य शान्तिरिपु के आँख के एक इशारे पर दो अंधे न सिर्फ एक-दूसरे को आँखें दिखाने लगते थे, बल्कि एक-दूसरे को आँखें निकालने तक की धमकियाँ देने लगते थे।

उसने अमात्यपद की शपथग्रहण करते ही राजा सत्यदमन को सुझा दिया था कि महाराज, अशान्ति ही शान्तिपूर्वक शासन की कुंजी है।

"अशान्ति के लिए क्या विशेष करना होगा, महामात्य शान्तिरिपु?" राजा सत्यदमन ने पूछा।

महामात्य शान्तिरिपु बोला, "शासन का ताना-बाना इस कौशल से बुना जाए कि लोग विमर्श के बजाय बहस करें। तर्कों पर भावनाएँ हावी हों। भय, लालच, ईर्ष्या, अहंकार, झूठ, बेईमानी, प्रतिशोध की आपूर्ति बराबर बनी रहे। नागरिकों को हर समय विभाजित रखा जाए, ताकि वे सवाल आप से नहीं, आपस में करें।

ऐसे लोगों के बड़े-बड़े समूह निर्मित किये जाएँ जो चन्द्रमा को बजाय उपग्रह मानने के, देवता मानें और अपने कुतर्कों से प्रमाणित करते रहें कि चन्द्रमा को इसलिए धरती की परिक्रमा करनी पड़ रही है, क्योंकि धरती पर हमारे महापराक्रमी राजा सत्यदमन का एकछत्र राज है।"

राजा सत्यदमन और महामात्य शान्तिरिपु ने मिलीभगत कर ऐसी नीतियाँ

और कानून बनाए कि हर तरफ अशान्ति ही अशान्ति रहने लगी।

अशान्ति के चमत्कारी लाभों से राजा सत्यदमन जान चुका था कि बाहरी अशान्ति के लिए भीतरी अशान्ति जरूरी है। पूर्णत: सामाजिक अशान्ति तभी सम्भव है जब प्रत्येक परिवार अशान्त रहे और पारिवारिक अशान्ति के लिए व्यक्तिगत अशान्ति अनिवार्य है।

एक दिन यह जानने के उद्‌देश्य से महामात्य शान्तिरिपु नगरभ्रमण पर निकला कि मेरे होते कहीं शान्ति तो नहीं है। उसने देखा कि बरगद की छाँव में चबूतरे पर बैठे दो व्यक्ति शिक्षा-स्वास्थ्य, महँगाई-बेरोजगारी को लेकर बातें कर रहे थे। महामात्य शान्तिरिपु के कान खड़े हुए। वह दोनों को लड़ाने के उद्‌देश्य से उनके पास गया और पूछा, "क्यों भाई यह मंगलवार किस दिन होता है?"

एक ने बताया, "मंगलवार सोमवार के अगले दिन होता है शायद।"

दूसरे ने उसकी बात काटी, "क्यों गलत जानकारी दे रहे हो। मंगलवार तो बुधवार से एक दिन पहले होता है।"

पहले ने सफाई दी, "गलत जानकारी देने का आरोप क्यों लगा रहे हो? मैंने पहले ही 'शायद' बोल दिया था।"

दूसरे ने बात बढ़ाई, "मैंने नोट किया है, तुमसे जब किसी ने यह भी पूछा है कि क्या तुम दोपाए हो? तब भी तुमने 'शायद' बोला है।"

महामात्य शान्तिरिपु देखकर खुश-खुश राजमहल की ओर लौटा कि पहले उन दोनों में तू-तू, मैं-मैं हुई, फिर एक ने बाएँ पैर का जूता निकाल लिया था और दूसरे ने दाएँ पैर का।

राजा सत्यदमन द्वारा राजधानी के मुख्य चौराहे पर बने पुल का लोकार्पण करते ही नगर के दर्शनीय स्थलों की संख्या एक और बढ़ गई।

राजा सत्यदमन जग घूमता रहता था, सो भलीभाँति जानता था कि शहर में सही जगहों पर गलत चीजें बना देने से सिटी स्मार्ट हो जाती है।

पुल उत्तर-दक्षिण बनाना था और पूर्व-पश्चिम बना दिया। लिहाजा जिन नागरिकों को पुल के ऊपर से गुजरना था, वे पुल से बचकर निकलने लगे।

कलेजा चाहिए सही जगह पर गलत पुल का शिलान्यास और उद्‌घाटन

करने के लिए। जो भी पुल को देखता, राजा सत्यदमन की बड़ाई किये बिना नहीं रहता कि वाह महाराज! प्रजा से वसूले कर का क्या अद्‌भुत सदुपयोग किया है? धन तो खर्च हुआ, पर एक चीज तैयार हो गई।

सही जगह पर गलत पुल देखकर पर्यटक दाँतों से जीभें काटने लगे कि हे राम! पंचतत्त्व से बने पुतलों ने छह तत्त्वों के उचित मिश्रण से क्या अनुपम कृति गढ़ डाली है। पूरे छह तत्त्व—सीमेंट, कंक्रीट, लोहा, बजरी, पानी और भ्रष्टाचार।

दरबारी अर्थशास्त्रियों ने राजा सत्यदमन के वित्तीय प्रबन्धन की भूरि-भूरि प्रशंसा की कि महाराज ने सही जगह पर गलत पुल सही समय से बनवा दिया, अन्यथा देर करने पर इससे आधे आकार का गलत पुल ही इससे दो गुना राशि खा जाता।

चिन्तामणि ने चिन्ता जाहिर की, "नागरिकों की मेहनत की कमाई से बना पुल नागरिक ही इस्तेमाल नहीं कर पा रहे हैं?"

भक्त चिन्तामणि पर टूट पड़े, "नागरिक उस पुल का इस्तेमाल क्यों करेंगे, जो उनके लिए बना ही नहीं है। हमारे महापराक्रमी राजा सत्यदमन को एक स्मारक बनवाना था और उसने बनवा दिया।"

एक दिन राजा सत्यदमन का ही रथ गलत पुल की वजह से सही जगह जाम में फँस गया, हालाँकि भक्तों का दावा था कि उनका राजा सत्यदमन चाहता तो पूर्व-पश्चिम रखे पुल को पलक झपकते तर्जनी पर उठाकर उत्तर-दक्षिण धर सकता था, लेकिन मजबूरी यह थी कि उसी ने पुल पर जगह-जगह 'हैंडल विद केयर' लिखवा दिया था।

राजा सत्यदमन ने एट द स्पॉट महामात्य शान्तिरिपु को बुलाकर सलाह माँगी कि गलत पुल बनवा तो सही जगह दिया, पर अब इसका किया क्या जाए?

महामात्य शान्तिरिपु ने राजा सत्यदमन को समझाया कि महाराज सकारात्मक सोचिए। अव्यवस्था को कुव्यवस्था में बदल देना ही डेवलपमेंट होता है।

हालाँकि राजमहल लौटकर महामात्य शान्तिरिपु ने अपील जारी की, "नागरिकों को सही जगह पर बने गलत पुल का इस्तेमाल अवश्य करना चाहिए।"

अपील का किसी ने नोटिस ही नहीं लिया।

महामात्य शान्तिरिपु ने विज्ञप्ति जारी की, "उक्त पुल का इस्तेमाल करने वाले नागरिकों को उचित इनाम दिया जाएगा।"

नागरिकों ने इनाम और मेहनत का अन्तर निकाला और विज्ञप्ति को भी महत्त्व नहीं दिया।

महामात्य शान्तिरिपु ने आदेश दिया, "नागरिक कहीं भी जाएँ, उक्त पुल का इस्तेमाल करना ही पड़ेगा।"

आदेश के बावजूद नागरिक उदासीन बने रहे।

आखिर महामात्य शान्तिरिपु को अपनी औकात पर आना पड़ा, "नागरिक कहीं जाएँ चाहे नहीं जाएँ, उक्त पुल का इस्तेमाल तो करना ही पड़ेगा।"

उसकी अन्तिम चेतावनी का ऐसा असर हुआ कि तमाम नागरिक सही जगह पर बने गलत पुल का इस्तेमाल वैसे ही करने लगे जैसे बच्चे पार्क में बनी फिसलपट्टी का करते हैं। घूम-घूमकर एक तरफ से चढ़ना और दूसरी तरफ को उतरना।

राजा सत्यदमन के राज में असली विकास था ही ऐसी चीजें बनाना जो काम न आएँ, बस दिखें, बल्कि काम न आती हुई दिखें।

राजा सत्यदमन के अमात्यमंडल में महामात्य शान्तिरिपु के अलावा भी अनेक अमात्य थे, हालाँकि सिद्धान्त में हर विभाग का एक अमात्य था, लेकिन व्यवहार में हर एक अमात्य बिना विभाग का सा था।

करने को कुछ था नहीं और व्यस्त दिखना जरूरी था, सो हर अमात्य तीन काम अपनी ओर से करता रहता था—मुआयना करना, नाराज होना और लताड़ना।

अमात्यों की बँधी-बँधाई दिनचर्या थी—शयन त्याग, दैनिक क्रियाओं से निवृत्ति, पूजा-पाठ, अल्पाहार, सजना-धजना, लालबत्ती लगे रथों पर सवार होकर निकलना, जहाँ-तहाँ मुआयना करना, नाराज होना और लताड़ना।

एक बार को अमात्य दैनिक क्रियाओं की निवृत्ति, पूजा-पाठ, अल्पाहार वगैरह छोड़ सकते थे, लेकिन सज-धजकर लालबत्ती लगे रथों पर सवार हो, मुआयना करना, नाराज होना और लताड़ना नहीं छोड़ सकते थे।

जब भी किसी दरबारी को अमात्यपद की शपथ लेते सुना जाता तो उसकी

लिखित शपथ में शब्द चाहे कुछ भी होते, ध्वनि यही निकलती कि मैं ईश्वर के नाम पर शपथ लेता हूँ कि मैं नियमपूर्वक मुआयना करूँगा, नाराज होऊँगा और लताड़ूँगा।

कोई भी अमात्य मुआयना करने, नाराज होने और लताड़ने में लापरवाही नहीं बरत सकता था, क्योंकि राजा सत्यदमन अमात्यों का भी मुआयना करता रहता था, उन पर नाराज होता रहता था और उनको लताड़ता रहता था।

अपने अमात्यों का मुआयना करते रहना, उन पर नाराज होते रहना और उन्हें लताड़ते रहना राजा सत्यदमन की भी मजबूरी थी, क्योंकि विरोधी उस अमात्य को हटाने की माँग करने लगते थे कि जो न मुआयना करता है, न नाराज होता और न लताड़ता है, वह काहे का अमात्य है?

दरअसल मीडिया में मनोरंजक खबरें होती थीं कि फलाँ अमात्य ने फलाँ जगह मुआयना किया, फलाँ पर नाराज हुआ और फलाँ को लताड़ा। अत: अमात्य बनाए जाने से पहले हर भावी अमात्य की एक ही इच्छा रहती थी कि किसी दिन वह भी अमात्य बने, ताकि कहीं का मुआयना करे, किसी पर नाराज हो और किसी को लताड़े। मीडिया में मेरी भी मनोरंजक खबरें हों कि मैंने वहाँ-वहाँ मुआयना किया, उस-उस पर नाराज हुआ और उस-उस को लताड़ा।

अमात्य तीनों काम क्रमबद्ध करते थे। सबसे पहले मुआयना करते, फिर नाराज होते और अन्त में लताड़ते। ऐसा कभी नहीं होता था कि किसी अमात्य ने पहले किसी को लताड़ दिया हो, फिर उस पर नाराज हुआ हो और अन्त में मुआयना किया हो।

अपनी दिनचर्या के प्रति निष्ठा का यह हाल था कि सड़क निर्माण अमात्य मुआयना करने, नाराज होने और लताड़ने के काम पर निकला हुआ था। उसने सड़क के बीचोबीच गड्ढे देखे। एक गड्ढे के पास रथ रुकवाया। रथ में बैठे-बैठे ही गड्ढे का मुआयना किया, गड्ढे पर नाराज हुआ और गड्ढे को लताड़ा। ऐसा उसने एक-एक कर हर गड्ढे के साथ किया।

एक सुबह राजा सत्यदमन अपने सभी अमात्यों को संग लेकर निकला कि चलो, मैं बताता हूँ मुआयना कैसे किया जाता है, नाराज कैसे हुआ जाता है और लताड़ा कैसे जाता है?

राजा सत्यदमन सहित सभी अमात्यों के लालबत्ती लगे रथ अचानक एक विद्यालय के मुख्य द्वार पर थमे। मुआयना किया तो पाया कि विद्यालय में न एक भी विद्यार्थी है और न एक भी अध्यापक। राजा सत्यदमन वहाँ उपस्थित चौकीदार पर खूब नाराज हुआ और उसे खूब लताड़ा।

चौकीदार ने हाथ जोड़ते हुए अवगत कराया कि महाराज! आज विद्यालय में रविवार का अवकाश है।

राजा सत्यदमन के शासन काल में अखबारों में उजाले को पीठ दे, परछाइयाँ लम्बी करने की होड़ा-होड़ी रहती थी। नागरिक मोतियाबिंद का उपचार जानना चाहते तो अखबार वाले काजल-सुरमे के विज्ञापन छापने लगते थे। इस तुर्रे के साथ कि पाठकों की यही डिमांड है।

पत्रकार कमलपत्र की भाँति निर्लिप्त पत्रकारिता करते थे। यानी जिस अखबार में काम करते थे, उसे भी नहीं पढ़ते थे। खबरों को विज्ञापन वैसे ही ढँके रहते थे जैसे जल को जलकुम्भी।

अखबारों में छपने वाले राशिफल इतने विश्वसनीय और सटीक माने जाते थे कि लोग लड़ाई-झगड़ों का मानस भी उस दिन का राशिफल पढ़कर ही बनाते थे।

जनचेतना के मामले में सभी अखबार बहुत सचेत थे। प्रजा को रोज बताते रहते थे कि राजा सत्यदमन के क्या अधिकार हैं और प्रजा के क्या कर्तव्य हैं? राजा सत्यदमन के लिए प्रजा है, ना कि प्रजा के लिए राजा सत्यदमन।

सम्पादक बेबाक और निडर होते थे। अखबार में प्रकाशित लेखों के नीचे कोष्ठक में यह छापना कभी नहीं भूलते थे—ये लेखक के अपने विचार हैं। जैसे लेखक ने अपने लेख में लिखा—सूर्य पूर्व में उदय होता है (ये लेखक के अपने विचार हैं)। राजा सत्यदमन पंचतत्त्व से बना है (ये लेखक के अपने विचार हैं)।

चटाई पर बैठा चिन्तामणि अखबार पढ़ कम, देख अधिक रहा था, क्योंकि राजा सत्यदमन के सुशासन की वजह से अखबार पढ़े कम, देखे अधिक जाते थे।

चाय पीते समय राजा सत्यदमन से कुछेक बिस्कुट के टुकड़े कालीन पर बिखर गए थे। जिन्हें चूहे कुतरने लगे। चिन्तामणि ने अखबार में उसी दृश्य

की बड़ी सी रंगीन फोटो मय शीर्षक देखी—राजा सत्यदमन के आसपास अठखेलियाँ करते सिंह शावक।

राजा सत्यदमन ऐसे अखबार को करोड़ों स्वर्ण-मुद्राओं के विज्ञापन देता था। यह कहते हुए कि सत्य छापने वाले अखबार को प्रोत्साहन मिलना ही चाहिए।

चिन्तामणि अखबार के पन्ने उलट-पलट रहा था कि किसी ने द्वार की साँकल बजाई। उसने उठकर द्वार खोला और देखा कि एक अखबार की गाड़ी और चार लोग खड़े हैं।

"आप हमारा अखबार खरीदते हैं?" दो-तीन स्वर उठे।

"जी, खरीदता हूँ," कहते हुए चिन्तामणि ने उन्हें उनका अखबार दिखाया।

चारों आगुन्तक बड़े खुश हुए। उन्हें विश्वास ही नहीं हुआ कि कोई पढ़ा-लिखा व्यक्ति उनका छापा अखबार खरीद भी रहा है। उन्होंने चिन्तामणि को आँवला हेयर ऑयल की दो शीशियाँ भेंट करते हुए चार फोटुएँ लीं।

"आप हमारा अखबार कब से खरीद रहे हैं?" उनमें से एक ने पूछा।

चिन्तामणि ने बताया, "चालू माह से ही। पहले हम दूसरा अखबार खरीदते थे, क्योंकि उस अखबार वाले ग्राहक को प्लास्टिक की बाल्टी, काँच के प्याले, झाड़ू, टी-सेट, शैंपू आदि गिफ्ट देते थे। एक दिन मेरी अर्धांगिनी ने पूछ लिया कि भैया अटम-सटम ही बाँट-बाँटकर टरकाते रहोगे या कभी नमक, मिर्च, मसालों का भी नम्बर आएगा? उस अखबार वाले ने हाथ खड़े कर दिये कि बहिन जी नमक, मिर्च, मसाले कहाँ से दें? हमें खबरों में डालने के लिए ही पूरे नहीं पड़ते। उन्होंने गिफ्ट नहीं बदला तो हमने अखबार बदल दिया।"

"और कोई सलाह-सुझाव हमारे अखबार को लेकर?" उन्होंने जाते-जाते पूछा।

चिन्तामणि बोला, "भविष्य में हेयर ऑयल ही भेंट देना पड़े तो कृपया सरदर्द और तनाव से मुक्ति वाला दिया करें, ताकि आपका अखबार पढ़ने के बाद काम आ सके।"

राजा सत्यदमन दरबार लगाकर जनसुनवाई किया करता था। नागरिकों के सीधे और छोटे सवालों के टेढ़े और लम्बे जवाब देने को जनसुनवाई कहा जाता था।

चिन्तामणि भी कुछेक चिन्ताओं से राजा सत्यदमन को अवगत कराने राजदरबार में हाजिर हुआ। धर्म, राष्ट्रवाद, एजेंसियाँ और मीडिया को सिंहासन के पायों से बँधा देखकर वह हल्का सा मुस्कुरा दिया।

जब कोई राजा अपनी प्रजा के भयंकर कल्याण पर उतारू हो तो उसके लिए किसी के हल्का सा मुस्कुरा देने के भी अपने खतरे होते हैं, लिहाजा राजा सत्यदमन ने तुरन्त रिमोट से धर्म, राष्ट्रवाद, एजेंसियों और मीडिया की रस्सियाँ ढीली कीं। रस्सियाँ ढीली होते ही धर्म ने आँखें तरेरीं, राष्ट्रवाद ने घूँसा दिखाया, एजेंसियों ने बेड़ियाँ बजाईं और मीडिया ने विषबाण छोड़े। जहाँ तक रस्सियों की पहुँच थी, वहाँ तक पहुँचकर सबने एक सुर में चिन्तामणि को हड़काया कि राजा सत्यदमन के शासक रहते लेशमात्र भी खी-खी, हें-हें नहीं चलेगी।

जनसुनवाई का शुभारम्भ हुआ।

चिन्तामणि ने विषय प्रवेश किया, "जय हो महाराज! आपके कई अभिन्न सखा राजकोष को चूना लगाकर विदेश प्रस्थान कर गए।"

राजा सत्यदमन ने पल्ला झाड़ा, "सीमेंट का आविष्कार नहीं हुआ था तो बेचारे चूना ही लगाते।"

महामात्य शान्तिरिपु उछल पड़ा, "अद्‌भुत, अतुलनीय। महाराज, ब्रह्मांड में आप अकेले ज्ञानी हैं जो उस उत्पाद का भी नाम जानते हैं जिसका अविष्कार ही नहीं हुआ।"

चिन्तामणि ने साफ किया, "वह वाला चूना नहीं महामात्य शान्तिरिपु, राजकोष का धन लूटकर उड़नछू हो गए।"

राजा सत्यदमन ने पूछा, "राजकोष में धन किसका था?"

चिन्तामणि ने बताया, "प्रजा का।"

राजा सत्यदमन ने दो टूक आदेश दिया, "तो प्रजा ही से वसूला जाए। जिनका धन गया है वे ही करें भरपाई। सौ घरों की बस्ती में दस लोग बिजली चोरी करते हैं तो उन दस चोरों का भार भी नब्बे साहूकारों के बिजली बिलों में जोड़ा जाता है कि नहीं जोड़ा जाता है?

यह लाभ भी तो देखो कि जिन्हें जो ले जाना था, एक ही बार में ले गए, वरना यहाँ रहते तो जिन्दगीभर लूट-पाट मचाए रखते।

फिर यह आर्थिक समृद्धि क्या कम गर्व की बात है कि जितना दुश्मन पड़ोसी राज्य का वार्षिक बजट होता है, उससे अधिक तो मेरे सखा मेरे राजकोष से अर्धवार्षिक लूट-लाटकर ले जाते हैं।"

चिन्तामणि ने हस्तक्षेप करना चाहा, "लेकिन चौकीदार तो...?"

राजा सत्यदमन ने उसे बीच में टोका, "हाँ, मैं ही हूँ चौकीदार, लेकिन चौकीदार चोरी होने पर ही जवाबदेह होता है, लूट-पाट होने पर नहीं, समझे।"

चिन्तित चिन्तामणि बड़बड़ाया, "नागरिकों का जीना दूभर है। किसी के पास कोई काम नहीं है।"

महामात्य शान्तिरिपु ने चिन्तामणि को झिड़का, "तू अपने काम से काम रख। महाराज सबको काम दे देंगे तो उनके खुद के पास क्या काम रह जाएगा? राजा सत्यदमन के राज में कहाँ काम की कमी है? जनसुनवाई में आना भी तो काम ही है? जब देखो तब काम, काम। काम माँगने के सिवाय और कोई काम नहीं है तेरे पास? महाराज के पास एक यही काम थोड़े है कि हर एक को काम देते फिरें?"

सिंहासन के पायों से बँधे धर्म, राष्ट्रवाद, एजेंसियाँ और मीडिया समवेत बोले, "वाह! महामात्य शान्तिरिपु यह हुई ना काम की बात।"

चिन्तामणि के सवाल उठाने से आगबबूला राजा सत्यदमन ने उसे उम्रकैद की सजा सुना डाली।

चिन्तामणि बोला, "क्षमा करें महाराज, आपके राज्य का नागरिक होने के बाद मुझे अलग से उम्रकैद की कहाँ जरूरत है?"

अपने सुशासन की प्रशंसा सुनकर राजा सत्यदमन ने चिन्तामणि को क्षमा कर दिया।

जहाँ भक्तों को राजा सत्यदमन का रंगारंग आभार प्रकट करने की तलब लगी रहती थी, वहीं राजा सत्यदमन भी अपना रंगारंग आभार प्रकट कराने की ताक में रहता था।

थाली-कटोरी, चम्मच-चिमटा बजाते हुए भक्त राजमहल की ओर चले जा रहे थे, जैसे मनौती पूरी होने पर व्यक्ति सम्बन्धित देवता के दर पर जाता है।

आत्मनिर्भर राज्य में हल्की बरसात होने से रेत उड़ना बन्द हो गई थी और बँधुआ मीडिया ने अज्ञात सूत्रों से ज्ञात खबर फैला दी थी कि वह हल्की बरसात इन्द्र को आदेश देकर राजा सत्यदमन ने ही कराई थी। भक्त अपने राजा सत्यदमन के उसी करिश्मे के प्रति रंगारंग आभार प्रकट करने राजमहल को जा रहे थे।

बँधुआ मीडिया का दावा था कि समस्या को उठाने और समाधान कराने के पीछे उसी की मेहनत थी, वरना राजाओं को कहाँ पता होता है कि दुनिया में हवा और रेत भी होती है।

उसी ने राजा सत्यदमन तक खबर पहुँचाई थी कि महाराज, हवा के साथ रेत उड़ने से रेत के कण भक्तों की आँखों में गिर रहे हैं और वे आपकी प्रचार सामग्री पर छपी आपकी तसवीरें नहीं देख पा रहे हैं।

प्रचारजीवी के लिए एक पल दृष्टि ओझल हो जाने का मतलब होता है, नशे के आदी को नशे की खुराक का न मिलना।

राजा सत्यदमन चाहता तो महामात्य शान्तिरिपु को कहकर राज्य की हवा बन्द करा सकता था या धरती को रेत विहीन करा सकता था, लेकिन उसने इन्द्र से हल्की बरसात कराने का विकल्प चुना।

राजा सत्यदमन ने पहले इन्द्र को हवन-पूजन से मनाने की कोशिश की। बात नहीं बनी तो युद्ध के लिए ललकारा। राजा सत्यदमन की ललकार सुनते ही इन्द्र लाइन पर आ गया और बोला, "हे महापराक्रमी! बरसात तो हल्की-भारी जैसी चाहो, जब चाहो कर दूँ, लेकिन समुद्र के पानी को भाप बनाकर बादल में बदलने का काम तो सूरज का है।"

राजा सत्यदमन के सामने नई आफत आ खड़ी हुई कि अब सूरज से बात कैसे हो? दिन में खुद को समय नहीं मिलता और रात में सूरज नदारद।

खैर, एक दिन राजा सत्यदमन ने अपने दिनभर के कार्यक्रम रद्द कर सूरज से बात की। सूरज ने भी हाथ जोड़ दिये कि महाराज, समुद्र को पानी देने के लिए राजी कर लो तो मैं तो अभी पानी को भाप और भाप को बादल बनाने में जुट जाऊँ।

समुद्र से पानी माँगने की बात आते ही राजा सत्यदमन पसीने से पानी-पानी हो गया।

उधर पानी के लिए राजा सत्यदमन तीन दिन तक समुद्र से अनुनय-विनय करता रहा, इधर उड़-उड़कर रेत के कण नेत्रों में पड़ने से भक्त उसकी फोटुएँ नहीं देख पा रहे थे।

आखिर राजा सत्यदमन ने समुद्र को समझाया, "मैं कहीं जाने के लिए रास्ता-वास्ता नहीं माँग रहा। भाप-बादल वगैरह बनाने के लिए जरा सा पानी चाहिए, जो बरसकर अन्तत: लौट भी तुम्हारे ही पास आएगा।"

कैशबैक स्कीमों की तरह घाटे का सौदा न होना जानकर समुद्र सूरज को पानी देने के लिए तैयार हो गया।

जब सब बाधाएँ पार हो गईं तो राजा सत्यदमन के पराक्रम से भयभीत इन्द्र ने पूछा, "महाराज! सिर्फ रेत ही पर छिड़काव करना है या पानी पीने के लिए भी चाहिए?"

राजा सत्यदमन बोला, "बस, रेत ही पर छिड़काव कर दो। पीने का पानी तो मेरे राज्य में हर दुकान पर बोतलों में मिल जाता है।"

यों समुद्र ने पानी दिया। सूरज ने समुद्री पानी से भाप और बादल बनाए। इन्द्र ने हल्की बरसात से छिड़काव कर रेत को उड़ने से रोका।

इतने परिश्रम के बाद तो भक्तों द्वारा अपने राजा सत्यदमन का रंगारंग आभार बनता भी था।

आत्मनिर्भर राज्य के मध्यवर्ग का क्लियर कट कहना था कि सुविधाएँ हैं जहाँ, हम हैं वहाँ। अत: मध्यवर्गीय नागरिक बिजली होने पर बाहर नहीं फटकते थे और बिजली नहीं होने पर घर में नहीं टिकते थे।

बिजली कटौती की जानकारी के लिए वे नियमित अखबार खरीदते थे, हालाँकि कायल टेलीविजन ही के थे कि अफवाह हो या झूठी खबर, टेलीविजन वाले फैलाने में चौबीस घंटे नहीं लेते।

सूर्योदय हो चुका था। भोली चिड़ियों को पता होता कि उनके चहचहाने से जागकर मनुष्य उधम मचाना शुरू कर देगा तो शायद वे न चहचहातीं। दूधिये और हॉकर घर-घर दस्तक दे रहे थे। भले ही दूध में दूध उतना ही होता था, जितनी अखबार में खबर।

चिन्तामणि बिस्तर छोड़ना चाहता था, लेकिन बिस्तर उसे नहीं छोड़ रहा

था। तभी अखबार गिरने की आवाज सुनकर वह उठा, इस हड़बड़ी के साथ कि उससे पहले अखबार परिवार का कोई दूसरा न उठा ले। अखबार के लिए चिन्तामणि की हड़बड़ी वाजिब थी। उस दौर में चित्रपट का फर्स्ट डे फर्स्ट शो देखना एडवांस होने की कसौटी थी तो रोज सबसे पहले अखबार देखना इंटेलेक्चुअल होने की। चित्रपट एक शो भी देर से देखने का मतलब था, बिना नहाए कपड़े बदल लेना तथा एक का भी देखा हुआ अखबार देखने का अर्थ था नहाने के बाद फिर से वही कपड़े पहन लेना।

चिन्तामणि ने तकिया दीवार से लगाया और पीठ तकिये से। वह एल आकार में बैठ अखबार खोलकर विज्ञापनों में से समाचार बीनने लगा।

रोज की तरह आदि से अन्त तक अखबार राजा सत्यदमन की यशगाथाओं से पटा पड़ा था। उसके साहस ही साहस की खबरें थीं कि राजा सत्यदमन ने चूसकर खाने वाला फल काटकर खाया और काटकर खाने वाला फल चूसकर। राजा सत्यदमन ने गाय के साथ सेल्फी ली तो सम्पादक ने उसकी तसवीर के साथ दावा छाप दिया कि गाय के साथ सेल्फी लेना ही सच्ची गौ सेवा है।

अचानक चिन्तामणि की नजर अपने इलाके में बिजली कटौती वाली खबर पर पड़ी। खबर देखकर उसके पास परिचितों से मिलने-जुलने या घूमने-फिरने के अलावा कोई चारा नहीं बचा था।

सुबह अखबार में अपने क्षेत्र में बिजली कटौती की खबर देखकर मध्यवर्गीय लोग अपनी आगे की कार्य योजना बनाते थे। बिजली कटौती होने से उनके पास दो ही रास्ते बचते थे। या तो उन जानकारों के घर मिलने-जुलने चले जाना जिनके यहाँ उस दिन बिजली कटौती नहीं होती थी या फिर घूमने-फिरने निकल पड़ना।

मिलने-जुलने, घूमने-फिरने निकले लोगों को देखकर ही समझा जा सकता था कि आज उनके यहाँ बिजली नहीं है।

बिजली होना न होना इतना मायने रखता था कि यदि किसी के यहाँ बिजली कटौती होती और वह किसी अन्य को कहता कि आओ आज कहीं मिल-जुल, घूम-फिर आएँ तो सामने वाला मजबूरी बता देता था कि आप ही हो आओ, हमारे यहाँ तो बिजली है।

भक्त विरोधियों को ताना मारते रहते थे कि बिजली कटौती करते रहने के लिए अहसान मानो राजा सत्यदमन का, अन्यथा तुम कभी का मिलना-जुलना, घूमना-फिरना भूल जाते।

अखबार वालों ने ऐसी व्यवस्था कर रखी थी कि उनके यहाँ बिजली कटौती होने पर भी वे अखबार छाप लेते थे, ताकि अपने पाठकों को बिजली कटौती की सूचना बराबर देते रहें, क्योंकि अखबार छपते, बिकते और देखे ही इसलिए जाते थे।

यों तो राजा सत्यदमन के राज में शिक्षण-संस्थान और रोग-निदान केन्द्र सरकारी तथा गैरसरकारी, दोनों प्रकार के होते थे, लेकिन गैरसरकारी जहाँ थोड़े-बहुत उपयोगी होते थे, वहीं सरकारी सिर्फ होते थे।

उस वर्ग को छोड़ दें जो शिक्षा और इलाज मिलना भाग्य की बात मानता था तो बाकी लोगों में महँगी शिक्षा और महँगे इलाज का जबरदस्त क्रेज था।

राजा सत्यदमन स्वयं बहुत बड़ा साक्षर था, अत: चीजों के महँगी होने के फायदे जानता था। उसके अनुसार महँगी शिक्षा और महँगा इलाज ही सर्वश्रेष्ठ शिक्षा और सर्वश्रेष्ठ इलाज थे। वह अपनी प्रजा के दिल-दिमाग में गहरे बिठा चुका था कि अच्छी शिक्षा अच्छे शिक्षण से नहीं, धन से मिलती है और मरीज का पक्का इलाज दवा से नहीं, बिल से होता है।

प्रजा आज्ञाकारी थी ही, सो शिक्षा और इलाज के लिए गहने, जमीन, मकान सब बेच देती थी, लेकिन राजा सत्यदमन से कभी सवाल नहीं करती थी कि महाराज, भारी-भरकम कर चुकाने के बावजूद सस्ती शिक्षा और सस्ता इलाज क्यों नहीं मिलते?

माता-पिता बच्चों के जन्म से पहले ही उनके प्रवेश के लिए ऐसे शिक्षण-संस्थान की खोज में जुट जाते थे, जो सर्वाधिक महँगा हो, क्योंकि महँगी पढ़ाई की थर्ड डिविजन सस्ती पढ़ाई की फर्स्ट डिविजन से उत्तम मानी जाती थी।

मरीजों को छुट्टी देते समय रोग-निदान केन्द्र वाले यदि कम राशि का बिल बना देते थे तो मरीजों को लगता था कि वे पूरी तरह से ठीक नहीं हुए हैं। सामान्य बुखार का बिल भी यदि लाख स्वर्ण-मुद्राओं का नहीं बनता तो

मरीज की जान को नया बुखार चढ़ जाता था। मरीजों का मनोविज्ञान भाँपते रहने से रोग-निदान केन्द्र वाले इतने दयालु बन चुके थे कि इलाज दवाओं से कम, बिल से अधिक करते थे।

शिक्षण-संस्थानों और रोग-निदान केन्द्रों की क्षमता-योग्यता नहीं, ब्रांडिंग देखी जाती थी। कम खर्च वाले शिक्षण-संस्थानों और रोग-निदान केन्द्रों को यह कहकर खारिज कर दिया जाता था कि जो ग्राहकों से मोटी रकम नहीं ऐंठ सकते, वे क्या तो पढ़ाएँगे और क्या इलाज करेंगे?

रोग-निदान केन्द्र से घर लौटने के बाद मरीज से मिलने आने वाले यह नहीं पूछते थे कि तबीयत कैसी है, बल्कि यह पूछते थे कि बिल कितने का बना? बिल की राशि जितनी अधिक होती थी, बताते समय मरीज को उतना ही अधिक आराम मिलता था।

किसी नागरिक को पता चलता कि उसके पड़ोसी का बच्चा उसके बच्चे से महँगी पढ़ाई पढ़ रहा है तो वह तुरन्त अपने बच्चे को उस शिक्षण-संस्थान से छुड़ाकर पड़ोसी के बच्चे से अधिक महँगे शिक्षण-संस्थान में भर्ती कराने निकल पड़ता था। अपने बच्चों को महँगी पढ़ाई पढ़ाने को लेकर नागरिकों में वैसी ही प्रतिस्पर्धा रहती थी, जैसी दीपावली पर अधिक जोरदार धमाके वाले पटाखे चलाने की रहती थी।

महँगी पढ़ाई पढ़ाना इस कदर प्रतिष्ठा की बात थी कि घर आया मेहमान मेजबान से यह नहीं पूछता था कि बच्चे को कौन-सी वाली पढ़ाई पढ़ा रहे हो, बल्कि यह पूछता था कि कितने वाली पढ़ाई पढ़ा रहे हो?

पढ़ाई और इलाज अधिकतम महँगा हासिल करने के चक्कर में आत्मनिर्भर राज्य में ऐसा मनोरंजक वातावरण रहता था कि पढ़ने जाने वालों को लगता था वे इलाज के लिए जा रहे हैं और इलाज के लिए जाने वाले समझते थे वे पढ़ने जा रहे हैं।

आत्मनिर्भर राज्य में दो-दो शब्द लिखे दो बोर्ड बारहों मास दिन-रात देखे जा सकते थे। शिक्षण-संस्थानों पर—एडमिशन ओपन और दुकानों पर—डिस्काउंट सेल।

पूर्ण स्वस्थ नागरिक भी एक्सपायरी डेट निकल चुकी दवाइयाँ सिर्फ

इसलिए खरीद लाते थे कि दुकानदार अपनी दवा की दुकानों पर डिस्काउंट सेल लिखे बोर्ड टाँगे रखते थे।

चालाक अर्थशास्त्रियों ने चुंबक के गुण बाजार में भर दिये थे और मनुष्यों को लोहा बना दिया था। अत: खरीदारी जितनी जरूरत के लिए की जाती थी, उससे कई गुना अधिक बोरियत मिटाने के लिए की जाती थी।

आत्मनिर्भर राज्य की प्रजा हर समय खरीदारी ही के चक्कर में रहती थी और खरीदारी का एक चक्र था। कुछ न कुछ खरीदते रहना, खरीदे हुए से बोर होते रहना और बोरियत से मुक्ति के लिए फिर कुछ न कुछ खरीदते रहना।

बाजार और धर्म की जुगलबन्दी हो जाए तो घोर नास्तिक भी लक्ष्मीछाप सोने-चाँदी के सिक्के खरीदने लगते हैं।

बँधुआ मीडिया ने बाजार के हिसाब से पुरानों से इतर नये त्योहार गढ़ डाले थे और हर त्योहार पर खरीदारी के शुभमुहूर्त बताता रहता था। बँधुआ मीडिया ही से खरीदारों को ज्ञात होता था कि भद्रा शनि की बहिन है तथा क्या खरीदने के लिए कौन-सा योग और कौन-सा चौघड़िया श्रेष्ठ होता है?

खरीदारी के मामले में मुहूर्त के प्रति विश्वास इस हद तक दृढ़ था कि दवा खरीद के लिए भी शुभ-अशुभ देखा जाता था, भले मरीज की हालत कितनी भी नाजुक हो।

चिन्तामणि को जुकाम था। वह दवा खरीदने दवा की दुकान पर गया।

आप मेरे कहे में व्याकरण दोष निकाल सकते हैं कि इतना कहना ही पर्याप्त होता है कि दवा खरीदने गया। यह कहने की क्या जरूरत है कि दवा खरीदने दवा की दुकान पर गया? दवा खरीदने दवा ही की दुकान पर तो जाया जाता है।

क्षमा करें। इतना सा व्याकरण मैं भी जानता हूँ, लेकिन बाजार का व्याकरण भाषाई व्याकरण से अलग होता है। मेरी बात पूरी होने दें। मेरे 'दवा खरीदने दवा की दुकान पर गया' कहने के पीछे का सारा व्याकरण आप भी समझ जाएँगे।

दवा-विक्रेता चिन्तामणि का परिचित था और उसका हास्यबोध भी अच्छा था। उसने दवा की पर्ची लेते हुए मजाक की, "धनतेरस के दिन भी बीमार पड़ गए?"

चिन्तामणि को अचानक स्मरण हुआ कि उस दिन धनतेरस थी। उसने

सिर्फ साक्षरभर हैं, फिर भी आपके पास उच्च शिक्षा की डिग्री है महाराज। इसी से साफ है कि राज्य में न साक्षरता की कमी है और न उच्च शिक्षा की डिग्रियों की। न सिर्फ हर साक्षर के पास उच्च शिक्षा की डिग्री है, बल्कि जिसके पास उच्च शिक्षा की डिग्री है वह साक्षर भी है।"

अन्त में राजा सत्यदमन ने स्वीकारा, "हाँ, संसार में भयंकर पीड़ा उस समय जरूर थी जब मेरे पाँवों में बिवाइयाँ फटी हुई थीं।"

एक दोपहर राजा सत्यदमन ने अपने राजसी वस्त्र, मुकुट आदि उतारे और मनुष्यरूप धरकर पैदल-पैदल राजधानी में यह जाँचने निकला कि डिजिटल क्रान्ति कहाँ तक पहुँची?

राजा सत्यदमन बहुरुपिया कला में पारंगत था ही। मनुष्यरूप में वह कहीं से राजा नहीं लगा। जैसे राजा के रूप में वह कहीं से मनुष्य नहीं लगता था।

वह अपने राज्य की कानून व्यवस्था देखने कभी-कभार कोतवाल का रूप धरकर भी निकलता था। उसकी वर्दी, बातचीत का ढंग, पिनलकोड की समझ, रौब-दाब, अभद्र भाषा सब असली कोतवाल जैसे होते थे। राजा सत्यदमन कोतवाल की ऐसी नकल करता कि असली कोतवाल बगल में खड़ा कर दिया जाता तो असली कोतवाल नकली लगता।

कहीं अपराध होने की सूचना मिलती तो घटना-स्थल पर देरी से पहुँचता और लेशमात्र भी संवेदनशीलता नहीं दिखाता। लोगों को पक्का विश्वास रहता कि कोतवाल साहब न समय के पाबन्द हैं और न संवेदनशील। इसका मतलब है कि कोतवाल साहब हैं तो असली कोतवाल साहब ही।

मनुष्यरूप धरे राजा सत्यदमन ने मनुष्यों पर डिजिटिलाइजेशन का गजब असर देखा। सब लोग ऐसा व्यवहार करते दिखे जैसे उनमें प्रोग्राम फीड हों और कोई उन्हें माउस से संचालित कर रहा हो।

राजधानी के बड़े चौक-चौराहों पर प्रदूषण सूचकांक दर्शाने वाले स्वचालित डिस्प्ले बोर्ड लगे मिले, ताकि नागरिक प्रदूषण घटने पर तुरन्त बढ़ाकर स्तर बनाए रखें।

वह दो-चार सरकारी दफ्तरों में घूमा। डिजिटल क्रान्ति की प्रगति देखकर उसे हार्दिक तसल्ली हुई कि रिश्वत भी ऑनलाइन ली जा रही थी।

उसने देखा कि कई बैंक खाताधारक अपने खातों से जालसाजों द्वारा ऑनलाइन रकम निकालने की शिकायत दर्ज कराने कोतवाली के दरवाजे पर खड़े थे। उसे दुख नहीं, खुशी हुई कि डिजिटलाइजेशन उत्तरोत्तर सुपरिणाम दे रहा था कि कोई भी कहीं से भी किसी का भी किसी भी बैंक में जमा धन आसानी से निकाल सक रहा था, वरना एक समय था कि लोगों के अपने ही बैंक जाकर अपना ही धन निकालने में पसीने छूट जाते थे।

यह देखकर तो वह झूम ही उठा कि कोतवाल भी पीड़ितों को ऑनलाइन शिकायत करने का आदेश देकर भगा रहा था।

राजा सत्यदमन के पास उच्च शिक्षा की बिना परीक्षा के ली हुई डिग्री थी। उसने बाजार में परीक्षाओं में नकल करने के एक से एक उपकरण देखे तो उसका मन हुआ कि क्यों न उच्च शिक्षा की एक डिग्री परीक्षा देकर भी ले ली जाए? लेकिन वह यह सोचकर आगे बढ़ गया कि राजा बनने के लिए किसी डिग्री की जरूरत नहीं होती और राजा बनने के बाद हर डिग्री ली ही जा सकती है।

राजा सत्यदमन आवासीय बस्ती में पहुँचा। शाम गहरा चुकी थी। उसे एक घर की रसोई से धुआँ उठता दिखा। उसने घर के मालिक को बुलाकर नाराजगी जाहिर की, "डिजिटल युग में भी खाना ऑनलाइन नहीं मँगाते हो?"

गृहस्वामी ने उसे बिना पहचाने कहा, "दाल-चावल ऑनलाइन ऑर्डर किये थे। डिलीवरी मैन ले भी आया था, लेकिन दाल-चावल के एक भी दाने पर महापराक्रमी राजा सत्यदमन की फोटो नहीं दिखी तो मैंने फूड पैकेट लौटा दिया।"

गृहस्वामी की राजभक्ति से प्रसन्न हो, राजा सत्यदमन ने वहीं खड़े-खड़े राजकोष से उसके बैंक खाता में एक करोड़ स्वर्ण-मुद्राएँ ऑनलाइन ट्रांसफर कीं और डिजिटल क्रान्ति पर गर्व करता हुआ राजमहल लौट आया।

वर्ल्ड लाफ्टर डे का रुदन

जानकर बड़ी हँसी आती है कि हँसने का भी एक दिन निश्चित कर दिया गया है।

मीडिया प्रचारित करने लगता है कि बामुलाहिजा खबरदार होशियार वर्ल्ड लाफ्टर डे आ रहा है। चूँकि मीडिया कहता है, अत: लोग जिम्मेदारी को बाकायदा इस गम्भीरता से लेते हैं कि उन्हें वर्ल्ड लाफ्टर डे के दिन किसी के अन्तिम संस्कार में भी जाना पड़ा तो बत्तीसी दिखाते हुए ही शामिल होंगे।

जिस दिन वर्ल्ड लाफ्टर डे मनाया जाता है, चेहरे तनाव और बेचैनी से भर उठते हैं कि आज हँसना भी है। घर-गृहस्थी के ही इतने झंझट थे, ऊपर से यह हँसने की आफत और आ पड़ी।

वर्ल्ड लाफ्टर डे से अनजान व्यक्ति दूसरे से पूछता है, "किस चिन्ता में घुल रहे हो?"

"आज वर्ल्ड लाफ्टर डे है।"

"तो हँसो खुलकर।"

"बिना तैयारी के?"

"करो तैयारी।"

"इसी चिन्ता में तो घुल रहा हूँ।"

दिन निकलने के साथ ही वर्ल्ड लाफ्टर डे का घटाटोप रचा जाने लगता है। लाफिंग क्लबों वाले तो हँसाने के लिए धमकाने पर उतर आते हैं। वे आँखें दिखाने लगते हैं कि लोग दाँत क्यों नहीं दिखा रहे हैं? वर्ल्ड लाफ्टर डे लाफिंग क्लब वालों के लिए जीवन-मरण का दिन होता है। उस दिन हास्य के मुद्दे पर वे जान दे भी सकते हैं और जान ले भी सकते हैं। एक गरीब

ने लाफिंग क्लब वालों से मिन्नतें कीं कि आपका आज के दिन हँसने के लिए आदेश देना जायज है। आज वर्ल्ड लाफ्टर डे है, सो हँसना भी आज ही चाहिए। राहगीरों के पैरों में जलते पटाखे फेंकना दीपावली ही के दिन शोभा देता है, पर मेरे बच्चे की तबीयत ठीक नहीं है। डॉक्टर की फीस और दवा के पैसों की जुगत में लगा हूँ। कृपया मुझे मोहलत दें। वादा करता हूँ कि बच्चे के स्वस्थ होते ही हँस दूँगा।

"हद है यार आलस्य की भी। वर्ल्ड लाफ्टर डे आज है और तुम हँसने को भविष्य के लिए टाल रहे हो?"

लाफिंग क्लब वाले नीतियाँ अपनाते हैं।

साम—"हँस दे भाई। आज-आज ही की तो बात है। कल से तो हम ही नहीं हँसेंगे। हँस दे। हमारी भी कर जोरे की रह जाएगी।"

"..."

दाम—"तू हँस देगा तो वर्ल्ड लाफ्टर डे निपटाकर तेरे बच्चे की दवा-दारू में हम भी चिन्तित हो लेंगे।"

"..."

दंड—"हँसता है कि धरें कानों के नीचे दो-चार?"

"..."

भेद—"तेरे बच्चे की तबीयत खराब है और तेरा हाथ भी तंग है। फिर भी देख तेरा पड़ोसी कैसे ठहाके लगा रहा है?"

अन्तिम नीति पर बीमार बच्चे का पिता अपनी हँसी रोक नहीं पाया। वह इतना हँसा कि लाचार के नेत्र रिस गए।

सुबह-सुबह सुखजीवन जी घर आ गए। चर्चा वर्ल्ड लाफ्टर डे और हँसने की चल पड़ी। सुखजीवन जी सातों सुखों से समृद्ध हैं। कहने लगे, "मनुष्य को अवश्य हँसना चाहिए, परिस्थितियाँ जैसी भी हों। दीवार पर टँगे उस कैलेंडर को देखो। शिव के कंठ में विष है और गले में साँप। तब भी स्मितहास। हास्य अब कोरा हास्य न रहकर लाफ्टर थैरेपी हो गया है।"

मैंने उन्हें बताया, "शिव मनुष्य नहीं, देवता है। पता नहीं लाफ्टर थैरेपी वालों को यह कब समझ में आएगा कि हँसना न हँसना भाव-अभाव पर निर्भर है। मैंने कई मसखरों को न हँसने योग्य बातों पर भी हँसते देखा है। अलाँ

का बेटा शराब पीने लगा। हा हा हा हा। फलाँ की बहू का तलाक हो गया। हा हा हा हा।"

मैंने पूछ लिया कि क्या यह भी लाफ्टर थैरेपी है? सुखजीवन जी मेरे इस प्रश्न पर भी हँस दिये।

मैं बैंक गया था। काउंटर पर खड़ा था। मेरी लापरवाही से मेरा पाँव बराबर में खड़े एक सज्जन के पाँव पर धरा गया। वह मुस्कराते हुए बोले कि माफ करें सर, आपके चरणकमल से मेरा खुर दब गया है। घटना हुए दो दशक हो गए, परन्तु जब भी याद आती है, फूट-फूटकर हँसता हूँ। स्मरण रखता हूँ कि अपनी मूर्खताओं पर खुद हँसना बन्द कर दूँगा तो यह काम मेरे लिए अन्य करने लगेंगे।

सांसद शिबू सोरेन और नवजोत सिंह सिद्धू को लोकसभा की सदस्यता से इस्तीफा देना पड़ा। निश्चित ही शेष सदन को बड़ी राहत मिली होगी, क्योंकि एक बात पर भी नहीं हँसता था और दूसरा बिना बात हँसता था।

आचार्य जी हैं। कभी हँसते हुए नहीं पाए जाते, क्योंकि बुद्धिजीवी हैं। कहीं हास्य-व्यंग्य के लेख-वेख पढ़ने पड़ ही जाएँ तो यों पढ़ते हैं, जैसे कल्याण बाँच रहे हों। बच्चों के हल्के-फुल्के चुटकुले पूरी गम्भीरता से श्रवण करते हैं, ताकि चुटकुलों की मीमांसा कर सकें। हास्य को कतई रस नहीं मानते। दावा करते हैं कि यदि वह अकबर होते तो बीरबल को नवरत्नों से तत्काल बर्खास्त कर देते।

वर्ल्ड लाफ्टर डे के उपलक्ष्य में शहर के एक सांस्कृतिक केन्द्र पर हँसोड़ संध्या आयोजित की गई। हँसोड़ संध्या के मुख्य अतिथि थे राज्य के पशुपालन मंत्री।

मंत्री जी के आते ही उद्घोषक ने घोषणा की कि आज की इस हँसोड़ संध्या के मुख्य अतिथि माननीय 'पशुपालन मंत्री जी' पधार चुके हैं। उद्घोषक के तीन-चार बार पशुपालन मंत्री जी बोलने से दर्शक-श्रोता हँसते हुए कहने लगे कि जब सब ने मंत्री जी को अच्छे से देख लिया है तो बार-बार उनके विभाग का नाम अलग से बताने की क्या तुक है?

मंत्री जी को कहीं और भी मुख्य अतिथि बनना था। अत: कार्यक्रम की शुरुआत पशुपालन विभाग द्वारा प्रायोजित दो दिन पूर्व सम्पन्न हो चुकी हास्य

प्रतियोगिता के विजेताओं को उनके करकमलों से प्रमाणपत्र वितरण से की गई। हास्य-विजेताओं को प्रमाणपत्र देने बहुत जरूरी थे, वरना आज के समय में कौन विश्वास करे कि मनुष्य हँसता भी है?

प्रमाणपत्र वितरण करके मंत्री जी ने दो-एक हास्य प्रस्तुतियाँ देखीं और निकल लिए। उनकी हिम्मत की दाद देनी पड़ी। वह उस हँसोड़ संध्या में जितने समय भी बैठे, इतने सावधान होकर बैठे कि क्या मजाल जो उनके मुख से एक नन्हा सा हास्य-मोती भी झड़ा हो।

वर्ल्ड लाफ्टर डे उस वर्ग विशेष का कृत्रिम हास्य का दिवस होता है, जो वर्ल्ड लाफ्टर डे भी हिन्दी दिवस की तर्ज पर सेलिब्रेट करता है।

क्या तो लिखें, क्या तो छपें

मैं पद्य से गद्य की ओर पलटा।

चूँकि मर्द की फितरत होती है कि अर्थी के रास्ते में भी औरत जात मिल जाए तो मुर्दा भी वाइब्रेशन मोड में आ जाता है, सो मेरा काव्यकर्म में श्रीगणेश शृंगार रस से हुआ। उबासी के बहाने भी किसी लड़की के दाँत दिख जाते तो मैं दस-बीस गीत-मुक्तक, गजल-वजल लिख मारता था। फिर भले वह उबासी मुझे देखकर ही ले रही होती थी। यों भी शृंगार रस का बड़ा कवि बनने के लिए उस अनुभव से गुजरना ही होता है कि जिस डाल पर बैठे हैं, उसी को काट रहे हैं।

मैं भूखा-प्यासा सुबह ही सुबह निकलता। पूरे दिन घूम-भटककर नायिकाओं के नखशिख देखता और देर शाम घर लौटकर डायरी में वर्णन नोट कर लेता। स्मरण कर-करके। ठीक वैसे ही, जैसे कोई दुकानदार संध्या समय दिनभर की उधारी का हिसाब बही में उतारता है।

अगली सुबह मैं जब फिर ड्यूटी पर निकलता तो नखशिख से मिलान हेतु रात्रि में रचे गीत-मुक्तक, गजल-वजल पॉकेट में रख लेता, ताकि कोई कसर रह गई हो तो तुरन्त काटकर (नखशिख नहीं, वर्णन) एट द स्पॉट दुरुस्त कर सकूँ।

काम जोखिम भरा एवं कभी-कभी हाड़तोड़ भी था। मैं नखशिख देखने को आतुर हूँ और नायिका ने पीठ फेर रखी है। चकमा देकर फ्रंट में जाऊँ तो वह घूँघट खींच ले। तब की नायिकाएँ ढँकी-ढूमी रहती थीं। 'सारी बिच नारी है कि नारी बिच सारी है'। भविष्य में वस्त्र-विरक्ति से जब नायिकाओं के नखशिख स्वयं वर्णित होने को आमादा रहने लगे, बन्दा फेरों के फेर में पड़ चुका था। विवशता ने रस परिवर्तन करा दिया।

मैं रीतिकाल से वीरगाथाकाल की ओर उतरा। जब से पाकिस्तान बना है, हिन्दी काव्य में वीर रस भरना बड़ा आसान हो गया है। पाकिस्तान को लेकर अधम पंक्तियाँ लिख दो तो उत्तम वीर रस हो जाता है।

मैंने वीर रस का एक खंड काव्य लिखने का प्रोजेक्ट हाथ में लिया। मैं दरबारी कवि बना, ताकि चित्रण सजीव कर सकूँ। मैंने अपने काल्पनिक राजा से अर्ज की कि महाराजाधिराज! मैं आपके शौर्य को थीम बनाकर आप पर एक 'युद्धविलास रासो' लिखना चाहता हूँ। वीर शिरोमणि की सुनते ही भुजाएँ फड़क उठीं। उन्होंने मुझी से पूछ लिया कि कविराज, आइडिया जोरदार है, बताओ किससे लड़ने चलें? मैंने निवेदन किया कि हुजूर, आप राजा हैं। आपके पास तो हर पल असंख्य बहाने रहते हैं लड़ाई-झगड़ों के।

पर, मेरा यह काम भी सम्पूर्ण नहीं हो सका। कारण, दरबारी कवि होने के नाते मुझे भी युद्ध में साक्षात भागीदारी निभानी पड़ी। मैं प्रथम बार रणक्षेत्र में कूदा था। शत्रुसेना को सम्मुख पाकर उलझन में फँस गया कि बैरी को मारकर छंद लिखूँ अथवा छंद लिखकर मारूँ? तलवार से मारूँ या छंद से मारूँ?

रही-सही आस अपने समकालीन वीर रस के कवियों की दशा देखकर टूट गई। जब मैं देखता कि कोई कवि ज्योंही वीर रस की कविता सुनाता, श्रोताओं में इस कदर जोश उबल पड़ता कि वे कवि ही पर टूट पड़ते।

जिम्मेदारियों, चुनौतियों और अभावों के मारे हालात कारुणिक होने लगे थे। लिहाजा, मैं हास्य कवि होता चला गया। और क्या बताऊँ आपको, मैं तेजी से इतना जोरदार हास्य कवि हो गया कि कार्यक्रम के मुख्य अतिथि को आदरणीय कह देने भर से श्रोता हँसने लगते थे।

कुछ जिन्दगी के पन्ने पलटे और कुछ किताबों के। प्रेमचन्द, हरिशंकर परसाई, शरद जोशी आदि को पढ़ा। बार-बार पढ़ा। मति ऐसी फिरी कि मैं हास्य-व्यंग्य गद्य लिखने लगा, लेकिन वह तो और भारी हुई। प्रात: देर से जागो तो आँखें सूरज की रोशनी से यकायक नहीं खुलतीं। कुछ लिख-विख भी डालता तो प्रश्न उठता कि शीर्षक क्या दिया जाए? सन्तति हो गई अब नामकरण करो। पंडित खोजो। वह पंचाँग देखेगा या स्वयं शब्दकोश और समान्तरकोश खँगालो। शीर्षक देने की पूरी प्रक्रिया कड़ी दर कड़ी जोड़ते हुए चोरी का सुराग लगाने जैसी होती है। शीर्षक पहले दिमाग में आ जाए तो और

बड़ी प्रॉब्लम कि इस झालर को टाँगा किस पर जाए?

लेख भी लिख लिया। शीर्षक का मुकुट भी धर दिया। अब क्या किया जाए? मंच पर गद्य सुनाने का साहस नहीं और छपने भेजूँ तो सम्पादक लौटा दें। एक लिफाफा डाकपेटी में डालकर घर पहुँचूँ कि डाकिया दो थमा जाए। प्लेग के दिनों का सा समाँ बँधने लगा। एक पार्थिव देह का अन्तिम संस्कार करके निबटे भी नहीं कि दो और तैयार धरी हैं।

एक दिन तो हद ही हो गई। डाकिये ने कहा, "बाबूजी, क्यों कागज काले किया करते हो? आपका लिखा तभी छप सकता है जब प्रकाशन भी आपका ही हो।"

मैंने पूछा, "तुम्हें कैसे मालूम?"

वह बोला, "लम्बे समय से आपकी रोज एक सी डाक लौटते देखकर उत्सुकता हुई तो मैंने एक लिफाफा खोल लिया। जब लिफाफा खोल ही लिया था तो सोचा आपकी रचना पढ़ भी लूँ।"

सच कहूँ, मैं उस दिन इतना प्रसन्न हुआ कि डाकिये के गले से लिपट गया और मैंने उससे चाय-पानी की पूछी। पहली बार मेरी हास्य-व्यंग्य की गद्य रचना को कोई दूसरा पाठक मिला था।

मैंने धीरज नहीं छोड़ा। मेरी माँ कहा करती थी कि बेटा, जीवन में हिम्मत नहीं हारनी चाहिए। पानी पीते-पीते एक दिन अन्न का स्वाद आकर रहता है।

मैं निरन्तर लिखता रहा और पत्र-पत्रिकाओं में भेजता रहा। जिस दिन जिस पत्रिका के लिए रचना प्रेषित करता, उसी दिन से वह पत्रिका भी खरीदना प्रारम्भ कर देता।

अन्ततः वह शुभ दिवस आया, जिसकी प्रतीक्षा थी। एक अखबार से प्रातः ही फोन आया, "जी, आपकी एक व्यंग्य रचना आज हमारे अखबार में छपी है।"

"आपका अखबार कहाँ मिलेगा?" मैंने पूछा।

"हमारा अखबार कोई हॉकर-वॉकर तो बाँटता नहीं है। जिस किसी का कुछ छप-छपा जाता है वही खरीद-खरीदकर बाँटता रहता है," उधर से जानकारी दी गई।

अनायास मेरी एक रचना एक कायदे की पत्रिका में छपी। मैंने कहानी भेजी थी। सम्पादक ने रिपोर्ताज कहकर प्रकाशित की। जिसे एक विद्वान आलोचक ने निबंध साबित किया। जो कुछ भी हुआ, पर कुछेक पाठकों के कुछेक फोन अवश्य आए कि सम्पत सरल जी आपकी कविता पढ़ी, मजा आ गया।

उधार देकर जेब काटना

राज्य के बजटीय सदमे से उबरे भी नहीं थे कि केन्द्र का बजट आ गया। आम आदमी की हालत उस व्यक्ति जैसी हो गई, जिसे एक की तीये की बैठक से लौटते ही दूसरे के उठावना में जाना पड़ जाए।

वित्तमंत्री केन्द्र का हो अथवा राज्य का, वह उस फिल्मी गीतकार की तरह होता है, जो वातानुकूलित कक्ष में बैठकर मजदूरों, किसानों का दर्द लिखता है। उसकी भाषा इस चालाकी से सधी होती है की दान तथा अनुदान का भेद विशेषज्ञों के भी पकड़ में नहीं आता।

फिल्मों में अक्सर देखा जाता है कि डाकू अमीरों को लूटकर गरीबों में बाँटते हैं। वित्तमंत्री भी बजट में यही फॉर्मूला अपनाता है। बस, लुटने और लूटने वालों का क्रम उलटा होता है।

मुख्यमंत्री वसुंधरा राजे ने राजस्थान विधानसभा में राज्य का बजट-2008 प्रस्तुत किया। यह भाजपा सरकार के वर्तमान कार्यकाल का अन्तिम बजट था, जिसे लोगों ने अन्तिम कार्यकाल का वर्तमान बजट बताया। लगता है बजट बनाने में मुख्यमंत्री ने अर्थशास्त्रियों के बजाय शास्त्रियों से मदद ले ली।

बजट भाषण दो घंटे तेरह मिनटों में पूरा हुआ। अफसरों के लिखे को बाँचने की लाचारी नहीं हो तो इतने शब्दों के सहारे एक नेता अपनी पूरी उम्र निकाल लेता है। एक अखबार ने लिखा कि एक सौ तिरालीस मिनटों के बजट भाषण के दौरान सत्तापक्ष के विधायकों ने एक सौ इकसठ बार मेजें थपथपाईं। गलत भी क्या हुआ? विधायकों ने वही किया जिसके लिए बेचारे चुने गए थे। मुख्यमंत्री बोले और उसी की पार्टी का विधायक मेज न पीटे तो स्वयं विधायक को मेज बनते कितनी देर लगती है?

भाजपाइयों के मुताबिक राजस्थान का बजट कल्याणकारी और लचीला है। इस हद तक लचीला कि जूस की दुकान का लाइसेंस लेकर दारू का ठेका खोला जा सकता है।

दिल्ली और जयपुर में परस्पर विरोधी दलों की सरकारें हैं। अत: केन्द्र के बजट को भाजपाइयों ने खराब बताया तो राज्य के बजट को कांग्रेसियों ने। सत्ता का विरोध विपक्ष का कर्तव्य है। फिर विरोध भले नाजायज ही क्यों न हो। सत्तापक्ष कहे कि देश को आजादी पन्द्रह अगस्त उन्नीस सौ सैंतालीस को मिली तो विपक्ष का फर्ज है कि वह इस बात को सिरे से खारिज कर आमरण अनशन शुरू कर दे। सत्तापक्ष एक जनवरी को बोल दे कि आज एक जनवरी है तो कैलेंडर फाड़ते हुए सदन से बहिर्गमन विपक्ष का धर्म है।

बजट बनाना और पेश करना वस्तुत: जादू की शक्ल में हाथ की सफाई है। टायर पर से जितने पैसे उतारे, उससे दो गुना ट्यूब पर चढ़ा दिये। कलम की कीमत कम की, स्याही के मूल्य में वृद्धि कर दी। इनकम में इजाफा किया, इनकम टैक्स के रूप में वापस धरा ली। किसानों के कर्जे माफ कर वाहवाही बटोरो, लगे हाथ उन्हीं किसानों को बढ़ी ब्याज दरों पर नये कर्जे टिका दो। खाद-बीज के दाम यथावत रखे, किन्तु अनाज का समर्थन मूल्य घटा दिया। इस हाथ दे, उस हाथ ले। केन्द्र की यूपीए सरकार के वित्तमंत्री पी. चिदंबरम ने वॉशिंग मशीन सस्ती करने से पहले कपड़े सारे उतरवा लिये। अब क्या तो धोयें और क्या निचोड़ें?

बजट बनाने का प्रत्येक वित्तमंत्री का अपना नजरिया होता है। वैसे ही, जैसे झाँसा भिन्न-भिन्न प्रकार से दिया जा सकता है। बजट निर्माण विवाह की वर्षगाँठ मनाने जैसा भी हो सकता है। दिखावटी समारोह आयोजित कर, खाने पर बुलाने के बहाने आगन्तुकों से लिफाफे और गिफ्ट बटोरने जैसा। बजट बनाने में यह प्रक्रिया भी अपनाई जा सकती है कि व्यक्ति कर्ज लेकर दूल्हे बने बेटे पर वार-फेर करता है तथा पूरी रकम बैंडवादकों की जेबों में चली जाती है। वित्तमंत्री उस आदमी की तरह भी कर गुजरता है, जो पुरखों के धन से उन्हीं का श्राद्ध कर कौओं को पकवान खिला, पुण्य कमा लेता है। बजट बनाना दाने बिखेरकर जाल बिछाने जैसा भी होता है, यदि चुनाव आसन्न हों।

वित्तमंत्री चाहे तो यह तरीका भी अपना सकता है कि पिता का धन पिता ही की अर्थी पर सिक्कों के रूप में उछालकर यश कमा ले।

बजट के पश्चात् सर्वाधिक हास्यास्पद स्थिति उन व्याख्याकारों की होती है, जो बजट के आकलन और परिणाम के नाम पर पानी बिलोते हैं। बचपन में हम राजस्थानी की एक पहेली पूछा करते थे कि नौ और तेरह के योग में छह जोड़कर अट्ठाईस घटाने पर शेष क्या बचा? तब हम कहाँ जानते थे कि यह महज पहेली नहीं, सरकारों के सालाना बजट पर वित्त विशेषज्ञों की गम्भीर चर्चा है।

बजट वह, जो रुपये को मजबूती दे। इस बार के दोनों बजट भी इस कसौटी पर खरे उतरने वाले हैं।

रुपया हर बजट के बाद मजबूत होता है। इतना मजबूत कि खाली जेबों को मिलता नहीं और भरी जेबों से हिलता नहीं।

बसन्ती कैसे नहीं नाचेगी

भविष्य के अभागे लोकल फिल्म स्टार, जिनके पास मुंबई जाने का रेल भाड़ा नहीं है, के लिए खुशखबरी है। जयपुर में फिल्म सिटी बनने जा रही है। अब वह दिन दूर नहीं, जब वीरू के लाख मना करने पर भी बसन्ती अपने सामने यहीं नाचेगी।

जिस प्रदेश में खुद वीरू लोकसभा का चुनाव जीत सांसद होने की एक्टिंग करे, वहाँ फिल्म सिटी को आकार मिलना ही चाहिए। जिस अकाल पीड़ित मरुधरा के नेता हीरो और अफसर साइड हीरो हों, वहाँ फिल्म सिटी का फ्यूचर ब्राइट है। जहाँ तंत्र खलनायकी के लिए बेहद उर्वरक हो गया हो, वहाँ बहती गंगा में जिसे हाथ धोने को नहीं मिले, वही विलेन। जयपुर में फिल्म सिटी बन जाने से न सिर्फ घटिया फिल्में आयात करने का हमारा खर्च बचेगा, बल्कि ऐसी ही फिल्मों के हम खुद निर्यातक हो सकेंगे। राज्य सरकार को चाहिए कि छोटे आदमी की छोटी चिन्ताओं को छोड़, ऐसी फिल्म सिटी बनाए कि उपग्रह बन बॉलीवुड जॉलीवुड के चक्कर काटता फिरे। राजशाही प्रजा की विनती का बुरा न माने तो मेरी भी शुभकामनाएँ सरकार के साथ हैं। केन्द्र सरकारें यह समझती रही हैं कि मुंबई ही हिन्दुस्तान है तो हमारी प्रदेश सरकार को भी समझने का पूरा हक है कि जयपुर का मतलब ही राजस्थान है।

राज्य सरकार की ओर से गठित एक उच्च स्तरीय समिति बॉलीवुड वालों को 'पधारो म्हारै देस' कह आई। सरकारी खर्च पर गए लोग मुंबई वालों को आश्वस्त कर आए कि यदि फाइनेंस और हीरोइनों का जिम्मा बॉलीवुड ले ले तो शेष सारी सुविधाएँ राज्य सरकार जुटा देगी। फिल्म सिटी के विषय में मेरे अनुभवों का लाभ ले लिया जाता तो लाभ भले नहीं होता, अनुभव अवश्य

होता। उच्च स्तरीय समिति में मुझे शामिल करने से एक तो वह सर्वोच्च स्तरीय हो जाती। दूसरा, मैं भी निम्न स्तरीय नहीं रहता। जो जाकर आए हैं, उनकी तरह चाहे गौर से न सही, आठ-दस फिल्में मैंने भी देख रखी हैं। इसी आधार पर दावा कर सकता हूँ कि फिल्म निर्माण में मेरा नॉलेज काफी सूक्ष्म एवं गम्भीर है और ऐसा मैं ही नहीं, मेरे वे मित्र भी मानते हैं, जिन्होंने सदैव अपने पैसों से मुझे सिनेमा दिखाया है। मुंबई पाँच-सात बार जा चुका हूँ। गेट वे ऑफ इंडिया के सामने खड़ा होऊँ तो शर्तिया बता सकता हूँ कि यही गेट वे ऑफ इंडिया है। खैर छोड़ो, पूर्वग्रह से ग्रस्त हो मुझे उच्च स्तरीय कमेटी में नहीं लेना था, सो नहीं लिया। सब ऊपर वाले के हाथ है।

बॉलीवुड वाले अन्यत्र फिल्म सिटी बनाने से क्यों बिदकते हैं? समझ से परे है। अब गुलाबी नगर को ही लो। यहाँ से सस्ता फिल्म निर्माण कहीं हो ही नहीं सकता। डाकुओं के रोल के लिए कई अफसर आसानी से उपलब्ध हैं और मेकअप की भी जरूरत नहीं पड़े। मारधाड़ के सीन सीधे असेंबली से शूट किये जा सकते हैं। इस शहर की अदा ही अलग है। मौका मिले तो निरक्षर स्क्रिप्ट लिख मारे। यहाँ संगतकार से संगीतकार तक सब अनायास हैं। पर्दे पर नाम आने की हल्की सी भी गारंटी हो तो मैं स्वयं स्टोरी की डिमांड न होने पर भी भजन और मुजरा दोनों लिखने को तैयार हूँ। फिल्मों में पुलिस का रोल हमारी पुलिस खुद कर लेगी, क्योंकि सुनते हैं हिन्दी सिनेमा की पुलिस ने घटना-स्थल पर सदा देर से पहुँचना हमारी ही पुलिस से सीखा है, हालाँकि अन्य राज्यों की पुलिस भी इस गुण पर अपना दावा करती हैं। जब असली पुलिस ही असली पुलिस होने का ड्रामा कर सके तो मैं नहीं समझता नकली पुलिस की अलग से दरकार रहेगी।

टैलेंट्स की कोई कमी इस शहर में और आसपास नहीं है। नृत्य कलाकारों का तो यह हाल है कि बाथरूम गमनागमन करना हो तो भी घूमर करते हुए जाते हैं और कत्थक करते हुए लौटते हैं। जहाँ तक कुशल कैमरामैन का प्रश्न है, परकोटे में आज भी ऐसे बुजुर्ग बहुतायत में हैं जो सामने वाले की बिना कैमरा फोटो उतार दें। कॉलेज जाने वाली हर तीसरी लड़की ड्रेस डिजाइनर और हर चौथी लड़की कोरियोग्राफर है। बस, जरा चरित्र अभिनेताओं का टोटा रह सकता है, क्योंकि जिनके पास चरित्र है वे अभिनेता नहीं हैं। बॉलीवुड वाले

एक बार आ जाएँ। सूई से हाथी तक सब जयपुर फिल्म सिटी में उपलब्ध होंगे। यों भी हमारी मंशा कला का विकास नहीं, सिर्फ राजनीतिक कलाकारी है।

सभी प्रकार के कलाकारों के लिए हमारे यहाँ मुंबई से अधिक अवसर हैं और रहेंगे। काम मिलने की फुल गारंटी है। हमारे यहाँ के एमपी, एमएलए तो इतने कुशल अभिनेता हैं कि एक बार इलेक्शन जीत चुकने के पश्चात् अपने चुनाव क्षेत्र में जाकर मतदाताओं से मिलने की कह दो तो डुप्लीकेट की माँग करने लगते हैं।

एक दिन मैंने मजाक में एक नेता से पूछ लिया, "आजकल राजनीतिक दलों में फिल्मी सितारे बहुत भर्ती किये जा रहे हैं?"

वह गम्भीरता से कहने लगे, "पार्टियों की मजबूरी समझो। पॉलिटिसीयंस की फेस वैल्यू नहीं रही। सुनना तो दूर, जनता नेताओं को देखना ही पसन्द नहीं करती। ऐसे में फिल्मी तिनकों का ही सहारा है।"

बॉलीवुड वाले जयपुर अवश्य आएँ। यहाँ की सपनों की मारी प्रतिभाओं को रोजगार न मिले, व्यस्तता तो मिले। राज्य सरकार का भी यही उद्देश्य है।

तिल को ताड़ चने को भाड़

सब बौने हैं। सेर को सवा सेर मिलते आए हैं और मिलते रहेंगे।

आदमी के धरती पर पैदा होने की आहट से पूर्व ही डायनासोर मर लिये। ऊँट अपने को बड़ा तीसमार खाँ समझता था। एक दिन वह भी पहाड़ के नीचे आ गया। वैज्ञानिक चाँद के गड्ढे देख पत्थर साथ ले आए तो कवियों को रूपसियों के मुखों की तुलना के लिए उपमाओं का टोटा पड़ गया। कुएँ-बावड़ियों की हैंडपम्पों ने बेकद्री कर दी तो नलों ने हैंडपम्पों की। बोतलबन्द पानी पूरी वाटर कल्चर को ही पी गया।

टीबी कैंसर को देख झटका खा गई। एड्स ने कैंसर को बिस्तर से लगा दिया। बीमारियाँ दवाइयों से घबराई हुई हैं। दवाइयाँ डॉक्टर्स के हाथों की कठपुतलियाँ बनकर नाच रही हैं। डॉक्टर्स लोभ के आगे औंधे मुँह पड़े हैं। बच्चे अध्यापकों से भागते हैं और अध्यापक किताबों से। डालडा ने देशी घी को मारा तो रिफाइंड ने दोनों को। स्वाभिमान अहंकार से दब लिया। उत्साह को क्रोध खा गया। विनम्रता कायरता की मातहत हो गई। मनुष्य दो हाथ पाकर निहत्थों पर रौब जमाता रहता था कि उसे चार-छह हाथों वाले देवी-देवताओं के चरणों में करबद्ध लेटना पड़ा। सहस्त्रबाहु को देखकर चार-छह हाथों वाले निहत्थे लगने लगे। हर सेर के लिए सवा सेर पैदा होता है। साँप को अजगर और बाबू को अफसर।

बॉलपेन ने फाउंटेन पेन की निब तोड़ दी। कागज बाजार में आया तो ताड़पत्र, भोजपत्र संग्रहालयों में चले गए। किताब पर पासबुक भारी रही। पासबुक पर वन वीक सीरीज। नकल के सामने तीनों व्यर्थ। पीठों पर आचार्य लद गए। आचार्य सुविधाओं में डूब गए। वन डे के आते ही टेस्ट मैच बाउंड्री

लाइन से बाहर हो गया। वन डे को 20-20 ने पैवेलियन में बिठा दिया। ट्यूबवेल के सामने लाव-चड़स लुप्त हो गए। ट्रैक्टर ने बैलों को आउट डेटेड कर दिया। ताँगे को रिक्शा लील गया और रिक्शा को ऑटोरिक्शा। बेसिक फोन का माजना मोबाइल फोन ने खराब कर डाला। टाइपराइटर कंप्यूटर के आगे चिरसमर्पण कर चुका। ईमेल के होश एसएमएस ने ठिकाने लगा दिये। कूरियर आया तो डाक के डिब्बे मुँह बाए खड़े हैं। रेलगाड़ी के कारण बैलगाड़ी लुप्त हुई तो चीलगाड़ी ने रेलगाड़ी की महत्ता घटा दी। रॉकेट ने वायुयान की स्पीड हर ली। कार ड्राइव करते समय लगता है कि सब बेकार हैं। संजय की कमेंट्री का तोड़ रेडियो से निकला, लेकिन टीवी के आते ही रेडियो का गला बैठ गया। एफएम ने टीवी स्क्रीन के रंग उड़ा दिये।

अखबारों के लिए न्यूज चैनल्स आफत हो गए। न्यूज चैनल्स की दशा देखकर सत्यकथा और मनोहर कहानियाँ हँस रही हैं। आकाश की बिजली का अहंकार धरती की बिजली ने तोड़ दिया तो धरती की बिजली का चोरी करने वालों ने। सेर को सवा सेर मिलता है। चूहे को बिल्ली, बिल्ली को कुत्ता, कुत्ते को लाठी, लाठी को पुलिस, पुलिस को नेता, नेता को चुनाव। दूब के सामने पेड़ घमंड से तनकर खड़े थे, कुर्सी बनी तो बचाओ-बचाओ पुकारने लगे।

भारत में भाई-भतीजावाद देखकर धृतराष्ट्र की आँखें चुँधिया गईं। कंस के कारनामों से रावण भला लगने लगा। तमंचों पर इतराते थे, तोप के सामने गिड़गिड़ाने लगे। अणुबम पर भारी परमाणु बम। कैंची के सम्मुख सूई-धागा दया की भीख माँग रहे हैं। कांग्रेस अपने किये पर बड़ा इतराती थी, भाजपा की करतूतें देखकर कांग्रेस की हालत पतली है।

हर सेर को सवा सेर मिलता है। अरावली से एवरेस्ट तक। आजाद भारत के आम आदमी की हालत देखकर द्वापर का सुदामा हीनताबोध से उबर गया।

बँटवारे का झगड़ा तथा बन्दर का न्याय

इन दिनों पाकिस्तान विषयक कुछ भी लिखना समय और श्रम का अपव्यय माना जाता है। लिख भी कोई भारतीय रहा हो, फिर तो आ बैल मुझे मार समझिए।

यों उस देश के बारे में लिखा भी क्या जाए जिसे तिरसठ सालों में लोकतंत्र चलाना नहीं आया। पाकिस्तान में ज्योंही कोई राष्ट्रपति या प्रधानमंत्री पद की शपथ लेता है, त्योंही उसके लिए सऊदी अरब में आवास की तलाश शुरू कर दी जाती है। मकान-जमीन सऊदी अरब उपलब्ध कराता है, धन पाकिस्तान की जनता का लगता है तथा आर्किटेक्ट अमेरिकी होता है। जो यह तय करता है कि मकान में खिड़की रखनी है या सूराख अथवा दोनों ही नहीं रखने।

भारत-पाकिस्तान के सम्बन्ध सदैव तनावपूर्ण रहते हैं। इतने तनावपूर्ण कि यदि भारत 14 अगस्त की सुबह पाकिस्तान को उसके स्वतंत्रता दिवस की बधाई दे दे तो पाकिस्तान बधाई को भी अपने आन्तरिक मामलों में भारत का दखल मानता है और अगली ही सुबह भारत को ठीक उतने ही अक्षरों में बधाई देकर बदला लेता है।

दोनों देशों में भयंकर होड़ा-होड़ी रहती है। भारत ने परमाणु बम बनाया तो चोरी-चकारी से ही सही, पाकिस्तान ने भी परमाणु बम बनाया। पाकिस्तान अपने यहाँ के भारतीय दूतावास के किसी कर्मचारी को कोई आरोप लगाकर दिल्ली भेजता है तो भारत भी अपने यहाँ के पाकिस्तानी दूतावास के उसी रैंक के कर्मचारी को वैसा ही आरोप लगाकर, भारतीय कर्मचारी को छोड़ने आए विमान की उसी सीट पर बिठाकर रवाना कर देता है। नजारा बड़ा मनोरंजक बन पड़ता है। दिल्ली या इस्लामाबाद इंटरनेशनल एयरपोर्ट पर जहाँ एक देश

का कर्मचारी अपना लगेज ले रहा होता है, वहीं दूसरे देश का कर्मचारी अपना लगेज दे रहा होता है।

आपदा तक के वक्त में दोनों पड़ोसियों का रवैया वैमनस्यपूर्ण रहता है। एक देश में भूकम्प आया तो दूसरे देश को तभी चैन मिला जब उसके यहाँ भी उतने ही रिक्टर पैमाने का भूकम्प आया। नैतिकता के नाते भारत ने पाकिस्तान राहत सामग्री भिजावाई। पाकिस्तान ने नकारते हुए ग्रहण की कि कहीं राहत सामग्री में छुपकर गांधी का सत्य-अहिंसा न आ गया हो। अपने यहाँ भूकम्प आने पर भारत ने पाकिस्तानी राहत सामग्री को उतनी ही शंका से स्वीकारा कि कहीं गेहूँ के साथ घुन की शक्ल में जिन्ना के विचार न आ गए हों।

सद्भाव के समय भी दोनों आपस में खुंदक निकालते रहते हैं। किसी समझौते के तहत भारत पाकिस्तान के जितने कैदी रिहा करेगा, पाकिस्तान भी भारत के उतने ही कैदी रिहा करेगा, बल्कि रिहाई के दौरान दोनों देश कैदियों के नाप-तौल तक के प्रति बेहद सख्त रहते हैं। न तिल कम, न राई ज्यादा। यदि किसी देश से गफलत में एक कैदी अधिक छूट गया तो वह उसे वाघा बॉर्डर से वापस बुला लेगा। यदि सभी कैदी वाघा बॉर्डर पार कर चुकें तो तुरन्त नया व्यक्ति पकड़कर भरपाई करेगा। भले ही निरपराध को पकड़ना पड़े।

अगर भारत को इस बात का अहंकार है कि पाकिस्तान की जितनी आबादी है, उतने तो उसके यहाँ निरक्षर बसते हैं तो पाकिस्तान को भी इस बात का घमंड है कि उसके यहाँ कम आबादी के बावजूद भारत से ज्यादा गरीब हैं।

वैसे दोनों का एक-दूसरे के यहाँ जाना-आना भी होता है। एक जाता है तभी दूसरा आता है। भारतीय विदेशमंत्री इस्लामाबाद गया। अब पाकिस्तानी विदेशमंत्री दिल्ली आएगा। और उतने ही घंटे, मिनट और सेकंड दिल्ली में रुकेगा, जितने घंटे, मिनट और सेकंड भारतीय विदेशमंत्री इस्लामाबाद में रुका।

कभी-कभार मेल-मिलाप का वातावरण बनता भी है तो मीडिया सक्रिय हो उठता है। दोनों देशों का मीडिया आग लगने पर दमकल की भूमिका निभाता है। बस, पानी का काम केरोसिन से लेता है। उदाहरण से समझें। भारत-पाकिस्तान में क्रिकेट मैच चल रहा है। किसी गेंद पर भारतीय बल्लेबाज ने दो रन बनाए और पाकिस्तानी बल्लेबाज ने एक रन। मीडिया पाकिस्तानी

हुआ तो वर्णन करेगा कि पाकिस्तानी बल्लेबाज ने भारतीय गेंदबाज को धुनते हुए एक रन ठोंका। भारतीय बल्लेबाज के लिए कहेगा कि भारतीय बल्लेबाज ने डरते-डरते गेंद पुश की और दो रन चुराए। मीडिया की भाषा पर गौर करें। पाकिस्तानी बल्लेबाज ने एक रन 'ठोंका' और भारतीय बल्लेबाज ने दो रन 'चुराए'। मीडिया भारतीय हुआ तो वर्णन इससे उलट होगा। मतलब भारतीय बल्लेबाज रन ठोंकेगा और पाकिस्तानी बल्लेबाज रन चुराएगा।

भारत माँग करता है कि पाकिस्तान अपने यहाँ के आतंकी शिविर तत्काल बन्द करे। पाकिस्तान का तर्क होता है कि आतंकवाद उसके यहाँ क्राइम नहीं, इंडस्ट्री है। हालाँकि इन दिनों पाकिस्तानी आतंकी पाकिस्तान ही में धमाके करने लगे हैं। बेचारे क्या करें, पाकिस्तान ने माल अधिक तैयार कर लिया और निर्यात हो नहीं रहा। तैयार माल को एक्सपायरी डेट निकलने की आशंका के मारे कारखाने में ही उपयोगिता सिद्ध करनी पड़ रही है।

दोनों देशों में हॉकी का सा मैच चलता रहता है। कभी यह गेंद लेकर उसकी डी में, कभी वह गेंद लेकर इसकी डी में। खून-पसीना बह रहा है और दोनों भिड़े हुए हैं। यदा-कदा निर्णायक स्थिति आती भी है तो रेफरी बना अमेरिका फाउल की सीटी बजा देता है। अमेरिका का आदेश मानना भारत-पाकिस्तान की मजबूरी है, क्योंकि दोनों देशों को खेल का सामान वही मुहैया कराता है। अमेरिका ठहरा पूर्णकालिक व्यवसायी। वह कलम भारत को बेचता है तो स्याही पाकिस्तान को। पेंसिल भारत को देगा तो रबर पाकिस्तान को। सूई-धागा भारत को निर्यात करता है तो कैंची पाकिस्तान को। अमेरिका ने जब-जब पाकिस्तान को युद्धक विमान बेचे हैं, तब-तब रडार भारत को बेचे हैं।

नीचा दिखाने के उद्देश्य से भारत का यह कहते रहना कि पाकिस्तान एक गैरजिम्मेदार देश है, नितान्त मिथ्या आरोप है। पाकिस्तान एक बेहद जिम्मेदार देश है, क्योंकि दुनिया में कहीं भी आतंकी घटना हो, पाकिस्तान ही जिम्मेदार ठहराया जाता है।

महा

इन दिनों 'महा' शब्द के महाप्रचलन को लेकर महाउलझन में हूँ।

महामारी, महायुद्ध, महागठबन्धन तक भी ठीक है, लेकिन आज एक अखबार में 'महाघेराव' पढ़कर तो महाजिज्ञासाओं से घिर गया। समझ ही नहीं पा रहा हूँ कि किसी व्यक्ति या स्थान को कितने लोगों द्वारा कितनी देर तक घेरे जाने पर कोई घेराव महाघेराव हो जाता है?

एक समय हम महाभारत और महाराष्ट्र से इतर 'महा' की संलग्नता सामान्यतया महादेव, महाकुम्भ, महामहिम, महापुरुष, महासभा आदि के सन्दर्भ में करते थे। रियासतों की समाप्ति के बावजूद महाराजा के दर्शन भी होते रहे, भले ही एयर इंडिया के लोगो के रूप में ही सही। महात्मा गांधी, महाप्राण सूर्यकांत त्रिपाठी निराला, महामना मदनमोहन मालवीय भी पढ़ा और शोषण आधारित व्यवस्था को प्रेमचन्द द्वारा 'महाजनी सभ्यता' कहा जाना भी समझा, पर अब तो 'महा' उपसर्ग आलू की तरह बरता जाने लगा है—महासम्मेलन, महापंचायत, महारैली, महापड़ाव, महाहड़ताल, महाबन्द...।

प्रलय ही पर्याप्त है, फिर महाप्रलय क्यों? पाप और महापाप में अन्तर का आधार पाप की क्वालिटी होती है या क्वांटिटी अथवा पाप का ढंग या टाइमिंग? प्राण तो हर प्राणी में समान होते हैं, फिर एक को सताना-मारना महापाप होता है तो दूसरे को सताने-मारने पर केवल पाप ही क्यों लगता है?

और तो और मूर्खों तक की दो श्रेणियाँ बन चुकी हैं। मूर्ख और महामूर्ख। हालाँकि यह स्पष्ट नहीं हो पाया है कि किस हद तक या कितने प्रकार की मूर्खताएँ कर लेने पर कोई मूर्ख महामूर्ख का परम पद पा लेता है? या कोई मूर्ख कौन सी लापरवाही की वजह से आजीवन कोरा मूर्ख ही कहलाता रहता

है? यह ही समझ से परे है कि ठग और धूर्त कैसे महाठग और महाधूर्त से कमतर होते हैं या महाठग और महाधूर्त कैसे ठग और धूर्त से बेहतर होते हैं? कबीर ने तो केवल माया को महाठगिनी कहा है। जब माया एकछत्र महाठगिनी है तो अपने भाषणों, जुमलों से ठगी करते रहने वालों के लिए तो महाठग से भी भारी-भरकम शब्द इस्तेमाल करना चाहिए।

आजकल एक ही प्रतिष्ठान में दो प्रकार के महाप्रबन्धक यथा मुख्य महाप्रबन्धक और महाप्रबन्धक पाए जाते हैं। महाप्रबन्धक तो छोड़िए, उपमहाप्रबन्धक ही अनेक प्रकार के पाए जाते हैं। सहायक उपमहाप्रबन्धक, वरिष्ठ उपमहाप्रबन्धक, अतिरिक्त उपमहाप्रबन्धक। बताइए, मुख्य महाप्रबन्धक के रहते केवल महाप्रबन्धक या सहायक-उप-वरिष्ठ टाइप के महाप्रबन्धक बन्धक से नहीं लगते?

राजतंत्र में अमात्य कई हो सकते थे, लेकिन महामात्य एक ही होता था। अब तो महामंत्रियों और महासचिवों की ही गणना करने बैठो तो महामानव भी मानव मात्र लगने लगें।

महाचोर, महाभ्रष्ट, महाधूर्त, महाझूठा जैसी उपमाएँ लिखी-पढ़ी, बोली-सुनी जाने लगी हैं। शायद कोई महाचोर ही बता सकता है कि कितनी मेहनत करने पर कोई चोर महाचोर हो जाता है? मेरे खयाल से साप्ताहिक-पाक्षिक रिश्वत लेने वाला भ्रष्ट कहलाता होगा और दैनिक रिश्वत लेने वाला महाभ्रष्ट? धूर्त और महाधूर्त में भी इसी आधार पर अन्तर होता होगा। अनियमित धूर्तता करने वाला धूर्त और नियमित धूर्तता करता रहे, सो महाधूर्त। झूठा और महाझूठा में शायद यह फर्क होता होगा कि जो झूठ भी बोले वह झूठा और जो झूठ ही बोले वह महाझूठा।

बात यहीं खत्म करनी चाहिए, ताकि महाबोर होने से बचा जा सके।

मानसून सत्र

देश में मानसून भले ही अनिश्चित रहे, संसद का मानसून सत्र निश्चित रहता है।

राष्ट्र ऋणी है अपने संविधान निर्माताओं का। जो तभी जान गए थे कि भविष्य में मानसून और नेता एक माजने के होंगे यानी अपवादों को छोड़कर दोनों समन्दर ही पर बरसेंगे, सो उन्होंने संसद के एक सत्र का नाम मानसून सत्र रखा।

सांसदों को सदन में बैठने पर वैसी ही घुटन होती है जैसी विद्यार्थियों को क्लासरूम में बैठने पर होती है। सांसद चिन्तित हुए कि मानसून सत्र में पूरे समय सदन में बैठकर वक्त कैसे कटेगा? अचानक विपक्ष को आइडिया सूझा। एक समय था जब लोग 'दिल्ली चलो' सुनते ही दिल्ली चल पड़ते थे। अब सांकेतिक धरने पर बैठने के लिए भी न सिर्फ प्रति मिनट मेहनताना माँगते हैं, बल्कि यह शर्त और रखते हैं कि भाषण सुनने का चार्ज अलग से लगेगा। इससे सिद्ध है कि महँगाई जानलेवा हो गई है। अत: मानसून सत्र में महँगाई को लेकर सरकार से नूराकुश्ती लड़ी जाए।

लोकसभा में मानसून सत्र का प्रथम दिन। महँगाई से त्रस्त आम आदमी की पीड़ा को लेकर विपक्ष सरकार पर हँसते हुए क्रोधित हुआ। वह खड़ा हो सदन में आम आदमी और महँगाई पर बोलने लगा। वैसे ही जैसे लग्जरी आश्रम का मालिक संन्यासी मोह-माया और वैराग्य पर प्रवचन देता है। स्पष्ट सुनाई देने के बावजूद सरकार ने अपने हाथ के दाएँ पंजे से कान छू, बाएँ पंजे से प्रश्नवाचक संकेत किया कि विपक्ष क्या बोल रहा है, सुनाई नहीं दे रहा? सरकार के इस आचरण से क्षुब्ध विपक्ष और तेज हँसते हुए और तेज क्रोधित हुआ। वह आसन के सामने आकर गाने लगा—'सखि सैयाँ तो बहुत ही कमात है / महँगाई डायन खात जात है'। सरकार ने गायकी पर विपक्ष को

व्यंग्यात्मक दाद दी। विपक्ष ने सरकार की व्यंग्यात्मक दाद को भी वंसमोर समझा। वह लगातार गाने लगा। गायन लम्बा खिंचता देख सरकार विपक्ष पर झल्लाई, "यह सदन है। यहाँ भाषणों की अन्ताक्षरी ही खेली जा सकती है, ठुमरी-दादरा नहीं चलेगा।"

विपक्ष भी सरकार पर भड़का, "यह मोहक गीत आम आदमी और महँगाई के बारे में है। गीत है भी उस फिल्म का, जिसने अपनी रिलीज से पहले ही इसे रिलीज कर दिया।"

सरकार ने विपक्ष के श्रीमुख से 'आम आदमी और महँगाई' सुनकर आसन से अनुरोध किया कि आर्थिक महाशक्ति बनने की ओर तेजी से भागते इंडिया के लिए 'आम आदमी और महँगाई' शब्द असंसदीय हैं। इन्हें संसद की कार्रवाई से अविलम्ब निकाला जाए। मतदाता की भाषा का उपयोग सांसदों द्वारा किया जाना उतना ही अशोभनीय है जितना किसी बूढ़े विधुर द्वारा अपने विवाह का एलबम देखना। जनप्रतिनिधियों को चाहिए कि वे सदन की गरिमा को देखते हुए कॉमनमैन, प्राइस, वर्ल्ड बैंक, आईएमएफ, जीडीपी, सेंसेक्स, निफ्टी, एनएसई, बीएसई, इन्फ्लेशन जैसी शब्दावली ही यूज किया करें।

विपक्ष अपनी भाषा पर लज्जित हुआ, किन्तु उसने सरकार पर वार जारी रखा, "हमारा उद्देश्य फिल्मी गीत गाने के साथ ही महँगाई कम कराना भी है।"

सरकार ने समाधान सुझाया, "जिस फिल्म में महँगाई का जिक्र हो हम उसे ही सेंसर कर देते हैं। महँगाई के समूल खात्मे का यही तरीका है।"

विपक्ष ने शोर मचाया, "हम फिल्म को हरगिज सेंसर नहीं होने देंगे। हिन्दी सिनेमा हिन्दुस्तान का आईना है। लाखों-करोड़ों रुपये लेने के बावजूद हीरो-हीरोइनों के तन पर कपड़े नहीं हों तो सरकार खुद अनुमान लगा ले कि महँगाई किस सीमा तक बढ़ चुकी है?"

विपक्ष का तर्क सॉलिड लगा, किन्तु सरकार झुकी नहीं।

विपक्ष ने फिर आक्रमण किया, "क्या सरकार को मालूम है कि देश में आटे का क्या भाव चल रहा है?"

सरकार, "हमें तो नहीं मालूम, विपक्ष ही बता दे?"

विपक्ष, "यह भी कोई जवाब हुआ? हमें ही आटे का भाव मालूम होता तो हम सरकार से क्यों पूछते?"

कीमतों के मामले में नेताओं से अधिक तो भिखारी अपडेट रहते हैं, क्योंकि उन्हें दिन में दसियों बार सुनना पड़ता है कि बाबा थोड़ा रहम करो, आटा तीस रुपये किलो हो चुका है।

सरकार थोड़ी विनम्र हुई, "विपक्ष को हठधर्मिता छोड़कर सदन चलने देना चाहिए। सरकार आटे का भाव मालूम करने के लिए पूछताछ आयोग बिठाने को तैयार है। साथ ही वादा करती है कि हीरो-हीरोइनों के लिए सरकारी खर्च पर कपड़ों का बन्दोबस्त भी शीघ्रातिशीघ्र कर दिया जाएगा, लेकिन विपक्ष पहले हीरो-हीरोइनों से मिलकर यह तो जान ले कि क्या सरकार द्वारा मुफ्त दिये जाने के बावजूद वे कपड़े पहनने को तैयार हो जाएँगे?"

हीरो-हीरोइनों और कपड़ों का आपसी सम्बन्ध सोचकर विपक्ष सुध-बुध खो बैठा। वह आम आदमी और महँगाई भूलकर इस अर्थशास्त्र में उलझ गया कि जिसके पास अनेक कपड़े हैं वह क्यों तन ढँकना नहीं चाहता और जो तन ढँकना चाहता है उसके पास एक भी कपड़ा क्यों नहीं है? लेकिन जल्द ही विपक्ष इस थोथी भावुकता से उबरकर सरकार पर चिल्लाने लगा, "सुप्रीम कोर्ट तक ने कह दिया है कि जब अनाज सड़ ही रहा है तो सरकार इसे जनता में क्यों नहीं बाँट देती?"

सरकार ने कहा, "सुप्रीम कोर्ट की सलाह सर-माथे, परन्तु सबको सरकार की विवशता समझनी चाहिए। भला, पूरी तरह सड़े बिना सरकार अनाज जनता में कैसे वितरित कर दे?"

विपक्ष ने सरकार को ताना मारा, "बड़ा अंधेर है। एक अयोग्य व्यक्ति कृषि और क्रिकेट, दोनों सँभाल रहा है?"

सरकार ने ताने को कुतर्क से काटा, "कोई व्यक्ति जिन विभागों के बारे में कुछ नहीं जानता, फिर भी उन विभागों का मंत्री है तो यह अयोग्यता कैसे हुई?"

इस बीच कृषिमंत्री कुछ कहने के लिए खड़ा होना चाहता था, किन्तु प्रधानमंत्री ने इजाजत नहीं दी। इस आशंका के मारे कि कहीं ऐसा न घट जाए कि विपक्ष कृषिमंत्री से आलू की पैदावार के विषय में पूछ ले और कृषिमंत्री बता बैठे कि आलू अमरूद की भाँति डाल पर लगते हैं।

सरकार ने विपक्ष को कोसा, "विपक्ष की सोच निहायत संकीर्ण है। वह 'महँगाई डायन खात जात है' पर तो हाय-तौबा मचा रहा है, लेकिन 'सखि

सैयाँ तो खूब ही कमात है' पर सरकार की उपलब्धियों की जानबूझकर अनदेखी कर रहा है।"

विपक्ष मन-ही-मन सरकार को छोड़ फिल्मी गीतकार पर कुपित हुआ कि हाय! कमबख्त गीत यों लिख देता—'सखि सैयाँ भी कछु नहीं कमात है / ऊपर से महँगाई डायन और खात जात है' तो बहस और मनोरंजक हो जाती। महँगाई के बेरोजगारी से नत्थी हो जाने पर हमारे पास दो मुद्दे हो जाते।

समय काटना था, अत: विपक्ष ने सरकार से मज़ाक जारी रखी, "जो घर नहीं चला सकते, वे देश चला रहे हैं। प्रधानमंत्री जरा दो-चार मिर्च-मसालों के ही भाव बता दें?"

एक अर्थशास्त्री की सीमाओं पर सरकार फँसती सी लगी। प्रधानमंत्री ने खड़े होकर आसन से मोबाइल फोन के इस्तेमाल की अनुमति चाही, ताकि लाइफलाइन के सहारे अपनी पत्नी से जानकारी जुटा सकें।

आसन ने प्रधानमंत्री को मोबाइल फोन के इस्तेमाल की अनुमति नहीं दी। ऐसा करने से सरकार और बुरी तरह घिरती, क्योंकि प्रधानमंत्री की पत्नी सदन की दर्शक दीर्घा में बैठी थी और सब जानते ही हैं कि इन दिनों हर गृहणी ने अपने मोबाइल फोन में एक ही रिंगटोन डाउनलोड कर रखी है—'सखि सैयाँ तो खूब ही कमात है / महँगाई डायन खात जात है'।

आसन ने वक्त की नजाकत को भाँप सदन को अगले दिन तक के लिए स्थगित कर दिया। दोनों पक्षों ने राहत की साँस ली। लंच का समय हो ही चुका था। सभी सांसद संसद की कैंटीन की ओर लपके। जहाँ जायकेदार पौष्टिक भोजन की थाली मात्र सत्ताईस रुपये में मिलती है।

भोजन कर अपनी गाड़ियों की ओर बढ़ते कुछेक सांसदों से पत्रकारों ने उनकी महँगाई विषयक समझ की थाह लेने के उद्देश्य से पेट्रोल की कीमत पूछ ली। सवाल सुनते ही सांसद पत्रकारों पर भड़क उठे। सांसदों का पत्रकारों पर भड़कना बनता भी था। जिनसे पेट्रोल पम्प का भाव पूछा जाना चाहिए था, उनसे पेट्रोल का भाव पूछ लिया गया?

सिर्फ ओनली केवल मात्र

जिस तरह तिथि विशेष पर नदी-तीर्थों पर जा, गँदले जल में डुबकियाँ लगाने से बड़ा पुण्य मिलता है। उसी तरह हिन्दी दिवस पर भी 'हिन्दी-ज्ञानियों' को पूजकर फल प्राप्त करने की समृद्ध परम्परा है, सो मैं एक हिन्दी भाषा-साहित्य का ज्ञान रखने के आरोपी की चरणरज अपने ललाट पर लगाने उनके आवास पर गया।

वह हिन्दी के 'अधिकारी' विद्वान हैं और कवि भी। हिन्दी का प्रोफेसर होना चाहते थे, संयोग नहीं बैठा तो अन्य महकमे में आ गए और अब अधिकारी हैं। पूर्णतया सन्तुष्ट। बड़े मजे की सर्विस है। ड्यूटी पर जाते में हाथी, लौटते में रॉकेट। नौकरी में व्यवधान का कोई खटका नहीं, क्योंकि जिम्मेदारी से सख्त परहेज रखते हैं। उन पर माँ हिन्दी की बड़ी कृपा है। लेखन के नाम पर अटेंडेंस रजिस्टर में सिर्फ ओनली केवल मात्र टिकमार। स्वाध्याय के नाम पर कैलेंडर में छपी छुट्टियों का अनवरत सूक्ष्म अध्ययन। हिन्दी के भविष्य को लेकर जितने चिन्तित, अपने फ्यूचर को लेकर उतने ही निश्चिन्त। अनेक भाषाओं पर एक सी पकड़ रखते हैं। हर प्रति शब्द वर्ड को दुहरा डबल बोलते हैं। आप हर प्रति, शब्द वर्ड और दुहरा डबल से समझ ही गए होंगे। इंग्लिश बोलें तो उर्दू ओवरटेक करे। उर्दू बोलें तो संस्कृत ओवरटेक करे। हिन्दी बोलें तो तीनों ओवरटेक करें। एक ऐसी चलती-फिरती डिक्शनरी, जिसमें कई शब्द-वर्ड-लफ्ज संकलित हैं। मुख मानो बटुआ, जिसमें अनेक प्रकार के सिक्के एक साथ पड़े हों। एक तालु, दो अधर और बत्तीसों दाँत घुँघरुओं सी ध्वनियाँ समेटे। जिव्हा का स्पर्श पाते ही सबके डिफरेंट न्यारे बोल।

आँखों पर आईसाइट वाला गोल्डन कलर का नजर का स्वर्णिम चश्मा। समय के टाइम-दर्शन हेतु कलाई पर बँधी रिस्टवॉच। दायाँ हाथ राइट साइड में और लेफ्ट साइड में बायाँ हाथ। ठीक यही अवस्था पाँवों और पैरों की। कॉटन के सूती वस्त्र पहनने के पक्षधर। यह अलग बात है कि खुद सूटेड-बूटेड रहते हैं। आयात के इंपोर्ट के खिलाफ। कठोरता में वज्र जैसे हार्ड। कोमलता में फूल के समान फ्लॉवर से। उनके अनुसार पाक कला से तात्पर्य पाकिस्तानी आर्ट से है। भाव पर जाते हैं, भाषा पर नहीं। मैदान में खड़े जूनियर कनिष्ठ को भी 'गेटआउट' कहकर झिड़क दें। सीनियर वरिष्ठ से मिलना हो तो 'मे आई कम इन सर' अवश्य पूछते हैं, भले वह सीनियर वरिष्ठ रोड सड़क पर ही क्यों न खड़ा हो। अक्ल पर वाणी का पर्दा डाले रखते हैं। बोलने लगें कि उघड़ना शुरू।

जब मैं मिलने पहुँचा, घर में सेकंड फ्लोर की दूसरी मंजिल पर खड़े थे। मुझे आया देखकर निर्देशित किया, "साइड की तरफ जो घंटी का बटन है, वह कालबेल वाला खटका दबा दें।"

मैं आज्ञापालन करता, उससे पूर्व ही कहने लगे, "रहने दें, जब आ ही गए हैं तो सीढ़ियों वाले जीने से ऊपर चढ़ आएँ।"

मैं उनसे भेंट कर, अभिभूत हो, पसीने से नहा गया। मुझे पसीने-पसीने देखा तो खुद पंखे के नीचे सरक सहानुभूति प्रकट करने लगे, "लगता है आज धूप में कड़कनेस बेहद अत्यधिक है। मैं तो जब भी घर से बाहर कहीं आउट में जाता हूँ, छतरी, छाता या अंब्रेला लेना नहीं भूलता।"

अपने उत्तम स्वास्थ्य के रहस्य का राज बताने लगे, "रोज प्रतिदिन टाइमली समय से जाग उठता हूँ। उसके बाद प्रात:काल सुबह-सुबह मॉर्निंग में वॉक के लिए घूमने जाता हूँ। वापस रिटर्न लौटकर स्नान करके नहा लेता हूँ। कभी बिस्तर पर बेड टी नहीं लेता। नाश्ते के समय ब्रेकफास्ट, दोपहर में लंच और रात में डिनर रेग्यूलर नियमित लेता हूँ। यही सब अगले दिन की नेक्स्ट डे दिनचर्या रहती है। जिस प्रकार भाषा के अपने रूल्स हैं, वैसे ही नेचर के भी अपने नियम-कायदे हैं।"

अंकुर स्वयं चलकर उर्वरक के पास आया था। वह मुझे अधिकाधिक ज्ञान देने पर उतारू थे। लगातार कंटीन्यू बोलते रहे।

राजनीति के गिरते पतन पर उतर आए, "प्राइम मिनिस्टर के तौर पर अटल बिहारी वाजपेयी निरे अदूरदर्शी प्रधानमंत्री साबित हुए। क्या जरूरत थी मुशर्रफ को इन्वाइट करके आगरा आमंत्रित करने की? हमारी कितनी बेइज्जती खराब हुई। सब यूएस के अमेरिकी राष्ट्रपति का किया-धरा है।"

निराशा प्रकटन किया, "जहाँ देखो राजनीति में पॉलिटिक्स घर करती जा रही है। सब क्रिमनल्स टोटल अपराधी बन चुके। चरित्रहीन लोग करेक्टरहीन हो गए। भावी पीढ़ी से भी क्या आशा, होप, उम्मीद करें? उद्दंडता बढ़ती जा रही है। न विद्यालयों में मास्टरों का डर रहा और न स्कूलों में अध्यापकों का भय। घर में न मदर-फादर की सुनते हैं, न माता-पिता की। पॉपुलेशन की आबादी क्रॉस करके एक सौ करोड़ को पार कर चुकी है। हर करप्शन में भ्रष्टाचार भरा पड़ा है। गवर्नमेंट के सरकारी कर्मचारियों को देख लो। ऑफिस तो रोज डेली आएँगे, लेकिन दफ्तर में कार्यालय का काम नहीं करेंगे। सब फ्री में मुफ्त की खाना चाहते हैं। ऐसे लोगों को तो सेवानिवृत्त क्या, रिटायर कर देना चाहिए।"

भावुक हो गए, "छोटे-छोटे शिशु बच्चों को देख लो, इतनी कम उम्र में इतनी कम एज और पीछे पीठ पर हैवी बैग वाला भारी बस्ता।"

महँगाई को कोसने लगे, "इन बहुराष्ट्रीय मल्टीनेशनल कम्पनियों ने तो लिमिट की भी हद कर रखी है। हाई रेट वाली चीजें भी ऊँची कीमत पर बेच रहे हैं।"

हिन्दी साहित्य एवं पत्रकारिता को उधेड़ते चले गए, "आजादी के बाद स्वतंत्रता मिले अट्ठावन इयर्स हो गए। नेट पूरे फिफ्टी एट वर्ष। यह सुबह का मॉर्निंग न्यूज पेपर देखो। अखबार वाले खबर के अलावा सब कुछ छापते हैं। न न्यूज होती है, न समाचार। यही हाल शाम के ईवनिंग समाचार-पत्रों और अखबारों का है।"

हिन्दी में लेखन-राइटिंग का निम्न स्तर गिरता जा रहा है। कहानी में स्टोरी नहीं रही। उपन्यास में नॉवेल घुस गया। आधुनिक कविता पढ़ो तो मॉडर्न पोएट्री निकलती है। स्याही का मिसयूज, इंक का दुरुपयोग। न ग्रामर, न व्याकरण। न वाक्य करेक्ट, न सेंटेंस सही। साहित्य के नाम पर कोरा लिटरेचर। याद रखिए, जब तक राष्ट्र-भाषा है, तभी तक राष्ट्र है—

बाग व्यर्थ है इक चमन के बिना
व्योम व्यर्थ है इक गगन के बिना
इक वजन के बिना है भार व्यर्थ
रांष्ट्र व्यर्थ है इक वतन के बिना

समय काफी ज्यादा हो चुका था। ऐसी ज्ञान चर्चाओं का आरम्भ होता है, अन्त नहीं। वह भी आक्रोशित हो, बार-बार दीवार घड़ी देखने लगे थे। जिसमें घड़ी कम, दीवार ज्यादा देख रहे थे। उन्हें कहीं हिन्दी दिवस समरोह में मुख्य अतिथि बनकर जाना था। हमने परस्पर हिन्दी दिवस की शुभकामनाओं का लेन-देन किया। तत्पश्चात मैं बिना विलम्ब किये, अविलम्ब उसी सीढ़ियों वाले जीने से उतरकर शीघ्र फौरन रिटर्न लौट आया। उनसे सधी हुई हिन्दी सुनकर करता भी क्या?

जूता और मुकुट

रणक्षेत्र राजनीति का हो या समाज सेवा का, अखबार में छपा अपना एक कारगर फोटो जूता और मुकुट दोनों होता है। स्वयं के लिए मुकुट, विरोधियों के लिए जूता। फोटो खींचना कला है, विज्ञान के मार्फत। कैमरामैन ही वह गुरु है जो गोविंद से मिलाता है।

दृश्य किसी सरिता घाट का नहीं, राजीव गांधी की पुण्यतिथि पर उनके समाधिघाट वीरभूमि का है। प्रधानमंत्री मनमोहन सिंह प्रियंका गांधी के डेढ़-दो साल के बेटे के आगे, न हँसने की लीक पर चलते हुए, हाथ जोड़े बैठे थे। अगले दिन यह चित्र देश के तमाम समाचार-पत्रों में टीका-टिप्पणी के साथ छपा। वस्तुत: था सब अनायास। भक्ति निष्कपट हो तो ईश्वर बिन माँगे भी देता है। एक पोज ने सारी भवबाधाएँ हर लीं। वंडरफुल! जैसे केवट करबद्ध हो प्रभु श्रीराम से उतराई के बदले उतराई चाह रहा हो। न यह योग्यता का झुकना था, न अभिवादनभर। यह तो जल का ढलान की ओर बहाव था। मानो बहराम खाँ हाथ बाँधे अबोध अकबर के प्रति चांस देने के लिए कृतज्ञता जता रहे हों। एक वर्तमान पीएम द्वारा एक भावी पीएम से 'तेज' माँगने की मुद्रा सा। तुच्छ रीलरूपी स्वाति की एक बूँद ने जन्म-जन्मान्तर के प्यासे पपीहे को तृप्ति दे दी।

विश्वास है, यह फोटो देखकर कई सच्चे कांग्रेसियों के कलेजों पर ईर्ष्या के साँप लोट गए होंगे। काश! मनमोहन सिंह की जगह पद पर न सही, ऐसे फोटो में ही हम होते, क्योंकि राजनीति में ऐसे ही योग्यता प्रमाणपत्रों के बल पर नियुक्तियाँ और ओहदे मिलते हैं। इन्हीं चप्पुओं से कश्ती किनारे लगती है। फोटुओं के तीर और मीडिया का धनुष पास हो तो राजनीतिक योद्धा सिर कटने पर भी लड़ सकता है। मात्र एक दिन वृक्षारोपण करते हुए कि तसवीर

कहीं छपी कि आरा मिलों के मालिक, पर्यावरण प्रेमी घोषित हो जाते हैं। एक उपयोगी फोटोग्राफ से पॉलिटिक्स में गूँगा बोलने लगता है, अन्धा आँख वालों को राह दिखाने लगता है तथा पंगु गिरि लाँघ जाता है। होनहार अपनी रौबदार फोटुओं वाले एलबम ड्राइंग रूम में पटके रखते हैं, ताकि आगुन्तक माटी खाते मुख में ब्रह्मांड के दर्शन कर सकें।

दूरदृष्टा नेता पीए वगैरह इसीलिए तो रखते हैं कि समय-समय पर उनकी यहाँ-वहाँ प्रकाशित फोटुएँ और उनके निगेटिव सहेजकर रखें। ये तिनके ही कालान्तर में उनकी लाठियाँ बनते हैं। रक्षात्मक और आक्रमणात्मक दोनों। भगवान का कोई भरोसा थोड़े ही है कि कब, कहाँ और किस रूप में मिल जाए? सोचो, नेता की मृत्यु आसन्न है। नाड़ी आ-जा रही है। तुलसी गंगाजल मुख में डाला जा चुका। बोलती बन्द है। कूच के नगाड़े बज रहे हैं, पर जीव निकल नहीं पा रहा। किसी चीज में अटका है। नेता शय्या पर पड़ा अधखुले नेत्रों से टुकुर-टुकुर ताक रहा है। तभी उसका समझदार पुत्र बजाय गीता सुनाने के, राजनीति में उनकी ऊँचाई के दिनों की तसवीरें उन्हें एक-एक कर दिखाने लगता है। इस प्रकार के उपक्रम से साँस भले न लौटे, मोक्ष के प्रतिशत बढ़ जाते हैं। उनकी फोटोफाइल तकिये के पास धर दो तो दूतों को न भेज, प्रोटोकाल निभाने यमराज खुद आए और भैंसे के सिर पर लालबत्ती भी लगाकर लाए।

फोटो खिंचास और छपास का रोग असाध्य होता है। एक दिन कहीं न छपे तो सक्रिय राजनेता भी निष्क्रिय मान लिया जाता है। परसों नहीं छपी, परलोक सिधार गए। कल छपी, श्वास लौट आई। आज नहीं छपी, जमीन पर उतार लिये गए। कल छप जाएगी तो जान में जान आएगी। शुभचिन्तकों को एक प्रयोग करके देखना चाहिए। कल्पना करो कि एक अन्तराल तक कहीं फोटो न छपने के कारण नेताश्री नहीं रहे। अन्तिम स्नान करा दिया गया। अर्थी पर लिटा चुके। बस, उठानेभर की देर है। अन्तिम यात्रा की स्मृति के लिए छोटा सा फोटो सेशन करा दें। तभी, सब देखेंगे कि नेताश्री उठकर अलग-अलग एंगल से पोज दे-दे कर तसवीरें खिंचा रहे हैं। एक लाजवाब चित्र ऐसा भी होगा कि वह अर्थी की सीढ़ी बना, पास के चबूतरे पर चढ़, फूँकने आए लोगों को सम्बोधित कर रहे हैं। कैमरे की फ्लैश में वह जादू होता है कि पथराई आँखों में भी जोत लौट आती है।

फोटोग्राफी के लिए राजनेताओं को अग्रलिखित क्रियाओं से बड़ी ऊर्जा मिलती है। शरबत पी अनशन तोड़ना, भरपूर अन्न खाकर अनशन करना, प्यासी बस्ती में जाकर मिनरल वाटर पीना, अफसरों के संग लंच करते हुए अन्न की कमी पर मंत्रणा, रिमोट से हस्तशिल्प प्रदर्शनी का शुभारम्भ, बेरोजगारों को त्रिशूल दीक्षा देते हुए। सुबह एलोपैथी, दोपहर में होमियोपैथी तथा शाम को यूनानी चिकित्सा पद्धति के लाभों पर बोलते चिकित्सामंत्री, राहतमंत्री सूखे का हवाई सर्वेक्षण कर सूखा पीड़ितों को राहत प्रदान करते हुए, वित्तमंत्री कर्ज लेने विदेश जाते हुए, साइकिल चलाते हुए पेट्रोलियम मिनिस्टर, रथ यात्रा निकाल प्रजातंत्र को गति देता राष्ट्रीय नेता।

नेतागण नित्य अखबारों में अपना चौखटा देखने के भयंकर आदी हो चुके हैं। यहाँ तक कि रोज रात को तिरंगा सिरहाने रखकर घरवालों को हिदायत देकर सोते हैं कि सुबह किसी छोटे-मोटे अखबार में भी मेरा फोटो प्रकाशित न हो तो मुझे इसमें लपेट देना।

प्रशिक्षुओं को सलाह है कि राजनीति में दुकान जमा, कॅरियर बनाना चाहते हो तो समय रहते फोटुएँ खिंचा-खिंचा यत्र-यत्र छपवाने का महत्त्व जानो। खादी पहनकर तुम नेता होने का केवल भ्रम पैदा कर सकते हो। नेता प्रमाणित होना है तो पॉवरफुल हस्तियों के संग तसवीरों की तिकड़में भिड़ाओ। बड़े लोगों के साथ खिंची हुई फोटुएँ छपती भी हैं। आधी-चौथाई फोटो भी छपी कि भोली प्रजा रस्सी को भी भोले का साँप मान लेती है। स्मरण रखो, देवी-देवता वे ही हाईलाइट हुए जिनके आकर्षक कैलेंडर छपे। करे जाओ कड़ी से कड़ी मेहनत, कौन नोटिस लेता है? जब तक चेहरा कैमरे में फिट नहीं हो, व्यक्ति राजनीति और समाज सेवा में अनफिट रहता है। कुछ तरकीबें आजमाओ। जैसे राज्यपाल, मुख्यमंत्री या कोई अन्य बड़ा आदमी किसी समारोह में किसी प्रतिभा को शॉल, श्रीफल भेंट कर रहा है। तुम प्रतीक चिह्न वगैरह पकड़ाने लगो और कैमरे की जद में आ जाओ। सम्मानित कराने में मदद के बहाने स्वयं सम्मानित होने का मय फोटो गौरव हासिल करो या फिर मंत्री जी बैठे हैं तो स्टेज से तीन-चार बार काम में ली जा चुकी माला उठाकर उनके गले में डाल दो। ऐसे अवसर के लिए वहाँ मौजूद कैमरामैन को पहले से पटाकर रखो। अपना भी अरेंज करना पड़े तो करो। लाड़ में आकर नेता माला उलटी

भेंटकर्ता को भी पहना देता है। वीआईपी से हाथ मिलाओ, हाथ जोड़ो या सटकर खड़े हो जाओ। भले वह तुम्हें न जानता हो, लेकिन अगले दिन फोटो छपेगी तो सारे शहर की आँखें तुम्हें खोजती फिरेंगी। मुख्य अतिथि दीप प्रज्वलन को अग्रसर है। सही मौका है। मत चूको चौहान। जेब से माचिस निकाल दीपक के पास खड़े हो जाओ। धूम्रपान न करो तो भी हर समय माचिस जेब में रखो। तुम्हारी एक तीली तुम्हें अन्धकार से उजाले में ले आएगी। देखने वाले हँसे तो हँसने दो। दुनिया जिसे बकवास कहकर उपहास उड़ाए, राजनीति में वह तपस्या है जिसका एक दिन फल अवश्य मिलता है। ऐसी साधनाओं के पाइपों के सहारे ऊपर चढ़ा जाता है। किला फतह करने के लिए अपमान की सेंधों में से गुजरना पड़े तो भी सौदा लाभ का है। एक उपयोगी फोटो के लिए निन्यानवे रीलें जाया करनी पड़ें तो भी यह नुकसान नहीं, निवेश है।

जिस दिन ढंग का एक फोटो खिंचकर कहीं छप-छपा गया, समझो उसी दिन तुम निजी माथे के लिए मुकुट और विरोधियों के सिरों के लिए जूता हासिल कर लोगे।

शहंशाह को नोटिस?

दूसरों को सब दिख रहा है और खुद को कुछ नहीं दिख रहा। मर्द जादूगर का बड़ा ही जादुई चश्मा है भाई। चीज के दाम तो लगते हैं साहब। लगाया चश्मा अमिताभ बच्चन ने और सूझने लगा इनकम टैक्स वालों को। बाहर का है, इंपोर्टेड। स्वदेशी वस्तु में ऐसा गुण कहाँ? विदेशी वस्तु की यही तो खूबी होती है कि एक भारतीय इस्तेमाल करे तो शेष भारतीयों पर छा जाती है। बेचारे आयकर वालों के साथ भी यही हादसा हुआ। चश्मा लगाया हीरो ने और चपेट में वे आ गए। कोई देखना चाहे तो फैशन के रंगीन चश्मे से भी इतना साफ दिख सकता है कि चश्मे पर लगा रेट का लेबल तक पढ़ लो। इनकम टैक्स वालों ने देखना चाहा और कीमत पढ़ ली। आयकर वाले दफ्तर में बैठे हैं और महानायक चश्मा लगाए घर में। अंधों को अँधेरे में बड़ी दूर की सूझी। चश्मा क्या है, दूरबीन का भी बाप है। जिसके नेत्रों पर चढ़ा है, वह तो इतना अंधा हो गया कि देश का कानून ही नहीं देख पा रहा है और इनकम टैक्स वाले ऑफिस में बैठे-बैठे गैलीलियो हो गए।

आयकर वालों, अपनी श्रेणी में सर्वाधिक इनकम टैक्स पे करने का दावा करने वाले नमकहलाल के साथ आम भारतीय जैसा व्यवहार? तुम शराबी तो नहीं हो गए? शहंशाह को इनकम टैक्स का नोटिस? नोटिस भेजने वालों खैर मनाओ जो तुम सिनेमा में नहीं हो, अन्यथा बिग बी ने इंस्पेक्टर का मेकअप कर तुम्हें कभी का ढिशुम-ढिशुम कर डाला होता। जिन्होंने ब्लैक मनी से ब्लैक में टिकटें खरीद सुहाग और प्रेमिका को बगल में बिठा दो अजनबी देखीं, आज वे ही उस सुपर स्टार के आय-व्यय का हिसाब पूछने का दुस्साहस कर रहे हैं? आदमी क्या इतना भी नमकहराम हो सकता है? कालिया के जमीर

पर शक? बच्चन-भक्तों का आक्रोश जायज है। शक्ति की परीक्षा अनावश्यक रूप से ली जाए तो कुली भी त्रिशूल उठा लेता है।

चुपके-चुपके राष्ट्र में ईमानदारी का ऐसा बूम? पहेली समझ में नहीं आ रही। क्या कांग्रेस बागबान की मुहब्बतें भूल गई? क्या सोनिया गांधी बड़े मियाँ को छोटे मियाँ बनाने पर तुली है? कौन है, जिसे एबीसी का केबीसी होना खल गया? कभी खुशी कभी गम। हाय! वीर जारा।

अमिताभ बच्चन ने गुस्से में एक्टिंग की, "अभिनय मात्र के कारण मुझे असली मि. नटवरलाल समझने वालों, हम गंगा की सौगंध खाकर कहता हूँ कि कभी-कभी गुस्सा ही आखिरी रास्ता होता है। हम अग्निपथ में हूँ और सत्ता सत्ते पे सत्ता फेंटे जा रही है। एक ठो काला चश्मा लगा लिया तो हमरे ऊपर काला पत्थर फेंकने लगे? गंगा-जमना-सरस्वती के भारत में हीरोइन की आयु और हीरो की आय पूछने का क्या तुक? हें, बताव जरा?"

मीडिया मजे बाँट रहा है। क्यों, कैसी रही बेमिसाल? आनन्द आ गया। ब्लैक फिल्म के बाद ब्लैक चश्मे ने ब्लैक को और ब्लैक कर दिया।

आयकर वाले दीवार की ओट ले जंजीर दिखा रहे हैं। शोले भड़कने ही थे। किसने प्रारम्भ किया यह सिलसिला? लाल बादशाह का काला चश्मा क्यों खटकने लगा पराई आँखों को? क्या गब्बर सिंह से निपटने वाला मुकद्दर का सिकंदर नहीं रहा? आयकरियों, इतनी हिम्मत कि डॉन को नोटिस भिजवाओ जो अकेला ही सात हिन्दुस्तानी है। सरकारी कर्मचारियों को मालूम होना चाहिए कि मिलेनियम स्टार उसी को कहते हैं जो नियम नहीं मानता। पर्दे पर जो कानून तोड़कर भी अन्याय से लड़ता रहा है। सैकड़ों को भूना है और हजारों को लाखों लातें मारी हैं, ताकि करोड़ों का आदर्श बन सके। जिसके मन्दिर बने हैं और जिसका मोम का पुतला देश से बाहर लंदन के म्यूजियम में खड़ा है। जिसने खाउओं के उदरहित में हाजमोला का प्रचार किया और तनावग्रस्तों को नवरत्न तेल के गुण बताए।

आय पूछने वालो, सुपर स्टार के गुणों से सीख लो। दूरदृष्टा ऐसा कि प्रशंसक और वोटर का अन्तर भाँप पायलट राजीव गांधी के कांग्रेसी हवाई जहाज से कूद मुलायम सिंह की साइकिल के कैरियर पर आ बैठा। अमिताभ बच्चन पहला बॉलीवुडी रहा, जिसने जाना कि राजनीति में अभिनय केवल

नेता ही कर सकते हैं। जिसने भरतनाट्यम वाले भारत को नई डांस शैली दी। जिसके गाने में गा भर देने से बनारसी पान की बिक्री बढ़ी। आज भी अमिताभ बच्चन के नृत्यों व गीतों पर बाराती मय पी नाचते हुए जाते हैं और दूल्हे को मय दहेज दुल्हन दिला लाते हैं।

जिस चश्मे को दो लाख सत्तर हजार रुपये का बताकर बिग बी को इनकम टैक्स वालों ने नोटिस भिजवाया है, उसका चित्र अखबारों के माध्यम से मैंने भी देखा है। ऐनक से एक कोण यह भी दिखाई दिया कि सोनिया गांधी को अमर (अमर सिंह) की मदद से एंथनी का यों अकबर होना नहीं सुहा रहा।

अमिताभ बच्चन निःसन्देह महान है, क्योंकि महान फिल्म में ट्रिपल रोल कर चुका है। कांग्रेस को सदी के महानायक के प्रति इतना निर्मम नहीं होना चाहिए। कांग्रेस जरा याद करे कुर्बानी। जब इसी कांग्रेस के लिए इसी हीरो ने इलाहाबाद में हेमवतीनन्दन बहुगुणा को बहुगुणा से भी कई गुणा ग्लैमर भरी पटखनी दी थी। वी. पी. सिंह के सामने खड़ा होने से घबरा गया तो क्या? अमिताभ बच्चन अब भी विशुद्ध कांग्रेसी है। एक तो वह अंधा कानून का साइड हीरो रह चुका और दूसरा, भाई मेरा साठ बरस पार करके भी ठसके से एंग्री यंगमैन कहाता है। हुआ ना विशुद्ध कांग्रेसी?

अगला चुनाव कब है

पन्द्रहवीं लोकसभा का गठन हो गया।

मतदाताओं ने बड़ी मेहनत कर लोकसभा सदस्य इलेक्ट किये, ताकि वे बिना मेहनत किये राज्यसभा से पीएम सेलेक्ट कर सकें। जिस व्यक्ति को कमजोर प्रधानमंत्री बताया गया था, उसने बिना लड़े ही अखाड़ा जीत लिया। इक्यासी वर्षीय लालकृष्ण आडवाणी की तुलना में सतहत्तर वर्षीय मनमोहन सिंह प्रधानमंत्री बनाए गए। जनादेश युवा के पक्ष में रहा।

वामपंथी सद्गति को प्राप्त हुए, झोंपड़ी उजड़ गई, हाथी पछाड़ खा गया, साइकिल पंक्चर हो गई और लालटेन बुझ गई। जो रथों पर आरूढ़ हो, कहते फिरते थे कि 'राम नाम ही सत्य है', वे कन्धों पर लेट गए और राम नाम सत्य हो गया।

जिस राहुल गांधी को बच्चा कहकर उपहास किया जा रहा था, उसने तमाम विरोधियों की दशा उन नहाती हुई गोपियों सरीखी कर दी, जिनके वस्त्र उठाकर कन्हैया पेड़ पर जा चढ़ा था।

सोनिया गांधी और मजबूत होकर उभरी। स्मरण कीजिए पिछले लोकसभा चुनाव के बाद का परिदृश्य। जब सोनिया गांधी का नाम प्रधानमंत्री पद के लिए प्रस्तावित हुआ था। तब सुषमा स्वराज ने यह तक कह डाला था कि यदि एक विदेशी महिला को प्रधानमंत्री बनाया गया तो मैं आजीवन जमीन पर सोऊँगी, चने खाऊँगी और सिर मुँड़वा लूँगी। सोनिया गांधी ने ईंट का जवाब पत्थर से दिया। प्रधानमंत्री पद ठुकराकर न सिर्फ सुषमा स्वराज के केश कटने से बचाए, बल्कि प्रधानमंत्री भी अक्षुण्ण केश वाले को बनाया।

इस बार मैंने भी सोचा था कि चुनाव लड़ लूँ। अब तक कितनी ही

मूर्खताएँ कर चुका हूँ, एक यह भी सही। जब देश में कोई भी चुनाव लड़ सकता है तो मैं ही क्यों पीछे रहूँ? असल में देश की दुर्दशा देखकर मेरे पास दो ही रास्ते थे। या तो सक्रिय राजीनीति में कूद पड़ूँ या फिर चूड़ियाँ पहन लूँ। मैंने सक्रिय राजनीति में कूदने का निर्णय किया, क्योंकि चुनाव तो पाँच साल में एक ही बार आता है, जबकि चूड़ियाँ तो कभी भी पहनी जा सकती हैं। मैंने चुनावी तैयारियाँ शुरू कर दीं। काक चेष्टा, बको ध्यानम् जैसे गुण अपने आचरण में उतार लिये।

ज्योंही कोई वयस्क सामने पड़ता, त्योंही मैं वोट माँगने की मुद्रा बना लेता। अपना हुलिया इस कदर दयनीय बना लिया था कि जिस किसी के भी आगे हाथ जोड़ता, वही अपनी जेबों में सिक्के खोजने लगता।

भाषण झाड़ने के कौशल में तो मैं निपुण हूँ ही। मंचीय कवि होने के मारे ऐसे स्थान पर भी घंटों बोल सकता हूँ, जहाँ एक भी सुनने वाला न हो।

जमानत राशि के जुगाड़ में मैं अपने शुभचिन्तक श्याम जी के पास गया। उनके सामने गज-ग्राह, द्रौपदी-चीरहरण, सुदामा-कृष्ण जैसे आपदधर्म, मित्रधर्म वाले प्रसंग छेड़े। फिर आहिस्ता सी मूल मुद्दे पर आया। उनसे जमानत राशि के बन्दोबस्त का अनुरोध किया।

श्याम जी बोले, "आपको रुपये कहाँ से दूँ, मैं तो खुद इलेक्शन फाइट कर रहा हूँ। भारतीय राजनीति को समझदारों की सख्त जरूरत है और आप भी जानते हैं कि इस कमी को देश में सिर्फ मैं ही पूरी कर सकता हूँ।"

श्याम जी का तर्क सुनकर मैं आकाश से गिरा और खजूर में भी नहीं अटका, क्योंकि खजूर एक ही था और उसमें वह पहले ही अटक चुके थे। उनसे दो टूक मनाही सुनकर मेरी दशा उस आदमी जैसी हो गई, जो फाँसी खाने के लिए रस्सी माँगने जाए और टका सा जवाब मिले कि रस्सी है तो सही, लेकिन दूँगा नहीं, क्योंकि मुझे खुद काम में लेनी है।

मुझे क्रोध तो ऐसा आया कि उन्हीं के खिलाफ और वहीं पर्चा ठोंक दूँ, लेकिन परिणाम समझकर टालना पड़ा। दोनों आमने-सामने लड़ते तो मतविभाजन तय था। असंख्य बार मतदान कराने पर भी हम दोनों के कुल प्राप्त मतों की संख्या एक-एक ही रहती। वोट चाहे हम खुद का खुद को देते या एक-दूसरे को। भारतीय प्रजातंत्र अभी इतना परिपक्व हुआ नहीं है कि नतीजा ड्रा रहने पर

टॉस करा लिया जाए। हालाँकि जिस प्रकार के प्रत्याशी चुनाव जीतने लगे हैं, टॉस का प्रावधान अपना लिया जाए तो खर्चा, मेहनत और समय तीनों बचें।

जमानत राशि का जुगाड़ न होने और श्याम जी से टक्कर टालने की मजबूरियों के चलते मैंने चुनाव नहीं लड़ा। यह सोचकर मन को तसल्ली दे ली कि चलो, दोनों सेम चुनाव क्यों हारें? मैंने उन्हें ढाढ़स बँधाया कि ये चुनाव-उनाव आप ही लड़ो, मैं तो ईमानदार व्यक्ति हूँ कुछ और भी कर लूँगा।

चुनाव सम्पन्न हुए। मतगणना हुई। नतीजा वही निकला, जो निकलना था। श्याम जी को कुल दो मत मिले। वह चुनाव हार गए। उन्होंने दावा किया कि हो न हो, चुनाव में धाँधली हुई है। मैंने भी सहमति जताई कि निश्चित धाँधली हुई है, अन्यथा दो वोट भी कैसे मिले?

मजे की बात है कि वह हारकर भी निरुत्साहित नहीं हुए। दरअसल भारत में कई लोग तो महज इसलिए चुनाव लड़ बैठते हैं कि चलो, कुँआरापन ही उतरेगा। मुझे गर्व है कि मेरे दान किये मत की वजह से उनके वोटों का आँकड़ा दो को छू गया, अन्यथा एक पर ही सिमटकर रह जाता।

हम दोनों का नित्य मिलना-जुलना यथावत है। बातें हमारे बीच किन्हीं विषयों पर हों, हम परस्पर यह पूछना नहीं भूलते कि अगला चुनाव कब है?

ताँगे का घोड़ा और सूरज का रथ

जब-जब भी बिजली रही, हमने एथेंस ओलम्पिक-2004 में भारतीय खिलाड़ियों को खेलते हुए देखा। सपरिवार ताली पीटने को बैठते थे और सिर पीटते हुए उठते थे। खिलाड़ियों को क्या दोष दें? ताँगे का घोड़ा सूरज का रथ खींच ही नहीं सकता। अन्तरराष्ट्रीय खेल स्पर्धाओं में हार हमारे लिए स्थायी नतीजा है। खुद की हार के प्रति हम दो सौ प्रतिशत आश्वस्त रहते हैं। यही कारण है कि हमारी जीत की कभी अफवाह तक नहीं उड़ती। हम सोने की चिड़िया थे और विश्वगुरु भी। बोनसाई को वटवृक्ष होने का भ्रम ले डूबा। भारत परम्पराओं का अजायबघर है। हमने हारने की शानदार परम्परा एथेंस में भी नहीं छोड़ी।

मुझे अच्छी तरह मालूम है, हॉकी में मैदान पर दोनों टीमों के कुल बाईस खिलाड़ी खेलते हैं। वॉलीबॉल हाथों से ही खेला जाता है और तीरंदाजी में रन नहीं बनते। इतनी भारी योग्यताओं के बावजूद मुझे एथेंस ओलम्पिक में भारत का प्रतिनिधित्व करने का अवसर नहीं दिया गया। मैं अपने किराए-भाड़े से जा सकता था, मगर अफसोस! राजस्थान रोडवेज की बसें एथेंस नहीं जातीं। भैया, जब वहाँ हारना ही था तो मुझे भी साथ ले जाते। जैसे शादी होते ही व्यक्ति पति कहलाने लगता है, हम भी ओलम्पियन हो लेते। मुझे समझ में नहीं आ रहा है कि खेल के क्षेत्र में भी मैं सम्पत सरल ही क्यों समझा जाता हूँ?

हाय! याद आते हैं खेलने-खाने के स्कूली दिन। पाठको, मेरे सुनहरे अतीत से ईर्ष्या मत करो। यहाँ खेलने-खाने से तात्पर्य, स्कूल में कंचे खेलने और मास्टरों के हाथों डंडे खाने से है। दिनभर कपड़े की गेंद से फुटबॉल खेलता था

कमर कसकर एकजुट हों

वक्त आ चुका है कि हम सब कमर कसकर एकजुट हों। बस, कमर कसकर एकजुट होते समय इस बात का विशेष ध्यान अवश्य रखें कि हम एकजुट भले ही एक-दूसरे के साथ हों, लेकिन कमर अपनी ही कसें। साथ ही एक बार कमर कसकर एकजुट हो लेने पर स्वयं को चिरकाल तक कमर कसकर एकजुट हुआ न मान बैठें। कमर लगातार कसनी है और एकजुट भी सतत होना है।

सवाल उठता है कि क्या बिना कमर कसे एकजुट नहीं हुआ जा सकता? कमर कस लें, तब भी क्या एकजुट होना जरूरी है?

हमारा कहना है कि बिना कमर कसे एकजुट होने का कोई मतलब नहीं होता। जो कमर तक नहीं कस सकता, वह क्या एकजुट होगा? एकजुट होना है तो कमर कसनी ही पड़ेगी। और जब कमर कस ही लें तो फिर एकजुट होने से क्या घबराना? यदि आप खुद को दोनों काम साथ-साथ करने में असमर्थ पाते हैं तो ऐसा भी किया जा सकता है कि पहले चार-छह माह तक कमर कस लें, उसके बाद एकजुट हो लें।

हमारी मजबूरी है कि हम बिना कमर कसे हुओं को एकजुट नहीं मान सकते। हम अनेक बार धोखा खा चुके हैं। लोग कह तो देते हैं कि हमें एकजुट कर दो। एकजुट होने के बाद रोज थोड़ा-थोड़ा समय निकालकर कमर भी कस लेंगे। हम रियायत बरत देते हैं। एकजुट कर देने के बाद वे ही लोग कमर कसने से मुकर जाते हैं। ऐसों की कोरी एकजुटता भविष्य में हमें बहुत भारी पड़ती है। उनकी एकजुटता तोड़ने के लिए हमें और कमर कसकर एकजुट होना पड़ता है।

और शाम ढले घर लौटने पर घर वालों की लातों से खुद फुटबॉल बनता था। घर वालों को कोई समझाने वाला भी नहीं होता था, क्योंकि अड़ोसी-पड़ोसी भी भविष्य के अपने-अपने ओलम्पियनों का उसी प्रकार कॅरियर चौपट कर रहे होते थे। खेल जगत को अपनी ओर से कुल इतनी ही सेवाएँ दे पाया। वैवाहिक जीवन के बाद तो रही-सही सम्भावनाएँ भी समाप्त हो गईं। बुद्ध की तरह रात-बेरात भी घर से निकलना चाहूँ तो यशोधरा से पहले बच्चे जाग उठते हैं।

मैंने किसी खेल में भाग नहीं लिया। फिर भी विजेताओं की सूची में हमारे देश का नाम अन्तिम स्थान पर आया देखकर दुख हुआ। आओ, सूची को उलटकर पढ़, स्वयं को प्रथम मान, तसल्ली दें। भला हो राज्यवर्धन सिंह राठौड़ का, जिसने पदक तालिका में रजताक्षरों में 'भारत' लिखा दिया। लोग मातम मना रहे हैं कि एक सौ पाँच करोड़ की आबादी और कुल एक रजत पदक? दोस्तों, खेलों में पदक जनसंख्या के आधार पर नहीं बँटते। मीडिया वालों, भारतीय खेलों का उज्ज्वल पक्ष भी तो दिखाओ। जैसे हमने एथेंस ओलम्पिक में भाग लिया और दर्शकों की संख्या बढ़ाई। खेला कोई भी दर्शकदीर्घाओं में हम ही हम थे। हॉकी में खास बात रही कि हमने जितने भी गोल खाए, सब औरों से खाए। हमने एक-आध को हराया भी। होनी को कौन टाल सकता है? हमसे जो भी हारा, ईश्वर उसे हमारा बल दे। हे प्रभु! उन राष्ट्रों के हम क्षमाप्रार्थी हैं। दयालु, हमें माफ करना। हम नहीं जानते कि हमने क्या किया? वह शक्ति हमें दो दयानिधि, जो वेटलिफ्टर वहाँ जाकर भार नहीं उठा सके, हम उनका भार यहाँ उठा सकें।

खिलाड़ी और खेल अधिकारी एकमुश्त एथेंस गए थे और किश्तों में लौटे। करम में विदेश यात्रा का जोग लिखा था, सो कर आए। अब कमेटियाँ बैठेंगी, जाँचें होंगी, सुझाव माँगे जाएँगे। बर्फ पानी बनेगी, पानी भाप बनेगा, भाप का पानी बनेगा और पानी फिर बर्फ बनेगा। इस प्रकार भारी परिवर्तन सम्भावित है। खेलों का बजट जाँचों पर व्यय होगा। कमेटियों के रिपोर्ट देने से पहले अगला ओलम्पिक आ जाएगा।

दुनिया वालो, भारत को जिताना ही चाहते हो तो ओलम्पिक में कुछ नये खेल शामिल करो। जैसे बिना विषय की डिबेट, फिल्मी गानों की अन्ताक्षरी,

त्रिशूल दीक्षा, रस्सा खींच की तर्ज पर दाढ़ी-चोटी खींच, गोला फेंक की एवज में जूता-चप्पल फेंक, कुर्सी दौड़ या कबड्डी, क्योंकि टाँग खिंचाई का गहन अनुभव संसार में सिर्फ हमारे पास है। मैंने सुझाव दे दिये। मानो न मानो, तुम्हारी मर्जी। भारत तुम्हारी सहमति के भरोसे बैठा भी नहीं है। हमारे यहाँ भाला, स्टिक और गन के अन्य उपयोग भी हैं।

मैं चाहता हूँ, इस बार गणतंत्र दिवस पर दिल्ली में राजपथ पर निकलने वाली झाँकियों में भारतीय खेलों की प्रगति दर्शाने वाली भी एक झाँकी निकले। शीर्षक हो—एथेंस ओलम्पिक-2004 के वर्ष में भारतवर्ष।

आइडिया प्रस्तुत है—

रेस में कछुए के जीतने पर भी जीत के सर्टिफिकेट से खरगोश को नवाजा जा रहा है, क्योंकि प्रमाणपत्र से मिलने वाले बोनस अंक सरकारी नौकरी लगने के काम आते हैं। जीतकर खिलाड़ी नेपथ्य में हैं। अखबार, टीवी के लिए ट्रॉफी लिये फोटो खेलमंत्री जी खिंचवा रहे हैं, बधाइयाँ अधिकारी स्वीकार रहे हैं। खेलों का धन खेल संघों की भौतिक सुविधाओं पर खर्च किया जाता दिखाकर दृश्य और जीवंत बनाए जा सकते हैं। झाँकी को आकर्षक और रोचक बनाने के लिए यह भी दर्शाया जा सकता है कि कुर्सी पर बैठे नेताओं को उनकी पीठ पीछे खड़े अन्य नेता खो कर-करके खो-खो खेल रहे हैं। खेलों के प्रति ललक पैदा करने में झाँकी का सबसे बड़ा योगदान हो सकता है, सीनरी को महाभारतकालीन लुक दिया जाना। जैसे अर्जुन अन्त:पुर में रानियों, दासियों के संग चौपड़-पासे खेल रहा है और बाहर भरी सभा में गुरु द्रोणाचार्य एकलव्य से अँगूठा ले रहे हैं। सरकार इन सभी दृश्यों को सामान्य माने और उसके पास इनसे भी मारक कल्पनाएँ हों तो मैं अपना आइडिया वापस लेता हूँ।

हारना अपराध नहीं है, लेकिन हारते रहना अपराध है। खिलाड़ियों, पराजय से सबक लो। सरकार के भरोसे मत बैठो। पर्वत को कभी कंकर से ऊँचाई मिलने की उम्मीद नहीं रखनी चाहिए। इस देश को क्रिकेट और करप्शन की लत लग चुकी है। क्रिकेट में बाउंड्री लाइन के भीतर खिलाड़ी और बाउंड्री लाइन के बाहर सटोरिये खेलते हैं। टॉस के लिए उछाले जाने वाले सिक्के के दोनों ही ओर रुपया छपा होता है। चित भी उनकी, पट भी उनकी। ग्लैमर ने जीत-हार के पैमाने बदल डाले हैं। शून्य पर आउट होने पर भी वह शून्य

क्रिकेटर की आय के अंकों के अन्त में लग जाता है। स्पोर्ट्स क्लबों की घास करप्शन के खर अरोगने लगें तो प्लेयर के लिए बैडमिंटन की चिड़िया भी बाज बन जाती है। स्टेडियम जब राजनीतिक रैलियों के काम आएँ और ओलम्पिक मशाल लेकर फिल्मी हीरो-हीरोइनें दौड़ें तो धनराज पिल्लई से गोल की आस रखना बेमानी है। जहाँ रोशनी का जिम्मा जुगनुओं पर हो, वहाँ ऐसा ही उजाला होगा।

राजनेताओं को अट्ठावन साल हो गए देश की गेंद बनाकर ड्रिबलिंग करते हुए। यही पता नहीं लग रहा कि कौन किसकी तरफ से खेल रहा है?

इतने तुच्छ से काम के लिए भी कितने ही लोग तो उलझनों में पड़े रहते हैं कि कैसे तो कमर कसें और कैसे एकजुट हों? कमर कसें तो किस हद तक कसें? कहीं इतनी सी ही न कसी जाए कि एकजुट होने में कम पड़ जाए? या कहीं इतनी अधिक न कस डालें कि कमर तुड़ा बैठें और फिर कभी भी एकजुट होने लायक न बचें? बेल्ट, नाड़ा, रस्सी कमर काहे से कसें?

हम ऐसों को चेतावनी देते हैं कि पहले उचित माप में कमर कसें तथा एकजुट होने में अनुचित हथकंडे न अपनाएँ। सोच सकारात्मक रखें। जो एकजुट होने से पहले कमर नहीं कस सकता, क्या गारंटी है कि वह एकजुट होने के बाद कमर कस ही लेगा। एकजुट होना व्यक्ति को थका देता है। फिर उसे आलस्य आने लगता है और वह कमर कसना टाल जाता है। ऐसा हम खुद करते रहते हैं।

दो बातों का विशेष ध्यान रखें। ऐसा न हो कि अन्य एकजुट होकर आपकी प्रतीक्षा कर रहे हैं कि आप कमर कसकर बाहर आएँ और वे आपके साथ भी एकजुट हों। और आप हैं कि अन्दर कमर ही कसने में लगे हैं। ऐसा भी न करें कि अन्य तो कमर ही कस रहे हैं और आप उनसे एकजुट होने बाहर निकल आए।

जो एक बार कमर कसकर एकजुट हो ले, उसका दायित्व बनता है कि फिर से इस पचड़े में न पड़कर बाकी बचे लोगों को कमर कसने, एकजुट होने को कहे। होता यह है कि व्यक्ति स्वयं के एकजुट होते ही इस कोशिश में लग जाता है कि कोई दूसरा एकजुट होने के लिए कमर न कसने पाए।

कुछेक लापरवाह लोग यह भी कह देते हैं कि एकजुट केवल संकट काल में ही हुआ जाता है। संकट आएगा तभी सोचेंगे एकजुट होने की।

हम कहते हैं कि हमें एकजुट होने के लिए संकट पर निर्भर क्यों रहना चाहिए, उलटा संकट को हमारे एकजुट होने पर निर्भर रहना चाहिए। इतिहास गवाह है, हम जब-जब कमर कसकर एकजुट हुए हैं, संकट आया है। एक बार कमर कसकर एकजुट होकर तो दिखाओ, फिर देखते हैं कि संकट कैसे नहीं आता है। आज तक तो ऐसा हुआ नहीं कि संकट आया हो और हम कमर कसकर एकजुट हुए हों, जबकि ऐसा हर बार हुआ है कि हम कमर कसकर एकजुट हुए हैं और संकट आया है।

एकजुटता का महत्त्व इससे भी प्रमाणित होता है कि हमारे यहाँ हर धर्म में हजारों सन्त-महात्मा-ज्ञानी पाए जाते हैं जो स्वयं न कभी कमर कसते हैं और न एकजुट ही होते हैं, लेकिन हम सबको कमर कसकर एकजुट होने की बात बराबर कहते रहते हैं।

साहूकार हो या चोर, कमर कसकर एकजुट होना सदैव लाभदायी रहता है। जैसे एक नेता या अफसर अकेला देश खाकर खरबपति होना चाहता है। भनक लगते ही अन्य निन्यानवे नेता, अफसर कमर कसकर एकजुट हो जाते हैं। निन्यानवे द्वारा कमर कसकर की गई एकजुटता रंग लाती है। जहाँ एक ही व्यक्ति खरबपति होता, वहाँ सौ जन अरबपति बन जाते हैं।

राजनीति असली कमर कसकर एकजुट होना है। नेता चुनाव लड़ते हैं। विरोधियों में जूतम-पैजार, गाली-गुफ्तार होती है। जनता समझती है कि हमारे नेता कतई एकजुट नहीं हैं, लेकिन ज्योंही चुनाव सम्पन्न होता है, सब कमर कसकर एकजुट मिलते हैं।

देखते रहें कल तक

दिव्या : (समाचार कक्ष से) गुड़गाँव स्थित होंडा फैक्ट्री के कर्मचारियों पर हरियाणा पुलिस के हल्के लाठीचार्ज से दो कर्मचारियों के मरने और (मुस्कराते हुए) तीन सौ से अधिक के घायल होने के समाचार हैं। आइए, ताजा जानकारी के लिए आपको होंडा फैक्ट्री गुड़गाँव लिये चलते हैं। जहाँ हमारे रिपोर्टर अखिल हमारी प्रतीक्षा कर रहे हैं।

दिव्या : मेरी आवाज आ रही है अखिल?

अखिल : अभी-अभी तुमने आवाज आने की बात पूछी है दिव्या तो तुम्हारी आवाज नहीं आ रही है दिव्या (रुककर) हाँ, शायद अब आ रही है दिव्या।

दिव्या : जिन घायलों पर लाठी चार्ज हुआ है अखिल, वे अब कैसा महसूस कर रहे हैं? दोनों मृतकों के स्वास्थ्य की कैसी कंडीशन हाल-फिलहाल है अखिल?

अखिल : यों तो कहा जाता है दिव्या कि घायल की गति घायल ही जाने, जो कोई घायल होय, लेकिन सवेरे ही मैं दोनों मृतकों से मिला हूँ दिव्या। दोनों मृतक निश्चित ही घायलों से बेहतर महसूस कर रहे हैं दिव्या।

दिव्या : प्रशासन का आगे का क्या रुख है अखिल?

अखिल : प्रशासन गुड़गाँव की ओर है दिव्या। हो चुके घायलों को अस्पतालों में और घायल होने से बचे हुओं को जेलों में भिजवाया जा रहा है दिव्या। सुनने में आया है दिव्या कि अस्पतालों की दशा देखकर घायल भी जेल ही जाना चाहते हैं दिव्या।

दिव्या : लेफ्ट की क्या प्रतिक्रिया है इन सारी बातों को लेकर अखिल?

अखिल : जब मैंने फोन पर लेफ्ट की प्रतिक्रिया जाननी चाही दिव्या तो

लेफ्ट ने प्रतिक्रिया देते हुए काफी कड़ी प्रतिक्रिया दी है दिव्या।

दिव्या : शुक्रिया अखिल, पूरे घटनाक्रम की ताजा जानकारी देने के लिए।

अखिल : (हँसकर) शुक्रिया दिव्या।

दिव्या : तो ये थे होंडा फैक्ट्री गुड़गाँव से फोटोग्राफर निखिल दिग्दर्शी के साथ अखिल प्रत्यक्षदर्शी। (देखने वाले दर्शकों से ही) आपके लगातार एसएमएस हमें प्राप्त हो रहे हैं। जाहिर है, काफी क्रोध और गुस्सा लोगों के मन में इस घटना को लेकर है। फिलहाल वक्त है एक ब्रेक का। खबरें अभी और भी हैं। (छोटे से ब्रेक के बहाने होंडा कम्पनी का लम्बा सा विज्ञापन)

दिव्या : (मेकअप के क्षीण होने की आशंका के साथ) खबरों में दर्शकों का फिर से स्वागत है। मुंबई में भारी बारिश ने देश की आर्थिक राजधानी को भिगोकर रख दिया है। सैकड़ों के मरने और हजारों के न मरने की खबरें कंटीन्यू मिल रही हैं। सीधे मुंबई चलिए, जहाँ से लेते हैं हमारी सीनियर रिपोर्टर सोहनी से ताजातरीन जानकारी।

दिव्या : सोहनी, बरसात में कैसा मौसम है आजकल मुंबई का?

सोहनी : (फ्लैट की खिड़की से बाहर झाँकते हुए) मौसम बहुत ही खुशनुमा है मुंबई में दिव्या। श्यामवर्णी मेघराशि से अंबर आच्छादित है। तीन दिनों से बादलों ने दिवाकर को अपने आँचल के आगोश में ले रखा है दिव्या। मेह की बूँदें अनवरत ऊपर से नीचे की ओर ही गिर रही हैं। धरती पर जलप्रवाह भी ढलान की तरफ ही है दिव्या। समाचार-पत्रों में आया है कि मुंबई आधी जाम में फँसी है और आधी काम में फँसी है दिव्या।

दिव्या : क्या ट्रेनें वगैरह सड़कों पर चल रही हैं सोहनी? यातायात की क्या पोजिशन है वहाँ?

सोहनी : मैं लगातार अन्य न्यूज चैनल देख रही हूँ दिव्या। वे सभी रेलें रद्द कर दी गई हैं दिव्या, जिन्हें रेल प्रशासन रद्द करना चाहता था। सवारियों के अभाव में हवाईयात्रा स्थगित है, हालाँकि विमान कम्पनियाँ दोष खराब मौसम को ही दे रही हैं दिव्या। बसें, कारें, टैक्सियाँ सब ठप्प हैं। शहर की लाइफ लाइन लोकल ट्रेनें एक जगह थमकर एकदम लोकल हो गई हैं दिव्या। वे ही लोग कहीं आ-जा सक रहे हैं, जो थोड़े-बहुत पैदल हैं और थोड़ा बहुत तैरना भी जानते हैं दिव्या।

दिव्या : मुंबई फिल्म इंडस्ट्री वालों का कितना नफा-नुकसान होने की प्रबल सम्भावना है सोहनी?

सोहनी : जैसा कि दिव्या, फिल्म वाले नुकसान में भी नफा ढूँढ़ लेते हैं? डाइरेक्टर-कैमरामैन बाढ़ के सीन शूट करने में जुटे हैं दिव्या। यह बात तो तुम भी जानती ही होगी दिव्या कि बाढ़ के लाइव सीन स्टूडियों में नहीं फिल्माए जा सकते।

दिव्या : (समझ पर गर्व के साथ) क्या मुख्यमंत्री का भी कोई बयान बारिश से पहले या बाद में आया है सोहनी?

सोहनी : स्वयं मुख्यमंत्री इस प्राकृतिक आपदा से सख्त नाराज बताए जाते हैं दिव्या। उन्होंने बैठक कर विपक्ष पर निशाना साधते हुए लगातार हो रही बरसात के कारणों की जाँच के आदेश बरसात आने से पहले ही दे दिये थे दिव्या।

दिव्या : भारी मात्रा में पानी पड़ने से तुम्हें कौन-सी भारी तकलीफें झेलनी पड़ रही हैं सोहनी?

सोहनी : घन घमंड नभ गरजत घोरा/ पियाहीन डरपत मन मोरा दिव्या। पालिहिल मुंबई से कैमरामैन रोमियो के साथ मैं सोहनी महिवाल।

दिव्या : (टीवी खोलकर बैठे दर्शकों से) आपकी राय और सवाल हमें बराबर एसएमएस करते रहें। आगे देखिए श्रमजीवी एक्सप्रेस में विस्फ़ोट। खबरों का सिलसिला जारी रहेगा। एक छोटे से ब्रेक के बाद। (एक छोटे से ब्रेक के अन्तर्गत अपने चैनल की प्रशस्तियाँ)

दिव्या : (ऊपर नजरें उठाते हुए) खबरों में आप सबका फिर से स्वागत है। नई दिल्ली आ रही गाड़ी श्रमजीवी एक्सप्रेस में हुए विस्फोटों में कम-से-कम दस लोग मारे गए और तकरीबन अस्सी घायल हुए हैं। कल हुए इस रेल हादसे के सीधे प्रसारण के लिए आज हम लिये चलते हैं घटना-स्थल पर स्थित हमारे वरिष्ठ सहयोगी अमरकांत के पास।

दिव्या : क्या कहना चाहेंगे अमरकांत? किसका हाथ हो सकता है इन विस्फोटों के पीछे अमरकांत?

अमरकांत : दिव्या, सरकार ने स्पष्ट शब्दों में स्पष्ट कर दिया है कि स्पष्ट रूप से इस अपराध के पीछे भी जरूर किसी स्पष्ट अपराधी का ही हाथ

है। अभी-अभी स्पष्ट खबर मिली है दिव्या कि लश्कर ने इन विस्फोटों की स्पष्ट जिम्मेदारी ले ली है। तो दिव्या जाँच एजेंसियों ने भी स्पष्ट बता दिया है कि जब तक कोई अन्य स्पष्ट जिम्मेदारी नहीं ले लेता, यह कार्य स्पष्टतया लश्कर ही का है दिव्या।

दिव्या : मृतकों और घायलों में से किसकी संख्या अधिक होने का अनुमान तुम लगा सकते हो अमरकांत?

अमरकांत : दिव्या, अभी मैं कई घायलों को स्पष्ट गिनने के प्रयास में हूँ। प्रयास कर रहा हूँ कि कुछेक मृतकों से भी मेरा स्पष्ट सम्पर्क हो जाए दिव्या। रेलमंत्री ने दौरे से पूर्व ही प्रत्येक घायल के आश्रित को पच्चीस हजार तथा प्रत्येक मृतक को एक लाख एवं सरकारी नौकरी देने की स्पष्ट घोषणा कर दी है। दिव्या, रेलमंत्री के इस स्पष्ट आकर्षक पैकेज के बाद घायलों की तुलना में मृतकों की ही संख्या स्पष्ट रूप से ज्यादा रहने का अनुमान है दिव्या।

दिव्या : दुर्घटना-स्थल और आसपास राहत और बचाव कार्यों की कैसी प्रगति है अमरकांत?

अमरकांत : दिव्या, घटना-स्थल और आसपास रेल प्रशासन स्पष्ट कहता फिर रहा है कि यहाँ बचाव और राहत कार्य स्पष्ट युद्धस्तर पर चल रहा है। रेल प्रशासन हेल्प माँगने वालों को हाथों-हाथ हेल्प लाइन नम्बर दे रहा है दिव्या।

दिव्या : तुम्हें तो वहाँ पहुँचने में कोई दिक्कत नहीं हुई अमरकांत?

अमरकांत : नहीं दिव्या। स्पष्ट है, एक तो हम किसी ट्रेन से नहीं आए थे दिव्या। (हँसकर) दूसरा, टीवी पत्रकारिता में कैसी असुविधा दिव्या? हाँ, कुछ अन्य चैनल वाले 'एक्सक्लूसिव' के चक्कर में दुर्घटना घटित होने से पहले ही यहाँ पहुँच गए थे दिव्या। उन्हें जरूर दिव्या स्पष्ट खबरों और स्पष्ट तसवीरों के लिए स्पष्ट प्रतीक्षा करनी पड़ी। कैमरामैन कमलकांत के साथ मैं अमरकान्त।

दिव्या : अभी समय है एक छोटे से ब्रेक का। ढेर सारी खबरों के साथ शीघ्र ही हम फिर हाजिर होंगे। जाएँ नहीं, देखते रहें कल तक।

गोरी सोवे सेज पर

लोग जब मुझसे पूछ बैठते हैं कि ये सेज और पूँजी निवेश क्या हैं, मैं बगलें झाँकने लगता हूँ। दरअसल मैं इकोनॉमिक्स उतना ही समझता हूँ जितना वित्तमंत्री हिन्दी साहित्य। औरों को समझाने के लिए मैं खुद सेज, पूँजी निवेश समझने के प्रयास में हूँ, हालाँकि दूसरों को समझाने के लिए जरूरी नहीं होता कि खुद को भी समझ हो ही।

शब्दकोश की मानें तो सेज शय्या को कहते हैं। शय्या माने चारपाई, खाट, खटिया। फिर शंका उठती है कि सरकार को किसान से उसकी चारपाई छीनने की क्या आवश्यकता पड़ गई? क्यों गवर्नमेंट गरीब की खाट खड़ी करना चाहती है? मूँज की खटिया के लिए क्यों कृषक मूँज के भाव कूटा जा रहा है?

सेज को समझने के लिए जरा इतिहास में लौटा जाए। इतिहास के बल पर हमने ऐसी-ऐसी पहेलियाँ सुलझाई हैं कि इसका भी एक इतिहास है।

सेज का जिक्र पहले-पहल तुगलक काल में मिलता है। जिस तुगलक काल में अमीर खुसरो हुए। अमीर खुसरो ने कहा था—

गोरी सोवे सेज पर, मुख पर डारे केस।
चल खुसरो घर आपने, रैन भई चहुँ देस।

गोरी अपने मुख पर केस डाले सो रही है। रात गहरा गई है। फलत: देश में चारों ओर गहन अन्धकार पसर गया है। सो, हे खुसरो! ऐसी दुरवस्था में अपने घर चलने में ही खैरियत है।

(आर्थिक टीकाकारों के अनुसार 'केस' से तात्पर्य CASH से है। जिन्हें गोरी यानी पूँजी निवेशक अपने मुख पर डाले सोते हैं).

अब वर्तमान की बात करते हैं। सरकार अपनी गोरी के लिए सेज बनवाने हेतु किसानों से उनकी जमीन चाहती है। वह किसानों को समझाती है कि साठ बरस में सरकार ने सारे ओछे हथकंडे अपनाकर देख लिये, बिना गरीबों को मिटाए गरीबी नहीं मिट सकती। वह किसानों को आदेश देती है, "अपनी जमीनें हमें सौंपो। हम सेज बनाएँगे। जिस पर हमारी गोरी सोएगी। मुख पर केस डाले।"

किसान कहते हैं, "हम जमीन दे देंगे तो खेती कहाँ करेंगे? हमारे बाल-बच्चे कैसे पलेंगे? हमारी जमीनों पर सरकार की गोरी सोएगी तो हम कहाँ सोएँगे?"

"इन टुच्ची समस्याओं का निदान सरकार का काम नहीं है। फटाफट जमीनें छोड़ो। मुख पर केस डालकर गोरी सोए तो सरकार भी सोए।"

"गोरी के सोने की चिन्ता सरकार क्यों कर रही है?"

"हद है बेशर्मी की। गोरी, सरकार की गोरी है। बिना गोरी के सोए सरकार कैसे सो सकती है? सरकार जागती ही अपनी गोरी के लिए है।"

"हम अपनी जमीन नहीं देंगे। सरकार अपनी गोरी को डाक बँगलों, सर्किट हाउसों, होटलों में सुलाए।"

"ना। हमारी गोरी किसी अन्य स्थान पर नहीं सोएगी। हमारी गोरी का मन है कि वह उपजाऊ धरती की सेज पर सोए।"

"तो फिर गोरी खुद आए। जमीन खरीदे। सेज बिछाए और सोए।"

"गोरी जब सरकार की गोरी है तो जमीन खरीदने खुद क्यों आए? सियावर ने तो सुग्रीव की गोरी के लिए बाली का वध चट्टान की ओट से किया था। हमारी गोरी तो हमारी अपनी गोरी है।"

"जमीन पर फसलें खड़ी हैं। सरकार कुछ मोहलत दे।"

"मोहलत-वोहलत नहीं मिलेगी। गोरी उनींदी है। हम नहीं चाहते कि सेज तो हम बिछाएँ और चुनाव के बाद सरकार बदल जाए तो उस पर विरोधियों की गोरी सोए। मुख पर केस डाले।"

"जब सरकार को मालूम है कि गोरी किसी की सगी नहीं होती, तब क्यों ऐसी बेवफा के लिए हमें अपनी जमीनों से बेदखल किया जा रहा है? यह काँटों की सेज होगी। अमीर खुसरो ने भी कहा है।"

"गोरी के संग सुख दो घड़ी का भी पर्याप्त है। सरकार की सेज सदैव

फूलों की सेज होती है। सेज का विरोधी सिर्फ खुसरो होता है। उसके नाम में अमीर नहीं जुड़ता। बिना सेज कोई अमीर हो भी नहीं सकता।"

इसके साथ ही सरकार किसान से उसकी जमीन लेकर पूँजी निवेशक के हैंडओवर कर देती है।

आइए, सेज और पूँजी निवेश को निम्नलिखित कथा द्वारा समझने का प्रयास करें—

एक लोमड़ी ने बन्दरों की मदद से हंसों को बेदखल कर उनका आसरा यानी चन्दनवृक्ष का अधिग्रहण कर लिया। इस स्वार्थ के चलते कि उस पर कौए बैठेंगे तो खुराक जुटती रहेगी, छाँव में सुस्ताती रहूँगी और अरण्यवासी मेरे इस विकास के अनूठे मॉडल का लोहा मानने लगेंगे।

अगले ही दिन एक कौआ कहीं से रोटी का टुकड़ा झपट लाया। कौआ रोटी का टुकड़ा चोंच में दबाए चन्दनवृक्ष की डाल पर आ बैठा। लोमड़ी ने कौए की चोंच में रोटी का टुकड़ा देखा। वह अपनी योजना सफल होती देख बड़ी हर्षित-गर्वित हुई। लोमड़ी ने कौए को फुसलाते हुए कहा, "कौए भाई, तुम्हारी वाणी में सरस्वती का वास है। तुम गाते बहुत मीठा हो। इस चन्दनवृक्ष की सार-सँभाल मैं तुम्हारे लिए ही कर रही हूँ, ताकि तुम इसकी शाखाओं पर बैठकर मधुर-मधुर गाओ।" लोमड़ी ने सोचा कि अपनी गायकी की प्रशंसा सुनकर ज्योंही कौआ गाने के लिए चोंच खोलेगा, रोटी नीचे गिर पड़ेगी और मैं तुरन्त लपक लूँगी।

किन्तु कौआ तो आखिर कौआ था। उसने रोटी का टुकड़ा अपने पंजे के नीचे दबाया और बोला, "बहिन, तुझे धोखा हुआ है। कौए भी कभी गाते हैं?" इतना कह, कौए ने रोटी का टुकड़ा पंजे के नीचे से निकालकर पुन: चोंच से पकड़ लिया। लोमड़ी टापती रह गई।

अन्तत: हुआ यह कि चन्दनवृक्ष कौओं के कब्जे में आ गया, हंस मारे-मारे फिरने लगे और लोमड़ी खुद को जस्टीफाई करने के लिए बन्दरों के मार्फत मीडिया मैनेजमेंट में लग गई।

अब तो सेज (SEZ) समझ में आ ही गई होगी?

मूँछ कटे लाखों पाए

फैशन कहें कि लाचारी? जो मूँछलैस रहते थे, वे मूँछलेस रहने लगे हैं।

बेटा-बेटी ने पिता की मर्जी के खिलाफ स्वयंवर रचा लिया। पिता ने सदा के लिए अपनी मूँछ कटा ली। दरअसल मूँछ होती है नाक का रेखांकन। जब नाक ही नहीं बची तो कोई रेखांकन भी क्या करे?

कितना भी ताकतवर आदमी हो, पत्नी और औलाद के आगे हारता ही है, बशर्ते कुँआरा नहीं हो।

गृहस्थी का दीप मूँछरूपी बाती का तेल सोख लेता है। एक सज्जन को जानता हूँ। विवाह हुए सात वर्ष हुए। सात बच्चों का पिता है। मुखाग्नि (मरणोपरान्त) देने हेतु एक अदद बेटे की चाह में पहली छह बेटियाँ। चढ़ी प्रत्यंचा सी मूँछ खंडित धनुष सी हो गई या कहिए मूँछ की दोनों नोक मिलकर त्रिभुजाकार। लाल पोत दी जाए तो लगे परिवार नियोजन का चिह्न चेहरे पर चिपकाए घूम रहा है।

मूँछों का कभी स्वर्णयुग था। लोग मूँछ ऐसे पालते थे जैसे हाथी पाल रहे हों। जिस किशोर के मूँछ उग आती थी, वह उसे बढ़ाकर मर्दानगी को बढ़ावा देने में जुट जाता था। पुरुष का चेहरा देख लगता था दो टाँगों पर वीरगाथा काल खड़ा है। महाभारत के बाद जब द्रौपदी वगैरह तो बची नहीं, सो जुआ या बात-बेबात शर्त बदने पर लोग मूँछें ही दाँव पर लगाते रहे। जीत गए तो हारने वाले की काट ली, हार गए तो खुद की कटा ली। युद्धों पर गौर कर लो, सब मूँछ की लड़ाई थी। मूँछ मर्द का आइडेंटिटी कार्ड हुआ करती थी। डाकू-साहूकार का भेद मूँछों से प्रकट हो जाता था। दर्शक मूँछ देखकर बता देते थे कि व्यक्ति लूटकर आ रहा है या लुटकर। लुटने जा रहा है या लूटने।

अब तो बस मूँछ के नाम पर कोरे मुहावरे रह गए हैं। कोई मूँछ रखता भी है तो औपचारिकता लगता है। जैसे लीक सी मूँछ रखकर लीक पीट रहा हो या फिर ऊबड़-खाबड़ छितराई सी, मानो ब्लेड की अनुपस्थिति का फायदा उठा, चोरी से निकल आई हो।

मैंने शादी के बाद शादी ही के कारण से जब अपनी मूँछ कटा ली थी तो उन लोगों ने मेरा बड़ा मजाक उड़ाया था जो अविवाहित थे तथा मात्र इसी कारण मूँछें बढ़ाए हुए थे। कालान्तर में जब वे सब चुन-चुनकर ब्याह दिये गए और फलत: उन्हें भी मूँछें कटा महिलामुखी होना पड़ा, तब जाकर मुझे अपने उपहास से मुक्ति मिली।

विवाह प्रक्रिया ने मर्द के मुच्छड़दर्प को बेहद डैमेज किया है। कुँआरेपन में मक्खीभर मूँछ भी यथास्थान धरी हो तो आदमी हिटलर बना घूमता है। शादी के बाद वही व्यक्ति उतनी ही मूँछ के रहते चार्ली चैप्लिन लगने लगता है।

मैं जिस मूँछ पर ताव देता गर्वित था, विवाह की पहली ही रात पत्नी ने वाणी की कतरनी चला दी, "क्यों जी, किसी होटल-ढाबे पर दरबानी करनी है या रामलीला वगैरह में राक्षस का पार्ट?"

सच कहूँ, वह मेरी वर्षों की साधना पर पहला कट था। मुझे लगा मेरी मूँछ पत्नी के वाचिक प्रहार से राजपूत शैली से मुगल शैली में कन्वर्ट हो गई है। मैंने विपत्ति से उबरने के लिए देवताओं का स्मरण किया, किन्तु हाय रे! मेरा दुर्भाग्य। मूँछों के मामले में देवता भी देवियों सदृश निकले। एक भी देवता के चेहरे पर मुझ डूबते को तिनकाभर मूँछ नहीं मिली। और गहरे ध्यान किया तो मूँछ के दर्शन तो हुए, पर गणेश जी के नहीं, उनकी सवारी के मुखमंडल पर। मैं समझ गया कि जिसके चेहरे पर मूँछ है, वह तो चूहा है। अगले ही दिन मैं नाई के यहाँ गया और अपनी कटार सी मूँछ पर उस्तरा फिरा आया।

पुरुष मूँछ कटा ले तो तय है कि या तो उसकी शादी हो चुकी या तैयारी अन्तिम चरण में है। वीरों की मान्यता है कि गर्दन झुकाने से बेहतर है गर्दन कट ही जाए। वीरों की गर्दन से तात्पर्य उनकी मूँछों ही से होता है। आदमी शादीशुदा होकर भी मूँछ रख रहा है तो समझिए वह केवल भ्रम मेंटेन कर रहा है। पानी की बोतल पर तेजाब का लेबल सा।

नाई के यहाँ से लौटने पर मेरी मूँछ गायब देख पत्नी महाभारतीय द्रौपदी शैली में मुस्काई।

मैं मूँछ के भार से पूर्णतया मुक्त हो चुका था। ठसके से बोला, "वास्तुदोष ठीक करा आया हूँ।"

जमीनी आन्दोलन का हवाई सर्वेक्षण

राजस्थान में गुर्जर समाज अनुसूचित जनजाति श्रेणी में आरक्षण चाहता है। वह अपनी माँग को लेकर रेलवे ट्रैक पर बैठ गया। पुलिस फायरिंग में कई दर्जन आन्दोलनकारी मारे जा चुके। गत वर्ष भी और इस वर्ष भी। प्रदेश में अव्यवस्था क्या, कुव्यवस्था का आलम है। गुर्जर आन्दोलनकारियों ने पटरियों की ही नहीं, राज्य सरकार की भी फिश प्लेटें निकाल दीं।

कबीरदास एक चेतना सम्पन्न नागरिक है। गुर्जर समाज के आन्दोलनकारी शवों को लेकर रेलवे ट्रैक पर डटे हैं। बारह दिवस तक अन्तिम संस्कार को तरसते शवों की सद्गति न होती देखकर वह सो नहीं पाया। बारहवें दिन शवों का पोस्टमार्टम और दाह-संस्कार किये जाने पर ही उसे झपकी आ पाई। आँख लगते ही उसने सपने में राज्य की मुख्यमंत्री वसुंधरा राजे से कुछ सवाल किये—

गुर्जर समाज एसटी कोटे में रिजर्वेशन पाने हेतु आन्दोलित है। पिछले साल और इस साल का जोड़ लगाएँ तो सत्तर आन्दोलनकारी पुलिस फायरिंग में मारे जा चुके। आप शान्ति प्रयासों के नाम पर दो-एक बार आन्दोलन स्थल के ऊपर से हेलीकॉप्टर से घूम-घाम आईं, बस?

—आन्दोलन स्थल का हेलीकॉप्टर से मुआयना कर आना मेरी बड़ी उपलब्धि रही। इतिहास में जितने आन्दोलन हुए, तत्कालीन सरकारें उनका सिर्फ सर्वेक्षण कराती रही हैं। मैं ही प्रथम हूँ जिसने जमीनी आन्दोलन का हवाई सर्वेक्षण किया।

आन्दोलन कंट्रोल करने के लिए आपने क्या-क्या कदम उठाए?

—किसी भी आन्दोलन को कंट्रोल करने का एकमात्र उपाय है, कंट्रोल

रूम बनवा देना। मैंने हर बार यही किया। भविष्य में और आन्दोलन होंगे तो और कंट्रोल रूम बनवा दिये जाएँगे।

गृहमंत्री के रूप में गुलाबचन्द कटारिया नितान्त अयोग्य साबित हुए। कहा तो यह तक जा रहा है कि ऐसा गृहमंत्री उसे मिले, जिसके ग्रह खराब हों?

—मैं तुम्हारी बात से सहमत नहीं हूँ। गुलाबचन्द कटारिया कुशलतम गृहमंत्री हैं। वह तो आन्दोलनकारियों से भिड़ने में अकेले सक्षम हैं। वह संघ के स्वयं सेवक रह चुके हैं। अत: लाठी चलाने में भी दक्ष हैं। खैर मनाओ कि वह खुद उपद्रव में नहीं कूदे, वरना पुलिस फायरिंग से भी अधिक घातक सिद्ध होते।

आपने डीजीपी ए. एस. गिल को अचानक मध्य में हटा दिया? गुलाबचन्द कटारिया को शिकायत है कि राज्य का गृहमंत्री होने के बावजूद उन्हें इसकी सूचना तक नहीं दी गई?

—यह आरोप निराधार है। डीजीपी को पदमुक्त किये जाने का समाचार अगले दिन सब अखबारों में छपा था। जब जनसामान्य ने पढ़ लिया था तो गृहमंत्री बताएँ कि उन्हें और किस प्रकार सूचित किया जाता?

आम आदमी त्रस्त है और आवागमन ठप्प?

—सब बेबुनियाद है। मैं तो दो दफा हेलीकॉप्टर से आन्दोलन स्थल के ऊपर से कई-कई चक्कर काट आई। मुझे तो कोई बाधा नहीं आई।

आकाशमार्ग की बात अलग है। सड़क और रेलमार्ग तो पूरी तरह अवरुद्ध हैं?

—मेरी सरकार के रहते चार साल में प्रदेश ने अकल्पनीय तरक्की कर डाली है। मेरी 'परिवर्तन यात्रा' की वजह से इतना सारा परिवर्तन आ चुका है कि मैं नहीं मानती कि अब भी लोग बस-रेल वगैरह से आते-जाते हैं।

आरोप है कि आपकी सरकार में एक भी नेता ऐसा नहीं है, जो जमीन से जुड़ा हो, ताकि आन्दोलन को शान्त करा सके?

—मैं इस आरोप को सिरे से खारिज करती हूँ। मेरी सरकार का हर विधायक और मंत्री जमीनों से जुड़ा है।

आप ही की पार्टी के स्थानीय बड़े-बुजुर्ग नेताओं को शिकायत है कि

इस मामले को सुलझाने में बाहरी लोगों को तवज्जो दी गई तथा उनकी उपेक्षा की गई?

—इतना तो तुम भी जानते ही हो कबीरदास कि म्यूजियम में रखा हुआ सामान दर्शनभर के लिए होता है, उसका इस्तेमाल नहीं किया जा सकता।

चर्चा है कि गुर्जर आन्दोलनकारियों में कुछेक डकैत भी शामिल हो लिये?

—मैं डकैतों-वकैतों से भयभीत होने वाली नहीं हूँ। मेरी सरकार निर्भय होकर कार्यकाल पूरा करेगी। सैकड़ों डकैत मिलकर भी मेरे सिंगल मिनिस्टर का मुकाबला नहीं कर सकते।

आजाद भारत में यह पहला अवसर है जब चालीस शव अन्तिम संस्कार को तरसते पूरे बारह दिनों तक धरे रहे। भाजपा का तो हेतु ही राम नाम सत्य है। फिर इन पार्थिव देहों के दाहकर्म के मामले में भाजपाइयों का राम कैसे निकल गया?

—कान खोलकर सुन लो कबीरदास। मैं ऐसी इमोशनल बातों से ब्लैकमेल होने वाली नहीं हूँ। भूलो मत कि प्रजातंत्र में मेरी एंट्री राजतंत्र से हुई है।

साधु-सन्तों के घटनास्थल पर जाकर आने से भी शान्ति प्रयासों में क्या कुछ सहायता मिली है आपकी सरकार को?

—साधु-सन्तों के वहाँ जाकर आने से यह बड़ा मैसेज गया है समाज में कि आज भी ब्रह्म ही सत्य और जगत मिथ्या है। ये मेहनत-मजदूरी, नौकरी-आरक्षण सब माया है।

सेवन वंडर्स उर्फ आह! ताज

ताजमहल ने दुनिया के सात कृत्रिम आश्चर्यों में शामिल होने के लिए चुनाव लड़ा और जीत भी गया। यह बात ताजमहल के अलावा सब जानते हैं।

चुनाव अभारतीय रहा, क्योंकि वोट मैसेज बॉक्स में पटके गए। न बूथ बने और न बूथ कैप्चरिंग हुई। न घात, न भितरघात। ताजमहल को खड़ा कर दिया तो भारत से अन्य स्मारकों की दावेदारी क्या, नाम ही नहीं चला। लगा ताजमहल खुद हाईकमान है। इंटरनेशनल लेवल का इलेक्शन और कोई फौज-फाटा नहीं। जिन लठैतों को लाठियाँ ले बाहर निकलना चाहिए था, वे घरों में घुसे मोबाइल फोनों द्वारा एसएमएस से मतदान कर रहे थे। सच्चा चुनाव तो तब ही माना जाना चाहिए था, जब मुमताज के बहाने विरोधियों के गड़े मुर्दे उखाड़े जाते। इतना फीका तो अपने यहाँ राष्ट्रपति का चुनाव भी नहीं होता। डर है, ऐसे नीरस चुनाव की परछाईं भारत के आम चुनावों पर न पड़ जाए।

आश्चर्य चुनने के लिए आश्चर्यजनक चुनाव? जिस मीडिया का काम जनमत तैयार करना होता है, वह इकतरफा मतों के लिए उकसा रहा था। न उम्र की सीमा थी और न वोटों की संख्या का था बन्धन। मोबाइल फोन कनेक्शन प्रीपेड था या पोस्टपेड। एक मोबाइल फोन और असंख्य वोट। अनगिनत मैसेज हुए। कितने ही मैसेज तो ताजमहल के पक्ष में मत-मैसेज देने के लिए हुए। चालाक कम्पनियों ने मनुष्य को एटीएम में तब्दील कर लिया है। जब मर्जी पॉकेट से मनी निकाल लेती हैं। एक विज्ञापन अमूमन हम सबने देखा ही है कि जाकिर हुसैन तबले पर थाप मारकर बालों को झटकते हुए मोहक अन्दाज में 'वाह! ताज' कहता है। उस समय तबलावादक का उद्देश्य ताजमहल के

प्रति आस्था या उसके सौन्दर्य की प्रशंसा करना नहीं होता। उसका लक्ष्य होता है, ताजमहल छाप चायपत्ती की ब्रांडिंग करना।

कुछ भी कहो, सेवन वंडर्स का चयन था नॉन डेमोक्रेटिक। भारत में और बहुत सी चीजें हैं, जो अजूबों में शरीक किये जाने के हिसाब से ताजमहल से अधिक पात्रता रखती हैं। उदाहरण के लिए मनमोहन सिंह को ही लो। प्रधानमंत्री हैं, पर कोई माई का लाल सिद्ध नहीं कर सकता। सरकार में साझेदार वामपंथियों को देख लो। कॉमरेड जिसको चाँटा मारने उठते हैं, उसे लाल सलाम कह के बैठ जाते हैं। भाजपाई तो घोर आश्चर्य की हद तक आश्चर्यजनक हैं। केवल स्वयं की सेवा में विश्वास रखने वाले ऐसे स्वयंसेवक, जो कुर्सी दिखते ही कांग्रेसी बन जाते हैं। भारतीय राजनीति आश्चर्यों से भरी पड़ी है। एक खोजो हजार मिलते हैं। स्वार्थों की ममियों को सहेजे खद्दरधारी पिरामिड।

चलो, राष्ट्रीय स्तर को छोड़ो। आगरा में ही तीन चीजें और हैं। ताजमहल से अधिक प्रसिद्ध और उपयोगी भी। पेठा, जूता और पागलखाना। इन तीनों गरीबों में से किसी एक ने भी पर्चा भर दिया होता तो दुनिया देखती कि ताजमहल खुद मुमताज की जगह लेटा हुआ है। पेठा और पागलखाना तो छोड़िए, अदना सा जूता ही चुनाव में तन जाता तो मेरा दावा है ताजमहल यह कहते हुए नामांकन से मना कर देता कि आशिको बख्शो, मैं बिना आश्चर्य ही ठीक हूँ। जूता और ताजमहल आमने-सामने लड़ जाते तो शर्तिया जूता जीतता। एक तो चुनाव और जूता साथ-साथ पले-बढ़े हैं, अनुभव का अतिरिक्त लाभ मिलता। दूसरा, हर जूताधारक को जोड़े के हिसाब से दो वोट देने की अनिवार्यता होती। लोकतंत्र का मतलब होता है, सबको समान अवसर देना। ताज चुनाव लड़े और जूता चरणों में पड़ा रहे?

पश्चिमी देशों को हम पर सदा सन्देह रहा है। ताजमहल के लिए वोट यहाँ वालों ने दिये और गणना लिस्बन में हुई। उन्हें परम्परागत भय रहा कि इंडियन हैं, परिणाम प्रतिकूल रहने पर पेटी उठाकर भाग जाएँगे। वे ही सात आश्चर्य घोषित किये गए, जो पश्चिम वाले चाहते थे। उनके परिणाम निश्चित रहते हैं, सूर्य के उदय-अस्त की दिशाओं की तरह।

आश्चर्यों के चयन से फिर सिद्ध हुआ कि पॉलिटिक्स कैसी भी हो, बाजी बूढ़ों ही के हाथ रहनी है। चुने गए सभी अजूबे भारतीय राजनेताओं की तरह

उम्रदराज और जर्जर हैं। पेठा, जूता और पागलखाना इसी अयोग्यता के कारण मात खा गए। पेठा-जूता का लार्जस्केल उत्पादन तथा पागलखाना की स्थापना आगरा में ताजमहल के बाद हुई। बेचारों की उम्र कम थी। तीनों चीजें आगरा में ताजमहल के बाद बनीं। सम्भव है, ताजमहल के कारण ही बनी हों। ताजमहल प्यार की निशानी है। लवबाजी में प्रेमी अपनी प्रेमिका को प्रथमत: पेठा भेंट करता है। बात बन गई तो ठीक, अन्यथा जूता और पागलखाना प्यार के अगले दो पायदान होते ही हैं। मैं ऐसे कई प्रेमियों को जानता हूँ जो प्रेमपथ में पेठे से प्रारम्भ हुए और जूतों का सान्निध्य पाकर पागलखाना पहुँचे।

एक शंका है, क्या ताजमहल के पक्ष में पेठा, जूता और पागलखाना वालों ने भी मतदान किया होगा? नहीं किया होगा। पेठे के उन शौकीनों ने मतदान से पक्के तौर पर परहेज किया होगा, जो मधुमेह के मरीज होकर भी पेठे को मुमताज से अधिक प्यार करते हैं। उन्हें तो सफेद पत्थर का ताजमहल भी पेठे का ढेर लगता है। जूता वाले वोटिंग के वक्त जूता तानकर खड़े हो गए होंगे कि जब जूता ही उपेक्षित है तो काहे का चुनाव? पागलखाना वाले सम्पूर्ण चुनाव प्रक्रिया के प्रति उदासीन रहे होंगे। यह सोचकर कि जिन वोटरों को हमारी जगह होना था, वे तो बाहर हैं।

मुझे कोई काम-धाम था नहीं। अत: मैं ताजमहल के पक्ष में मतदाताओं को एकजुट करने में लग गया। निठल्ला व्यक्ति चुनाव प्रचार में बड़ा उपयोगी होता है। चुनाव प्रचार के दौरान बड़े जोरदार अनुभव हुए। अधिकांश समय तो मतदाताओं को यह समझाने में ही निकल जाता था कि ताजमहल रोहतक या दरभंगा में नहीं है। जहाँ तक मेरा अनुमान है, शायद आगरा में है। मुझे सुनकर लोग हँसने लगते कि जब पूरी तरह ठीक नहीं हुए हो तो पागलखाना से छुट्टी क्यों ले आए?

मेरे देश की धरती सोना उगले

भारत में जब क्रिकेट का आईपीएल होना था, उसी दौरान लोकसभा चुनाव पड़ गए। दोनों खेलों का समय टकरा गया।

गृहमंत्री पी. चिदंबरम ने सुरक्षा की दुहाई दी कि हम नहीं चाहते कि भारत में क्रिकेट पाकिस्तान की तर्ज पर खेला जाए। जहाँ लाहौर में श्रीलंका के संग ऐसी क्रिकेट खेली गई कि आतंकवादियों के हाथों निर्दोष सुरक्षाकर्मियों के आठ विकेट तो स्टेडियम से बाहर ही गिर गए।

मायूस आईपीएल वालों ने दक्षिण अफ्रीका का रुख किया। काश! इसका उलटा हो सकता। आईपीएल का फाइनल छपरा में खेला जाता और लालूप्रसाद यादव डरबन से चुनाव लड़ते।

राष्ट्रभक्त छाती-माथा कूट रहे हैं कि देखो, गांधी ने स्वदेश के लिए अफ्रीका छोड़ दिया था और आईपीएल वाले स्वदेश छोड़कर अफ्रीका जा रहे हैं? हाय! देश के लिए खेलने का दम भरने वाले विदेश जा रहे हैं?

अब ऐसे भावुकों को कौन समझाए कि सवाल स्वदेशप्रेम का नहीं, धंधे का है। हम तो उस देश के वासी हैं, जहाँ आदमी शारीरिक योग के लाभ गिनाते हुए टोटल वाले योग पर उतर आता है।

दरअसल क्रिकेट ने मीडिया से मिलीभगत कर अजीब उन्माद पैदा कर दिया है। मैच के दौरान ग्राउंड पर लगे विज्ञापनों पर गौर करें तो लगता है, विभिन्न उत्पादों वाली दुकान पसरी पड़ी है। खिलाड़ी खेल नहीं रहे, ग्राहकों को सामान दिखा-बेच रहे हैं। एक्शन रिप्ले का मतलब होता है एक ही उत्पाद को बिकने तक बार-बार दिखाना। अम्पायर मुनीम से लगते हैं। गल्ले पर कभी जगमोहन डालमिया बैठते हैं तो कभी ललित मोदी।

क्रिकेट की बॉल से महेन्द्र सिंह धोनी के बाल अधिक ध्यान खींचते हैं। मनी के फव्वारे छूटे तो सपाट मैदान पर घास उग आई। किरमानी से चले थे, धोनी तक आ गए। कई क्रिकेटिये तो ऐसे भी आए जो मैदान पर एकमात्र चौका लगा, हीरो नहीं बने होते तो कहीं चौका-बर्तन कर रहे होते। बेहूदी हँसी हँसकर बत्तीसी दिखाने वाला भी जैसे-तैसे हाफ सेंचुरी बना ले तो टूथपेस्ट कम्पनियाँ हाथों-हाथ लेती हैं। बल्ले पर बिस्किट कम्पनी का लोगो क्या लगाया, बल्ले-बल्ले हो गई। विज्ञापन के पेटे मोटी रकम मिले तो हरभजन सिंह भी सेविंग क्रीम बेचने को तत्पर हो सकता है।

मैदान पर क्रिकेट जितना सिमटता गया, क्रिकेट से जुड़े धंधेबाजों की कमाई उतनी विस्तार पाती गई। जैसे-जैसे खेल में टेस्ट मैच से वन डे हुए, वैसे-वैसे कमाई में वन डे से टेस्ट मैच होते गए। ओवर सीमित, आय असीमित। जो क्रीज पर खड़े होते ही आउट हुए, वे भी चाँदी कूटने में नॉटआउट रहे। टीवी ने प्यास और भड़का दी। बाजार की प्याऊ पर कम्पनियाँ रामझारे पकड़े बैठी हैं। क्रिकेट वाले दोनों हाथों से ओक बनाकर पानी पी रहे हैं। आम आदमी के घर नल नहीं आ रहा है तो क्या, चैनल तो आ रहे हैं।

क्रिकेट से निकाल दिये जाने (जिसे संन्यास बताने का रिवाज है) पर क्रिकेट समीक्षक होना ही होना है। तब तो बीसों अँगुलियाँ घी में। चकाचक एयरकंडीशंड रूम में सोफे पर पसर, सलाह और उपदेश का घोल बनाकर अर्धज्ञान से लबालब दो पैराग्राफ भी झाड़ देना तपकर लिखी कहानी पर भारी हैं। क्रिकेट फ्रंटफुट आया तो शेष सारी साधनाएँ बैकफुट पर चली गईं। सरोकारों की अपेक्षा क्रिकेटभर लिखने-बोलने वाले गली में नहीं, कवर पर सुशोभित रहते हैं।

क्रिकेट मैच का लाइव टेलीकास्ट चल रहा हो तो मुझ जैसे भोंदू भी ऐसे एकटक निहारते रहते हैं जैसे पैड बाँधे पैवेलियन में बैठे अपनी बारी का इन्तजार कर रहे हों। द्रविड़ या आर्य, जिसने भी गेंद से बल्ला अड़ाया नहीं कि पूरा देश रन लेने दौड़ पड़ता है। सबकी आँखें चिप-चिप करती हुई पिच की ओर लगी रहती हैं।

क्रिकेट न खेल पाने को लेकर मेरे मन में भी कसक है। एक बार अहमदाबाद में भारतीय क्रिकेट टीम को हँसाने के उद्देश्य से आयोजित हास्य

कवि सम्मेलन में जाने का मौका हाथ लगा। गुजरात क्रिकेट एसोसिएशन की मेजबानी थी। टीम इंडिया के कोच ग्रेग चैपल सहित कुछेक खिलाड़ी अन्य श्रोताओं के साथ सामने बैठे थे। मैंने अपनी टीस प्रकट की, "मैं भी स्कूली दिनों में खूब क्रिकेट खेलता था, लेकिन तब भी खेल-कूद के बजाय पढ़ाई में ही अव्वल रहने का दबाव रहता था। सो पढ़ाई में लगे रहना पड़ा। क्रिकेट छूटती चली गई। भले ही पढ़-लिखकर लेखक हो गया हूँ, लेकिन इन क्रिकेटरों को पैसा और प्रसिद्धि पाते देखता हूँ तो बड़ा पछतावा होता है कि हाय! मैं भी पढ़ा-लिखा नहीं होता तो क्रिकेटर होता।" बात इतनी जोरदार रही कि हिन्दी भाषियों की देखा-देखी ग्रेग चैपल को भी हँसना पड़ा।

उजाले की अनुपस्थिति हो तो जुगनुओं की बन आती है। भारतीय स्टेडियमों में क्रिकेट क्या घुसा, शेष सब खेल सीमा रेखा से बाहर खदेड़ दिये गए। कमाई में भारतीय क्रिकेट ने भारत से अधिक तरक्की कर डाली। तेजतर—स्पिन, मीडियम, फास्ट।

सरकार यथावत रुपया मजबूत

जुगाड़ गठबन्धन का भी बाप निकला।

अमेरिका से एटमी डील के मुद्दे पर यूपीए सरकार ने विश्वास भले खोया, पर विश्वासमत पा लिया। विश्वासमत से पूर्व जो सरकार को आईसीयू में बता रहे थे, विश्वासमत के बाद वे अपने लिए एम्बुलेंस तलाशने लगे।

आफत काल उबारें चारी।
सुरा सुन्दरी धन मक्कारी॥

सपा ने अपनी कोने में पड़ी साइकिल उठाई। झाड़ी-पोंछी। तेल-ग्रीस किया। हवा भरी। मुलायम सिंह ड्राइवर सीट पर बैठे। हैंडिल थामा। मनमोहन सिंह को आगे लगी चाइल्ड सीट पर बिठाया। अमर सिंह कैरियर पर टिके। अमर सिंह ने हाथों से मुलायम सिंह की कमर पकड़ी तथा पैरों से पैडल मारे। सरदार जी ट्रिन-ट्रिन घंटी बजाते हुए गाने लगे—'गड्डी जाँदी ए छलाँगा मार दी, मैनू याद आए मेरे यार दी'। मेरे यार दी मतलब अमेरिका की।

आलोच्य सप्ताह में राजनीतिक मंडी के भाव-ताव इस प्रकार से रहे—

वामपंथ टूटा कांग्रेस में मन्दी का रुख। यूपीए में नरमी रही एनडीए भड़का। माँग निकलने से सांसदों में तेजी। माल की अचानक आवक बढ़ने से बसपा में उछाल। वायदा कारोबार से झामुमो में चमक बढ़ी। तृणमूल स्थिर यूपीए को मुनाफा। भावों की घटत-बढ़त से जिंसों की ग्राहकी में उतार-चढ़ाव रहा। सपा की खरीद-बिक्री से बाजार सुधरा। डॉलर के दबाव के चलते चरित्र में गिरावट दर्ज की गई। अधिक बिकवाली से भाजपा लुढ़की। सरकार यथावत रुपया मजबूत।

अमर सिंह, मनमोहन सिंह से तेज अर्थशास्त्री निकले। मनमोहन सिंह ने अर्थशास्त्र इकट्ठा पढ़ा है, अमर सिंह ने अर्थ और शास्त्र अलग-अलग।

यही अमर सिंह सोनिया गांधी के यहाँ भोज पर बिन बुलाए गए थे और बिना खाए आए थे। आज सोनिया गांधी को यह कहावत रह-रहकर याद आ रही होगी कि वक्त पड़े खोटा सिक्का और खोटा बेटा ही काम आते हैं। सम्भव है, जल्द सोनिया गांधी हजार लोगों का भोजन बनाए और सिर्फ अमर सिंह को ही निमंत्रित करे। खिलाए भी अपने हाथों से, जैसे बीड़ी कम्पनी के कैलेंडर पर यशोदा बालकृष्ण को खिलाती है।

भाजपा के तीन सांसदों ने नोटों के पैकेट्स थैले से निकालकर आसन के आगे मेज पर धर दिये। नोटों की गड्डियों का सदन में लहराया जाना टेलीविजन के माध्यम से देश ही नहीं, दुनिया ने देखा। हम तो कायल हो गए भ्रष्टाचार में ऐसी पारदर्शिता के। लोकतंत्र की दीवारों पर महानुभावों द्वारा यों तो अक्सर पेशाब किया जाता रहा है, किन्तु ऐसा पहली बार हुआ है जब कर्ताओं ने पेशाब करते वक्त अपनी पीठें दीवारों की तरफ रखीं। समझ में नहीं आता कि देश में जब पहले ही से इतना उजाला है तो फिर क्यों बिजली बनाने के लिए अमेरिका से एटमी डील की जा रही है?

मेरे हिसाब से किसी भी सांसद ने बिककर कोई अपराध नहीं किया है। जो चुनाव जीतने के लिए खर्चता है, वह चुनाव जीतकर कमाएगा भी। उसे भविष्य में भी खर्चना है और जीतना है। हाँ, बिकने वालों ने उस पद और गोपनीयता की शपथ का उल्लंघन अवश्य किया है, जब उन्होंने शपथपूर्वक कहा था कि जितने समय पद पर रहेंगे, खाने में गोपनीयता बरतेंगे। कुछ सांसदों के घर तोड़-फोड़ की गई। शायद उपद्रवी वे वर्कर होंगे, जिन्होंने इलेक्शन के दौरान बूथ कैप्चरिंग और फर्जी वोटिंग से सांसद की जीत में हाथ बँटाया होगा। तोड़-फोड़ यह बताने के लिए की होगी कि शर्म नहीं आई अकेले-अकेले खाते?

लोगों में खीज इस बात को लेकर भी है कि जिम्मेदार व्यक्ति और विपक्ष का नेता होकर भी लालकृष्ण आडवाणी ने क्यों नहीं अपने सांसदों को सदन में नोट दिखाने के कुकृत्य से रोका? पूरा रिश्वतकांड लोकसभा अध्यक्ष को उनके कक्ष में अकेले में भी बताया जा सकता था, किन्तु इसमें बेचारे लालकृष्ण आडवाणी का क्या दोष? तीसरे मोर्चे के मिलने से भावी प्रधानमंत्री के रूप

में मायावती कूद गईं और लालकृष्ण आडवाणी हताश हो गए। मरता क्या न करता। उन्होंने सोचा होगा कि भाजपा के तीनों सांसद सदन में नोट दिखाकर ईमानदारी का ढोंग करेंगे, जिससे मैं हीरो बनकर उभरूँगा। यह बेशर्मी आगामी चुनावों में भुनाने के काम आएगी, लेकिन लोकसभा अध्यक्ष ने पूरे मामले को सतही ढंग से ले लिया। लालकृष्ण आडवाणी जो रथ सोमनाथ से लेकर चले थे, उसे सोमनाथ चटर्जी ले डूबे।

सोमनाथ चटर्जी का गांधीवादी रवैया मार्क्सवादियों को बड़ा अखरा। वामपंथियों ने उन्हें पार्टी से निकाल दिया। कॉमरेडों ने भले ही कभी गलत वक्त पर सही कदम नहीं उठाए हैं, पर सही वक्त पर गलत कदम हमेशा उठाए हैं। आपातकाल में इंदिरा गांधी के साथ रहे और विपत्तिकाल में तसलीमा नसरीन के खिलाफ। साथियों को राजनीति त्यागकर फिल्मों का रुख करना चाहिए। अभिनय के लिए वहाँ बड़े और अधिक अवसर हैं।

पूरे प्रकरण के मद्देनजर रह-रहकर विचार आता है कि कहीं 'सारे जहाँ से अच्छा हिन्दोस्ताँ हमारा' अल्लामा इकबाल एक आँख दबाकर तो नहीं कहते थे?

सिर पीटूँ या तालियाँ

बात कल की सी लगती है, जबकि सरकार ने पूरा एक साल कंप्लीट कर लिया।

फोन आया कि सरकार का एक साल पूरा हो गया है, सो आपको आना है। फोन करने वाले ने समय और स्थान बताया तथा मैं यह पूछूँ कि वहाँ मेरी भूमिका क्या होगी, इसके पहले ही फोन काट दिया। अपनी ही कहने और मेरी न सुनने से मैं समझ गया कि हो न हो, फोन था किसी सरकारी महकमे से।

मेरी स्मरणशक्ति बड़ी कमजोर है। सरकार का एक साल पूरा हो गया और मुझे याद तक नहीं रहा। मैं तो यह तक भूल बैठता हूँ कि देश को आजाद हुए बासठ साल हो गए। जब कोई विद्वान वक्ता कह उठता है कि हमें शर्म आनी चाहिए कि आज देश को आजाद हुए बासठ साल हो गए, तब मुझे अचानक से याद आता है कि हे भगवान! देश को आजाद हुए आज बासठ साल हो गए। इतना सा याद करके मैं आजादी की उम्र फिर भूल जाता हूँ। मिनटभर बाद ही कोई मुझसे पूछ ले कि बता देश को आजादी कब मिली, तो मुझे कौन बनेगा करोड़पति की तर्ज पर ऑप्शन दिये जाने के बावजूद लाइफ लाइनें यूज करनी पड़ें और उसके बाद भी सटीक जवाब देने में असफल रहूँ। अपनी कमजोर स्मृति के लिए मैं खुद को दोषी नहीं मानता। असल में रबी की फसल निकलते ही वर्षभर के गेहूँ का स्टॉक खरीदकर डाल लो तो वर्ष गुजरने का पता ही नहीं चलता।

उसने तो सरकारी फोन करके कह दिया कि आपको आना है, लेकिन मैं दुविधा में पड़ गया। यह उसका आदेश था या निवेदन? सरकार का एक साल पूरा हो गया है, इसे सूचना मानूँ या शिकायत? जाऊँ कि नहीं जाऊँ? नहीं जाऊँ तो यहाँ पड़ा-पड़ा क्या करूँगा? मुझे तो यह भी नहीं मालूम कि एक

साल पूरा होने पर सरकारें वर्षगाँठ मनाती हैं या बरसी? राजनीति में जन्मदिन और श्राद्ध गड्डमड्ड रहता है। सत्तापक्ष का जन्मदिन तो टू इन वन होता है। अपना बर्थ डे अर्थात विपक्ष का श्राद्ध। एक का बधाई गान, मतलब दूसरे का शोकगीत।

जब से फोन आया है, दिमाग काम नहीं कर रहा। मुझे क्यों बुलाया गया है? सरकार का एक साल पूरा हो गया, इसमें मेरी क्या गलती है? कहीं मुझे कुछ बोलने-वोलने के वास्ते तो नहीं बुलाया है, क्योंकि जिसे यहाँ-वहाँ बोलने की लत हो उसे कोई अन्य काम के लिए क्यों बुलाएगा? यदि बोलने-वोलने के लिए ही बुलाया है तो और बड़ी आफत। सरकार को खराब बता दूँगा तो सरकार पीटेगी और अच्छा बता दूँगा तो जनता।

वहाँ केक कटेगा, मोमबत्तियाँ बुझाई जाएँगी या कम्बल बँटेंगे? धनी-मानी लोगों में जन्मदिन-पुण्यतिथि वगैरह पर गरीबों के हितार्थ दान-पुण्य की परम्परा है। आशा है, मैं भी वहाँ से एक-आध कम्बल लेकर लौटूँ। सरकार की ऐसी दूरदर्शिता भी हो सकती है कि एक साल पूरा हो गया है, इस बहाने कुछेक बुद्धिजीवियों को बुलाकर उनका मुँह मीठा कराना चाहिए। जब गुड़ से काम हो रहा हो तो बेचारों को विष क्यों देना?

समझदारों का ऐसा भी मानना है कि सरकार का एक साल पूरा होना उसके खोया-पाया के लेखे-जोखे का समय होता है। गृह, वित्त, एक्साइज, आरटीओ, निर्माण आदि-आदि विभागों की बहियाँ मँगवाकर रोकड़ का मिलान किया जाता है कि जितना खर्च करके कुर्सी ली थी, उतने की वसूली हुई कि नहीं हुई? कौन ट्रांसफर का और कौन प्रमोशन का अधिकारी है। व्यय की तुलना में आय का कितना लक्ष्य पूरा हुआ तथा आगामी वर्ष के लिए कितना लक्ष्य लेकर चलना है? विकास के कौन से ऐसे प्रोजेक्ट हाथ में लिये जाएँ कि सरकार अपने पूरे कार्यकाल में अगला चुनाव लड़ने और जीतने लायक विकास कर सके।

एक कोण यह भी उभरता है कि सरकार के यहाँ इवेंट मैनेजमेंट वाले पहुँच गए हों। उन्होंने सोई सरकार के पैताने खड़े होकर निवेदन किया हो कि जहाँपनाह, उठिए। कुम्भकर्ण के मात्र छह माह सोकर उठने पर ही भव्य जश्न मनाया जाता था, आपका तो एक साल पूरा हुआ है। इवेंट वालों की सामर्थ्य

हम सब जानते ही हैं। इवेंट वाले अपनी पर उतर आएँ तो प्रथम पन्द्रह संस्कारों को तो छोड़िए, अन्तिम संस्कार तक को थीम बेस्ड मना डालें।

असमंजस में हूँ कि आखिर मुझे बुलाने का क्या तुक है? जाकर सरकार की उपलब्धियाँ सुनकर उसकी पीठ ठोंकनी है? देखो, इसे कहते हैं लोक कल्याणकारी सरकार, जिसने केवल तीन सौ चौसठ सही एक बटा चार दिनों की लघु अवधि में ही अपना एक साल पूरा करके दिखा दिया।

उसका पुन: फोन आए तो पूछूँ कि बन्धु, मैं आ तो खैर रहा ही हूँ, पर यह तो बता कि वहाँ आने पर मेरा उपयोग क्या होगा? मुझे दो शब्द बोलने होंगे या दो मिनट का मौन रखना होगा? कहीं ऐसा न हो कि मैं बारात की मानसिकता में पहुँचूँ और वहाँ उठावने की तैयारियाँ चल रही हों? अथवा मैं काँधे पर तौलिया रखकर चला आऊँ और वहाँ देखूँ कि बैंड पर बीन की धुन बज रही है और लाभार्थी नागिन डांस कर रहे हैं?

सरकार ने चाहे एक साल सायास पूरा किया या अनायास, लेकिन यह काम हुआ है जीवट वाला। कैलेंडर देखते हुए कोई एक दिन नहीं निकाल सकता, सरकार ने पूरा एक साल गुजार दिया!

कैम्पस प्लेसमेंट

एक पिता को जितनी चिन्ता अपनी विवाह योग्य कन्या हेतु कमाऊ वर खोजने की रहती है, उससे कहीं अधिक चिन्ता राजनीतिक दलों के हाईकमानों को चुनाव में जिताऊ प्रत्याशी के चयन की रहने लगी है। चूँकि आज लोकतंत्र 'परिपक्व' हो चुका है, अत: वह दौर तो रहा नहीं कि किसी भी ईमानदार, चरित्रवान, सेवाभावी सज्जन का नामांकन करवा दिया और उसने शर्तिया सीट निकाल ली। ऐसी विशेषताओं वाला अब उम्मीदवार बनना तो दूर, अपना वोट ही डाल आए तो गनीमत समझिए।

सेंट्रल जेल के मुख्य द्वार के आगे ज्योंही परिवहन मंत्री ज्ञी की लालबत्ती लगी कार रुकी, खुद जेलर ने दौड़कर कार का पिछला बायाँ दरवाजा खोला। कार से उतरते ही मंत्री जी और जेलर की नजरें टकराईं तो मंत्री जी मुस्करा दिये। मंत्री जी की मुस्कान का सुपरिणाम यह निकला कि जेलर के ललाट पर जाड़े का मौसम होने के बावजूद पसीने के कण उभर आए। थोड़े समय के लिए मंत्री जी और जेलर उस कालखंड में खो गए, जब आज के यह परिवहन मंत्री नौ माह इसी जेल में वाहन चोरी की वारदातों की वजह से बन्द रहे थे तथा आज का यह जेलर तब इसी जेल में डिप्टी जेलर के पद पर सेवारत था।

खादी सिल्क में लक-दक मंत्री जी कार से उतरकर उस बड़े फाटक से जेल के भीतर प्रवेश कर गए, जिसमें बने छोटे फाटक से जमानत मिलने पर बाहर निकले थे। जेलर के दफ्तर की ओर बढ़ते हुए उन्होंने देखा कि जिन जेल कर्मचारियों के जो हाथ तब मारपीट के लिए उठते थे, आज वे ही हाथ उन्हें सैल्यूट देने के लिए उठ रहे थे। प्रजातंत्र की बलिहारी। मंत्री जी फिर से मुस्करा दिये।

मंत्री जी के साथ दो पार्टी पदाधिकारी और थे। तीनों जेलर के दफ्तर में सोफों पर विराजे। जेलर भी अपना मूल आसन छोड़कर एक छोटी सी कुर्सी खींचकर उनकी छत्रछाया में बैठ गया।

मंत्री जी के पास यों तो परिवहन मंत्रालय था, किन्तु अपने मैनेजमेंट कौशल के कारण वह संगठन का काम भी देख रहे थे। उनके साथ आए दो लोगों में से एक कभी हफ्ता वसूली और वित्तीय धोखाधड़ियों के लिए मशहूर रहा था। सो जब से उसने पार्टी ज्वॉइन की थी, तब से ही पार्टी का कोषाध्यक्ष था। दूसरा व्यक्ति वाचाल, कुतर्कबाज तथा अपने बयानों से मुकरने में निष्णात था, इसलिए पार्टी ने उसे प्रवक्ता बना छोड़ा था।

राजनीति में आने से पहले परिवहन मंत्री जी वाहन चोरी का रैकेट चलाते थे। जब भी काम पर निकलते संग में दो लोग और होते। एक ड्राइवर तथा दूसरा बॉडीगार्ड कम ड्राइवर। प्लास्टिक बैग में रखा होता खद्दर का एक जोड़ा कुर्ता-पायजामा, वाहनों की दो-चार फर्जी नम्बर प्लेटें तथा एक अदद लालबत्ती। रैकी करके तीनों कोई कार उठाते। अधिकतर लेटेस्ट मॉडल वाली और लग्जरी। कहीं सुनसान जगह गाड़ी खड़ी कर, आनन-फानन ड्राइवर उसकी नम्बर प्लेट उतारकर फर्जी नम्बर प्लेट कसता। बॉडीगार्ड कम ड्राइवर गाड़ी पर लालबत्ती टाँकता। तब तक वर्तमान परिवहन मंत्री जी खादी का कुर्ता-पायजामा धारण कर लेते। इतनी प्राथमिक कार्रवाई के बाद ड्राइवर गाड़ी दौड़ाता। दूसरा साथी ड्राइवर के बगल में टिकता तथा वह गाड़ी की पिछली सीट पर अधलेटे बैठ जाते।

एक रात की बात। इलाके की रैकी ढंग से हुई नहीं थी। चोरी की गाड़ी तेज रफ्तार में थी कि मार्ग में टोल नाका पड़ गया। ड्राइवर की मति मारी गई थी। तीस-चालीस रुपल्ली बचाने के फेर में कैशियर पर रौब मार दिया कि कोई टोल-वोल नहीं है। पीछे परिवहन मंत्री जी विराजे हैं। दोहरी चोट हुई। एक तो उस रात गाड़ी पर लालबत्ती ठीक से फिट नहीं करने के चलते रास्ते में कहीं गिर-गिरा गई थी, अन्यथा लालबत्ती लगी गाड़ी को टोल नाकों पर रोका ही नहीं जाता। दूसरा, टोल नाका तत्कालीन परिवहन मंत्री का निकला और देवयोग से वह उस वक्त बोतलें खोले यार-दोस्तों के साथ वहीं सत्संगरत थे। फलतः यथासहनशक्ति मारपीट के बाद जेल भी जाना पड़ा। पूरे नौ माह बाद

जमानत मिल पाई, किन्तु वह दुर्घटना ही जीवन का टर्निंग प्वाइंट भी साबित हुई। जेल जाने से मिली ख्याति और ख्याति से मिला चुनाव में पार्टी टिकट। लिहाजा, न सिर्फ भारी मतों से इलेक्शन जीतकर परिवहन मंत्री बने, बल्कि उस टोल नाके का ठेका भी उन्हीं के कब्जे में आ गया।

चाय-पान का दौर शुरू हुआ। जेलर के दफ्तर के एक कोने में टीवी ऑन था। टीवी के धार्मिक चैनल पर किसी आश्रम से मानस का लाइव टेलीकास्ट चल रहा था। सन्त जी टीका सहित कथा सुना रहे थे—

भुजबल बिस्व बस्य करि, राखेसि कोइ न सुतंत्र।
मंडलीक मनि रावन, राज करइ निज मंत्र॥

(अर्थात उसने भुजाओं के बल से सारे विश्व को वश में कर लिया। किसी को स्वतंत्र नहीं रहने दिया। मंडली का शिरोमणि सार्वभौम सम्राट रावण अपनी इच्छानुसार राज्य करने लगा।)

कथा में रस आने से रसिक हुए मंत्री जी ने जेलर से टीवी की आवाज तेज करने को कहा। जेलर ने उठकर वॉल्यूम बढ़ाया। सन्त जी कह रहे थे—

रवि ससि पवन बरुन धन धारी।
अगिनि काल जम सब अधिकारी॥

(अर्थात सूर्य, चन्द्रमा, वायु, वरुण, कुबेर, अग्नि, काल और यम सब रावण के अधिकारी यानी मातहत थे।)

मंत्री जी ने जेलर को सतत ग्लानि और पश्चात्ताप में डूबा हुआ देखा तो टीवी ऑफ करवाया और कहने लगे, "बीती को बिसार दें जेलर साहब। आपके सान्निध्य में गुजारे जेल के उन नौ महीनों को मैं अपना अवतार काल मानता हूँ। जेलों को यों ही कृष्ण-जन्मभूमि नहीं पुकारा जाता है।"

मंत्री जी का वक्तव्य सुनकर जेलर थोड़ा सहज हुआ। एक बार को उसके भी मन में आया कि क्यों नहीं मैं भी खादी धार लूँ, लेकिन तुरन्त ही उसने अपना आइडिया ड्रॉप कर लिया। यह जानकर कि राजनीति नौकरी की वजह से जेलों में रहने वालों को नहीं, बतौर कैदी रहने वालों को ही फलती है।

जेलर ने विनम्रतापूर्वक मंत्री जी के जेल पधारने का कारण पूछा। उसे मंत्री जी के आने की सूचना तो समय से मिल गई थी, लेकिन उद्देश्य पता नहीं था।

मंत्री जी ने बताया, "पार्टी हाईकमान के आदेश की पालना में हाजिर हुआ हूँ। चुनाव सिर पर हैं और आप जानते ही हैं कि चुनाव में नया राजनीतिक दर्शन अर्थात दबंगई ही जीतती है।"

पार्टी प्रवक्ता ने उदाहरण से समझाया, "कोई बिहारी कवि भी कह गया है कि 'बसै बुराई जासु तन, ताही को सनमान। भलौ भलौ कहि छोड़िए, खोटे ग्रह जपु दान'। मतलब साफ है कि पूजा लट्ठ ही की होती है। बुरे का ही सम्मान होता है। भले की तो 'बेचारा भला है' कहकर अनदेखी कर दी जाती है। जिन ग्रहों की चाल टेढ़ी चल रही हो, लोग उन्हीं को राजी रखने के लिए जप-दान आदि कराते हैं। कराते हैं कि नहीं कराते हैं?"

जेलर ने मंत्री जी की ओर देखा। प्रवक्ता की हाँ में हाँ मिलाई और बोला, "सर, बात तो बड़े पते की कही आपने। यह बिहारी कवि कौन था?"

पार्टी प्रवक्ता ने कहा, "इसमें पूछने की क्या बात है। बिहारी नाम से ही सिद्ध है कि कवि बिहार साइड से रहा होगा।"

मंत्री जी मुद्दे पर आए, "आगामी चुनावों के लिए पार्टी को योग्य उम्मीदवारों की तलाश है। बाहर जो छोटे-मोटे थे, उन्हें हमारे विरोधियों ने पहले ही सेट कर लिया। हमारी पार्टी भी ठान चुकी है कि काँटों की टक्कर में भाले फेंकने हैं। तमंचों का जवाब तोपों से देंगे। विरोधियों ने जब गमलों के पुष्प तोड़ लिये तो हम सीधे यहाँ बगीचे में चले आए।

जिस प्रकार कॉरपोरेट्स कुशल कार्मिकों की खोजबीन हेतु उच्च शिक्षण संस्थानों में जाते हैं, हम भी आज यहाँ वैसे ही पवित्र उद्देश्य से आए हैं, क्योंकि राजनीति को तन-मन देकर पॉवर और धन पाने के आकांक्षी जान चुके हैं कि जेलों में गुजारा हुआ समय और निखारा हुआ टैलेंट पॉलिटिक्स में सॉलिड कॅरियर बनाता है। विभिन्न जेलों में काटे जाने वाला वक्त सफल राजनेता बनने के लिए इंटर्नशिप होता है। जेल जाते रहने से ब्रांडिंग होती है। जिससे चुनावी टिकट माँगते समय बोनस अंक मिलते हैं। अपने परिवार की हिस्ट्री ठीक से न जानने वाला मतदाता भी हिस्ट्रीशीटरों को बखूबी पहचानता है।

पॉलिटिक्स और क्राइम मेड फॉर ईच अदर हैं। जहाँ अपराधी को टिकट

देने से सीट खोने का खटका नहीं रहता, वहीं अपराधी भी चुनाव जीतकर राष्ट्र की मुख्य धारा में आ जाता है।"

जेलर विनीत भाव से बोला, "सर, इस छोटे से काम के लिए आप लोगों ने व्यर्थ परेशानी उठाई। आदेश करते, मैं खुद प्रशिक्षु होनहारों का मूल्यांकन कर, मैरिट बना, सूची पार्टी मुखयालय ले आता।"

पार्टी प्रवक्ता ने जेलर की बात जेब की तरह काटी, "हीरे की पहचान हीरा विशेषज्ञ ही कर सकता है।"

पार्टी कोषाध्यक्ष ने हँसते हुए जेलर से एक पचास का नोट लिया और तर्जनी व मध्यमा में फँसाकर दफ्तर के दरवाजे पर तैनात सन्तरी को नोट फँसी अँगुलियों के इशारे से बुलाया, ताकि गुटखा-जर्दा मँगवाया जाए। सन्तरी ने पार्टी कोषाध्यक्ष से पचास का नोट इस अदा से झपटा, मानो किसी कैदी से मुलाकात करने आए व्यक्ति से लिया हो।

मामले की गहराई समझकर जेलर ने जेल में बेहतर राजनीतिक भविष्य के लिए साधनारत तमाम कैदियों के नामों वाला रजिस्टर अपनी मेज से उठाकर मंत्री जी के हवाले कर दिया। तीनों नेता रजिस्टर में दर्ज नामों को बारीकी से शॉर्टलिस्ट करने लगे। तीनों ने कुछेक नाम काटे भी, ताकि कल को पार्टी में उनके विरोधी उन पर प्रत्याशी चयन में भाई-भतीजावाद का आरोप न लगा सकें।

सूची को जब लगभग अन्तिम रूप दिया जा चुका तो जेलर एक-एक कैदी का इतिहास और उसकी महिमा वर्णित करने लगा। मंत्री जी ने तुरन्त जेलर को टोका, "हमें वांछित व्यक्ति की स्वयं देख-परख करनी है। बाद में कहीं ऐसा न हो कि बायोडाटा से तो लगे कि पट्ठा जटिलतम इलेक्शन भी भारी बहुमत से जीत लेगा, लेकिन व्यक्तित्व ऐसा कि बिजूका हो। पार्टी को उसे सदन में बिठाना है, किसी खेत-वेत में खड़ा नहीं करना है।"

जेलर ने राय प्रकट की, "तो फिर चलिए सर, ऐसा करते हैं कि पहले मैं आपको आपके हिसाब से कुछेक मोस्ट वांटेडों से इंडिविजुअली मिलवा देता हूँ। फौरी सेलेक्शन के बाद ग्रुप डिस्कशन करा लेंगे, अमृत निकल आएगा।"

मंत्री जी ने जेलर की सलाह को दोनों पार्टी सहकर्मियों से साझा किया। दोनों ने जेलर द्वारा सुझाए सेलेक्शन मैथड को उत्तम ठहराया। तत्पश्चात चारों जन कैदियों की कोठरियों की ओर बढ़े जैसे सागर मंथन को जा रहे हों।

कोठरी नम्बर एक के आगे खड़े होकर जेलर ने अन्दर बन्द कैदी का भूतकाल बयान किया, "महोदय, यह निर्माण विभाग में इंजीनियर था। अत्यंत मेधावी। अपने अध्ययनकाल का टॉपर। बड़ी रकम खर्च करके डिग्री ली थी। अत: नियुक्ति मिलने के दिन से ही रिकवरी में जुट गया।"

"पर महँगी शिक्षा पाकर भी यह धरा कैसे गया," मंत्री जी ने जिज्ञासा प्रकट की।

जेलर ने स्पष्ट किया, "सर, महँगी पढ़ाई-लिखाई करने वाले दूरदृष्टा तो होते ही हैं। इसने आबादी से दूर एक पहाड़ी पर ओवर ब्रिज बनवा दिया कि आगे चलकर पहाड़ी हिल स्टेशन बनेगी और यह ब्रिज सैलानियों के लिए फिसलपट्टी के काम आएगा। इसने ठेकेदार के साथ बँटवारे में पारदर्शिता नहीं बरती और सूचना के अधिकार का शिकार हो गया। सैद्धान्तिक शिक्षा का उस्ताद होते हुए भी व्यावहारिकता में मात खा गया। मेरा मत है कि आपकी पार्टी ने इसे टिकट दिया तो यह न सिर्फ जीतेगा, बल्कि जिम्मेदारी मिलने पर कुशल निर्माण मंत्री भी साबित होगा।"

तीनों नेता यह कहते हुए अगली कोठरी की ओर चल दिये कि अब राजनीति में फ्यूचर इस वाली इंजीनियरिंग का नहीं, सोशल इंजीनियरिंग का है।

एक स्मार्ट और हैंडसम नौजवान को सीखचों में बन्द देखकर मंत्री जी खुद उससे पूछताछ करने लगे। नौजवान सगर्व बताने लगा, "मैं एक नामी इंस्टिट्यूट में स्टूडेंट था। मेरे संग एक लड़की पढ़ती थी। लड़की की ब्यूटी तो एवरेज थी, बट वह रिच फैमिली से बिलांग करती थी। अत: मुझे उससे लव करना पड़ा। जब मैंने उससे एवरी टाइम झूठमूठ कहा कि मैं तुम्हें सचमुच का लव करता हूँ तो वह भी मुझसे लव करने लगी। दोनों ने डिसाइड किया कि हम भागकर ही शादी करेंगे। बस, वह घर से निकलते टाइम बड़ी रकम और अपनी मदर वगैरह की ज्वेलरी लाना न भूले। वह मेरे खातिर भाग तो आई, बट मेरे बार-बार कहने के बावजूद बड़ी रकम और मदर वगैरह की ज्वेलरी नहीं लाई। मैं समझ गया कि वह मुझसे सच्चा लव नहीं करती। उसे (आकाश की ओर इशारा करके) वहाँ भेजकर मैं यहाँ आ गया। मुझे आपकी पार्टी टिकट दे तो मैं न सिर्फ विरोधी की जमानत जब्त कराने की गारंटी देता हूँ, बल्कि महिला और बाल विकास मंत्री भी मुझसा...।"

उसकी सच्चे लव वाली स्टोरी सुनकर मंत्री जी उसे चयन का आश्वासन देने ही वाले थे कि दोनों पार्टी सहयोगियों ने आगाह किया, "ठीक है, उस लड़की ने बड़ी रकम और माँ के गहने-वहने न लाकर इस वफादार के साथ बेवफाई की थी। यह स्मार्ट, आधुनिक शिक्षा प्राप्त और निडर-बहादुर भी है, किन्तु इसे टिकट देने से पार्टी पर स्त्री विरोधी होने का ठप्पा लग जाएगा। इन दिनों वैसे ही बेटी बचाओ वाला लफड़ा अलग से चल रहा है।"

जेलर के आगे-आगे चल रहे मंत्री जी और दोनों सहकर्मी उस कोठरी के सामने अनायास ठिठक गए जिसमें कभी मंत्री जी ने नौ माह कड़ी तपस्या की थी।

कोठरी के अन्दर से एक मजबूत कद-काठी के व्यक्ति ने हाथ हिलाकर मंत्री जी का अभिवादन किया। कोठरी को देखकर मंत्री जी को लगा कि आत्मा नई है, चोला वही है।

उस कैदी के आकर्षक व्यक्तित्व में तीनों नेताओं की गहरी रुचि देखकर जेलर बताने लगा, "बड़ा फौलादी जीव है साहब। नौ माह से इस कोठरी में बन्द है। हफ्ता वसूली और वित्तीय धोखाधड़ियों के लिए मशहूर रहा है। वाचाल और कुतर्कबाज तो है ही, अपने बयानों से मुकरने में भी निष्णात है। जेल से वाहन चोरी का रैकेट चला रहा है। यहाँ इसी का सबसे बड़ा गिरोह है यानी इसकी संगठन क्षमता भी बेजोड़ है। जिस दिन किसी पार्टी हाईकमान की पारखी नजर इस प्रतिभा पर पड़ गई तो मेरा दावा है, यह शख्स फोर इन वन निकलेगा। फोर इन वन से मेरा तात्पर्य है, पार्टी-कोष, प्रवक्ता-पद, संगठन-प्रभार तथा परिवहन मंत्रालय चारों अकेला सँभाल लेगा।

जेलर की बात सुनकर तीनों नेताओं को लगा जैसे पार्टी हाईकमान ने उन्हें मार्गदर्शक मंडल में डाल दिया हो। वे जेल से बाहर खुले में निकलकर भी जेल के भीतर बन्द होने जैसा महसूस करते रहे।

हाय! मैं इंडियन आइडल न बन सका

लोग मेरे अहसानमन्द हो मुझे बड़ा मान देते हैं, सिर्फ इस कारण से कि मुझे गाना नहीं आता है, बावजूद इसके मैं गाता नहीं हूँ।

जबसे मात्र फिल्मी गानों की नकल गा, इंडियन आइडल बनने का चलन शुरू हुआ है, मैं भी एक अदद कबाड़ा हारमोनियम कबाड़ने की फिराक में रहने लगा हूँ।

दोपहर में मैंने पड़ोसी ज्योति बाबू से जानकारी चाही, "सेकंड हैंड हारमोनियम कहाँ मिलते होंगे?"

उन्होंने सहमते हुए पूछा, "क्या अपने हास्य-व्यंग्य लेख भी गाकर सुनाओगे?"

मैंने उनसे सामान्यज्ञान वृद्धि की गरज से कहा, "आपको व्यर्थ अनिष्ट की आशंका नहीं करनी चाहिए। मेरा मंतव्य अलग है। अब वही इंडियन आइडल बन सकेगा, जिसे थोड़ा-बहुत गाना आता है।"

संध्याकाल को मैंने कान लगाकर ध्यान से सुना। ज्योति बाबू के मकान से बिना छने हारमोनियम की आवाजें आ रही थीं। मेरी केयरलेस इनक्वायरी ने पड़ोस में ही कॉम्पिटिटर पैदा कर लिया। घोर प्रतिस्पर्धा का युग है। आदमी किस पर भरोसा करे?

जहाँ तक मेरी गायकी का इतिहास है, कोई दस-बारह बरस पहले प्रथम और लगभग अन्तिम बार गाया था। अवसर था मोहम्मद रफी की पुण्यतिथि का। मैंने जो गीत चुना था, रफी साहब बहुत पहले उसे अपनी आवाज़ दे चुके थे। मुझे अच्छी तरह स्मरण है, उस दिन मेरा गला सधा हुआ था। मेरा स्वर सहगल और इला अरुण के बीच का सा रहा होगा। खचाखच भरे

पंडाल में ऐसा समाँ बँधा कि कुछ मत पूछिए। कारुणिक गीत पर श्रोता इतना हँसे, इतना हँसे कि वातावरण पुण्यतिथि से जयंती का हो गया। बाद में कई दिनों तक लोग मुझे मोहम्मद रफी कहते रहे और मैं नाराज होता रहा। उस हादसे के बाद मैंने गाना बन्द कर दिया। मेरी खुशकिस्मती रही कि गाना बन्द करने की पहल मेरी तरफ से हुई, वरना विलम्ब करता तो यह कदम सुनने वाले उठाते।

सवाल मूड का या गाना आने, न आने का नहीं है, इंडियन आइडल होने का है। सुअवसर आ ही गया है तो मैं गाऊँगा, भले कितने संकट आएँ। संकट भले मेरे गाने की वजह से ही आएँ। कुछ शुभचिन्तक (संगीत के नहीं, मेरे) भी मुझे उकसाने में लगे हैं। वे चाहते हैं कि गाकर अन्य लोगों में गायन को लेकर चिढ़ और विरक्ति पैदा करूँ। जो कि मैं ही कर सकता हूँ, ताकि किसी अन्य को इंडियन आइडल बनने का चांस न मिल सके। मैंने आर-पार की ठान ली है। गाना गाकर या तो इंडियन आइडल बन जाऊँगा या औरों में गायन के प्रति अरुचि उत्पन्न कर दूँगा। पहले में न सही, दूसरे लक्ष्य में तो सफलता तय है।

कंठ को सुर मिले और अँगुलियों को हारमोनियम। ज्योति बाबू के घर से बहुत ही आदर्श महिला है। वह एक साथ दो भविष्य बर्बाद होते नहीं देख पाईं। जहाँ मेरा भविष्य न गा पाने से बर्बाद हो रहा था, वहीं ज्योति बाबू का गा पाने से। एक दिवस सुबह ही सुबह आईं तथा हारमोनियम और शुभकामनाएँ, दोनों दे गईं।

मूँड़ मुँड़ाते ही ओले पड़े। शुरुआती रियाज के दौरान ही मेरी पत्नी ने मेरी हौसला अफजाई कर दी, “ट्रेनों में जाना-आना रहता ही है। पेटीबाजा आ ही गया। किराया ही नहीं बचेगा, घर में दो पैसे एक्स्ट्रा भी आएँगे।”

कथन में यह जोड़कर झाड़ू लगाने लगी कि धरती पर प्रदूषण पहले ही क्या कम था?

भविष्य के इंडियन आइडल पर यह करारा तंज था। मन-ही-मन सोचने लगा कि मैंने भी कहाँ स्त्रीरूप में औरंगजेब से विवाह कर लिया, पर तुरन्त बात को पी गया, अन्यथा बात मुझे पी जाती। मैंने हार नहीं मानी और छिपकर गाने-बजाने लगा। साहित्य के बजाय मैंने किशोर के नगमे, आशा भोंसले हिट,

रफी के तराने, लता सुपरहिट, मुकेश के सदाबहार गीत, मन्ना डे, महेन्द्र कपूर स्पेशियल जैसी अनेक कालजयी कृतियाँ खरीदनी शुरू कर दीं, लेकिन किस्मत में कुछ और ही लिखा था। इंडियन आइडल बनना करम में नहीं था तो नहीं ही बना। जिस हारमोनियम को चोरी से बजाता था, वही चोरी चला गया। मुझे चुराने वाले पर क्रोध नहीं, तरस आ रहा है। यह उम्दा काम जरूर किसी जरूरतमन्द का रहा है। लाचार के पास साज खरीदने लायक राशि नहीं होगी और वह हर हाल में इंडियन आइडल बनना चाहता होगा।

पर मेरा दावा है, हारमोनियम चोरी का होकर भी टिकेगा उसके पास भी नहीं, क्योंकि इन दिनों देश में गाने गाकर इंडियन आइडल बनने वालों की कतार बहुत लम्बी है।

चींटी को लाठी से पीटने का उपक्रम

आतंकी जयपुर में सीरियल बम ब्लास्ट कर विदा हो गए और उन्होंने ईमेल कर अपने ठिकाने पर राजी-खुशी पहुँचने की सूचना भी दी।

राज्य सरकार कह रही है कि हम आतंकियों को छोड़ेंगे नहीं। आतंकी चिढ़ा रहे हैं कि पहले पकड़ो तो सही। अजीब शासन व्यवस्था है। उन्हें न छोड़ने की धमकी दी जा रही है, जो पकड़े ही नहीं गए।

कई सरकारों ने मिलकर विशेषज्ञों का एक जाँच दल बना दिया। जाँचकर्ता पाँच-सात प्रकार के स्कैच लिये कुछ ढूँढ़ते से डोल रहे हैं। मेरे खयाल से विशेषज्ञ उसे कहा जाता है जो विशेष रूप से अज्ञ हो।

सरकार केन्द्र की रही अथवा राज्य की, लाख बेशर्मी ओढ़ने के बावजूद उसका पानी उतर गया। लोग मृतकों की आत्मा की शान्ति के लिए प्रार्थना करते हैं तो सरकारों को लगता है कि यह उनके लिए हो रही है।

केन्द्र सरकार ने कहा है कि हमने समय रहते राज्य सरकार को चेता दिया था। राज्य सरकार का दावा है कि केन्द्र अपनी आदत के अनुसार झूठ बोल रहा है। हर हादसे के बाद यही होता देखा गया है। केन्द्र और राज्य मुद्दे की शटल बनाकर बैडमिंटन खेलने पर उतर आते हैं।

मुझे एक से बम धमाके होने की जानकारी मिली। शाम का वक्त था। वह अपने टीवी पर न्यूज एन्जॉय कर रहा था कि अचानक धमाकेदार ब्रेकिंग न्यूज चली। मुझे उसने पूरा घटनाक्रम हल्की मुस्कान के साथ बताया। बम विस्फोटों की सूचना मुस्कराते हुए देना उसकी गलती नहीं मानी जानी चाहिए।

दरअसल खबरिया टीवी चैनलों ने ही स्वयं को इतना मजाकिया बना लिया है कि वे दुख की खबर भी दें तो दर्शक मुस्कराने लगते हैं।

आतंकी घटना भारत में कहीं भी और कभी भी हो, तय औपचारिकताएँ नियमित रहती हैं। जाँच एजेंसियाँ ठोस सुराग के लिए जाती हैं तथा ठस सुराग लेकर लौटती हैं। पुलिस अधिकारी संवाददाता बन जाते हैं और संवाददाता आतंकियों की धरपकड़ में लग जाते हैं। राष्ट्रवादी कवियों द्वारा बम धमाके करने वालों पर धमाकेदार कविताएँ रची जाने लगती हैं। जिनका शिकार बम धमाकों की चपेट में आने से बच गए लोग होते हैं।

यह भरोसा पुख्ता होने के बाद कि आतंकी कोसों दूर जा चुके हैं और हमें तनिक भी खतरा नहीं है, नेताओं के दौरे चालू होते हैं। अस्पतालों में घायलों के संग फोटो खिंचाते नेता पुलिस वालों से पूछते हैं, "आतंकी पकड़ में आए?" पुलिस वाले लाचारी प्रकट करते हैं, "सर अभी तक तो नहीं आए।" मैंने फोटुओं में देखा है। नेताओं के चेहरों पर पछतावे के भाव उभर आते हैं कि काश! आतंकी पकड़ लिये जाते तो घायलों के साथ ही लगे हाथ उनकी भी कुशलक्षेम पूछ जाते।

पुलिस आतंकियों को वहाँ-वहाँ तलाशती है, जहाँ-जहाँ वे नहीं होते। थक-हारकर आते-जाते राहगीरों से पूछताछ प्रारम्भ कर देती है, "ए, तूने तो नहीं कर दिये ये ब्लास्ट?" पुलिस बेचारी इससे अधिक और कर भी क्या सकती है? आतंकी अपना काम निपटाकर चले जाते हैं और उसकी जान को झंझट छोड़ जाते हैं। वह भ्रष्टों की जी हुजूरी और कायरों की चौकीदारी करे कि आतंकी खोजे? पूरा महकमा उस पल की बाट जोहने लगता है कि कोई आतंकी संगठन ब्लास्ट की जिम्मेदारी ले तो वह उसका नाम बताए।

इधर जयपुर में सीरियल बम ब्लास्ट हुए, उधर इस्लामाबाद में भारत-पाकिस्तान के विदेश मंत्री स्तर की वार्ता चल रही है। भारत ने पहली बार परम्परा तोड़ते हुए बम विस्फोटों के लिए पाकिस्तान का नाम न लेकर उसके अनुज बांग्लादेश को श्रेय दिया है। आशंका है कि भारत द्वारा अपनी यों सरेआम उपेक्षा से पाकिस्तान बुरा न मन जाए। वह विरोध दर्ज कराते हुए शान्ति वार्ता से ही न हट जाए कि जयपुर बम विस्फोटों के लिए पाकिस्तान को जिम्मेदार न मानकर भारत ने बांग्लादेश के सामने उसे नीचा दिखाया है।

भाजपाई रट लगाए हुए हैं कि आतंकवाद पर काबू पाने लिए पोटा कानून फिर से लाया जाए। कोई इन गाल बजाने वालों से पूछे कि भाई साहब, यदि पोटा फिर से लाकर भी आतंकी विमान में बिठाकर ससम्मान छोड़ने पड़ गए तो उस पोटा का अचार किस बरनी में रखेंगे?

आईपीएल बनाम बीपीएल

महँगाई सच में बहुत बढ़ गई है। सिंगल झापड़ तक तीन करोड़ का पड़ने लगा है।

हरभजन ने श्रीसन्त के गाल पर एक थप्पड़ जड़ दिया। आईपीएल वालों ने हरभजन पर तीन करोड़ रुपये का जुर्माना ठोंक दिया। हाथापाई को भरपाई में हस्तान्तरित कर लेने के हुनर का नाम ही आईपीएल है।

चाँटों का आयात-निर्यात यथाशक्ति हमने भी किया है। क्रिकेट ही क्यों, हर खेल में किया है। भुगतान वस्तु विनिमय पद्धति से होता था। जमाना सस्ताई का था यानी एक लात मारी और दो खा लीं। जीवन तथा सम्बन्धों में बिलकुल व्यावसायिकता नहीं थी। मारपीट में मुद्रा नहीं, मुखमुद्रा देखी जाती थी।

मेरा मानना है कि हरभजन से तीन करोड़ जैसी बड़ी रकम वसूलकर भी आईपीएल वाले दुखी ही होंगे। यह सोचकर कि श्रीसन्त गांधीवादी तरीका अपनाते हुए अपना दूसरा गाल भी हरभजन के आगे कर देता तो हम छह करोड़ कमा लेते। असम्भव नहीं है कि भविष्य में ज्यादा धन बटोरने के लक्ष्य से आईपीएल वाले गेंद पीटने वालों की तुलना में एक-दूसरे को पीटने वालों को प्रोत्साहित करने लगें। सम्भव है, क्रिकेट में गेंद की जगह जूते का इस्तेमाल शुरू हो जाए। सोचिए, क्रिकेट में कितना रोमांच बढ़ जाए, यदि नो बॉल का मतलब हो जाए—गेंद नहीं जूता फेंकिए। एक ओवर में जूते का छह बार फेंका जाना कितना आह्लादकारी हो सकता है। वाइड का चक्कर सदा के लिए खत्म। जूता फेंकते वक्त कौन बेवकूफ वाइड फेंकना चाहेगा? अधिकतम जूते खाकर अधिकतम क्रीज पर टिका रहे, सो मैन ऑफ द मैच। अम्पायर अपनी रक्षा स्वयं करें। गेंद की जगह जूते के प्रयोग से क्रिकेट बेहद मनोरंजक होगा और कमाई रिकॉर्डतोड़। भाड़ में गया खेल और चूल्हे में गई

खेल भावना। गंगा बह रही है तो धोओ हाथ। हलवा खाते दाँत घिसें तो घिसने दो। पैसे के लिए तो यह भी जायज है कि बीसीसीआई और आईपीएल वाले वैसे ही और उतने ही कपड़े पहनकर मैदान पर चीयर गर्ल्स वाला काम भी खुद ही करें।

बीसीसीआई ने क्रिकेट को बेहिसाब मुनाफे वाले कारोबार में बदल लिया है। मामला खिलाड़ियों के परस्पर हाथ मिलाने का हो अथवा हाथ चलाने का। टक्कर काँटे की हो या चाँटे की। बीसीसीआई की बीसों अँगुलियाँ शुद्ध घी में रहती हैं। खेल के साथ खेल खेलने में भारतीय क्रिकेट कंट्रोल बोर्ड का कोई सानी नहीं है।

भारतीय क्रिकेट टीम ने गत दिनों कई टेस्ट मैच हारे। खेल प्रेमियों ने टीम की बड़ी थू-थू की। यह गलत है। टीम का इसमें क्या दोष? जबसे भारत ने क्रिकेट का बीस ओवर वाला वर्ल्ड कप जीता है, तब से उसकी आदत सी हो गई है कि पाँच दिनों का टेस्ट मैच हो तो भी वह जैसे-तैसे बीस ही ओवर खेलती है। यदि इसी प्रकार क्रिकेटरों को कम मेहनत के बदले अपार धन मिलता रहा तो हो सकता है, बॉलर और फील्डर भी रनर की माँग करने लगें। यह भी हो सकता है कि खेल के नाम पर केवल टॉस रह जाए।

क्रिकेटरों को धन मिलना गलत नहीं है, लेकिन एक चौका, छक्का मारने पर लाखों लुटाए जाते हैं तो वह बेरोजगार टूट जाता है, जिसके पास सरकार की रोजगार गारंटी योजना के बावजूद रोजगार नहीं है।

हमने क्रिकेट का विकराल विकास देखा है। यह अजगर एक-एक कर अन्य विदेशी खेलों को ही नहीं, सारे देशी खेलों को भी निगल गया। देशी खेल यथा—कंचे, सतोलिया, गिल्ली-डंडा, मारदड़ी, आँधळघोटा, लुखमीचणी, कानमान-टोळी, आइस-पाइस, इकटंग्यो, चोर-सिपाही, चग्गा, चरभर, गट्टा, लूण-क्यार, घोड़ी-टप्पा आदि सब ग्रस गया। इसने कबड्डी की टाँगें तोड़ डाली और खो-खो को खो कर दिया। फुटबॉल को लात मारकर भगा दिया और वॉलीबॉल को नेट में उलझा दिया। यह रेंगता हुआ स्टेडियमों में घुसा और हॉकी को चट कर, कुंडली मारकर सदा के लिए वहीं जम गया। आज गाँव-ढाणियों तक में हर बच्चे के हाथों में बल्ला है, भले कपड़े धोने की मोगरी ही हो।

समाजवाद की अवधारणा वाले और विकास को तरसते भारत में क्रिकेट कोरा खेल नहीं है, एक सोचा-समझा 'गेम' है, जो आईपीएल (इंडियन प्रीमियर लीग) तथा बीपीएल (बिलो पावर्टी लाइन) के बीच खिलाया जा रहा है। बीपीएल गेंद हैं और आईपीएल बल्ला। बल्ले को पीटते रहना है और गेंद को पिटते रहना है। पीटे जाओ ओवर दर ओवर। मीडिया ने वातावरण को चेरापूँजी बना दिया है, जहाँ तीन सौ पैंसठ दिन पूँजी बरसती है। दुनिया में कोई ऐसा कंट्रोल बोर्ड नहीं बना जो भारतीय क्रिकेट कंट्रोल बोर्ड को कंट्रोल कर सके।

लगने वालों को लगा होगा हरभजन और श्रीसन्त का झगड़ा बेहूदा। मुझे कतई बेहूदा नहीं लगा। जो पशुओं की तरह बिकेंगे, वे पशुओं की तरह लड़ेंगे भी।

भैंस दरवाजे में ही बँधेगी

लेखक वहाँ भी होता है जहाँ वह नहीं होता, सो मैं तीन दिन शिमला में रहा।

शिमला स्थित एक सात सितारा रिसॉर्ट का भव्य सभागार। यहीं भाजपा की चिन्तन बैठक सम्पन्न हुई। एक ओर जहाँ भारत के अधिकांश हिस्से में भीषण सूखा और अगस्त माह की उमस भरी चिपचिपी गर्मी थी, वहीं शिमला का मौसम बेहद ठंडक भरा था। प्रश्न उठता है कि भाजपा वालों ने चिन्तन बैठक यहीं क्यों रखी? जाहिर सी बात है, पार्टी जब बर्फ में लगी हो तो चिन्तन बैठक बर्फीले स्थान पर ही रखी जानी चाहिए।

थोड़े से लोग मंच के ऊपर बैठे थे और अधिकतर मंच के सामने नीचे। दोनों पक्षों के अधिकार और कर्तव्य पूर्वनिर्धारित थे। मंचासीन लोग सिर्फ बोलेंगे, किसी की सुनेंगे नहीं। मंच के सामने नीचे बैठे लोग सिर्फ सुनेंगे, बोल नहीं सकेंगे। सम्पूर्ण परिदृश्य दक्ष, जाग्रत, उत्तिष्ठितमय था। बस, जो दक्ष थे वे जाग्रत नहीं थे। जो जाग्रत थे वे उत्तिष्ठित नहीं थे। जो उत्तिष्ठित थे वे न दक्ष थे, न जाग्रत।

सूत्रधार ने माइक सँभाला और सबको बताया कि हम सब यहाँ क्यों एकत्र हुए हैं। जिसे सब लोग पहले ही से जानते थे। सर्वप्रथम वंदेमातरम् गायन हेतु आह्वान किया गया। उपस्थित जन बगलें झाँकने लगे। अपनी भी और जहाँ तक नजरें गईं, औरों की भी। दरअसल पूरी पार्टी मुसलमानों से वंदेमातरम् गवाने में ही इतनी उलझी रही कि खुद भूल गई। साउंड सिस्टम वाले करीम भाई ने तुरन्त वंदेमातरम् गीत की कैसेट बजाकर राष्ट्रभक्तों को राहत दी। करीम भाई वंदेमातरम् से लेकर सुन्दरकांड और हनुमान चालीसा तक की कैसेट्स रखता है। पेट की खातिर रखनी पड़ती हैं। धंधे का तकाजा है कि रतलाम से

कवि सम्मेलन का बुलावा आ जाए तो कट्टर राष्ट्रवादी कवि भी सुजलाम सुफलाम मलयज रतलाम उच्चारने लगता है।

भाषण प्रारम्भ हुए। प्रथम वक्ता ने अपनी बात रखी, "भाजपा चुनाव क्या हारी, कोढ़ में खाज वाली स्थिति हो गई। एक तो हम सत्तासुख से वंचित हो गए, ऊपर से चिन्तन और करना पड़ रहा है। सोचिए, कैसा वज्रपात हुआ है हम पर। जिन्होंने कभी देह से परे नहीं सोचा, उन्हें आत्मा के भीतर झाँकना पड़ रहा है।"

तभी थोड़े समय के लिए वहाँ अफरातफरी सी मच गई। हुआ यों कि एक जन खड़ा हुआ। वह पार्टी मेंबर होने के बावजूद समझदार लग रहा था। उसने भावावेश में आकर बोलना शुरू किया कि जब पार्टी के एक भी सदस्य ने जसवंत सिंह की पुस्तक 'जिन्ना-इंडिया पार्टीशन इंडिपेंडेंस' पढ़ी नहीं है तो उन्हें निष्कासित करना अन्यायपूर्ण है? मंच से आवाज आई कि उठाकर बाहर फेंको इस मलेच्छ को। जब हमने आज तक देश का संविधान ही पढ़ना जरूरी नहीं समझा तो ऐसी-तैसी ऐसी किताबों की।

उसके निष्कासन से चिन्तन बैठक में स्थायी शान्ति भी हुई और यह कड़ा सन्देश भी गया कि भाजपा में रहकर लिखाई-पढ़ाई की बात करना पार्टीद्रोह है।

दूसरा वक्ता खड़ा हुआ और बोलने लगा, "हाय! हम चुनाव जीत गए होते तो चिन्तन-विंतन वाले दुर्दिन नहीं देखने पड़ते? इतिहास साक्षी है कि केन्द्र हो या राज्य, जहाँ कहीं भी हमारी पार्टी की सरकारें रहीं, हमने चिन्तन के अतिरिक्त सब कुछ किया। चिन्तन मात्र पराजित का धर्म है। सुमिरन दुख का प्रमाण होता है।"

तीसरा नेता माइक पर आया और भड़ास निकालने लगा, "पार्टी नेतृत्व ने टिकट वितरण में घालमेल की। संगठन हो या सरकार, युवाओं की अनदेखी की गई। फिल्मी लोगों को चुनाव लड़ाने का क्या तुक था? पार्टी ने विचारधारा को तिलांजलि दे दी। रामजन्मभूमि के मुद्दे पर चुनाव जीते और कुर्सी मिलते ही सोनिया गांधी की जन्मभूमि का मुद्दा उठाने लगे। स्मरण कीजिए एनडीए सरकार का समय। राष्ट्रीय राजमार्ग प्राधिकरण की सड़कें बनीं। जगह-जगह सड़कों के आर-पार लोहद्वार बनवाए गए। लोहद्वारों पर बड़े-बड़े आकर्षक होर्डिंग्स टाँगे गए। जिन पर प्रधानमंत्री अटल बिहारी वाजपेयी के भव्य और

विशाल चित्र थे। अटल जी अपने उन चित्रों में पैर चौड़े किये, तर्जनी निकालकर दाहिना हाथ उठाए, क्षितिज की ओर दृष्टि किये खड़े थे। अटल जी के खुद को धरातल से ऊपर समझने का यह फल निकला कि वह तो ऊपर टँगे रहे और देश नीचे से निकल गया।

चिन्तन बैठक से निजात पाते ही पार्टी को उस ऑपरेशन की भी गहराई से पड़ताल करनी चाहिए कि वह डॉ. चितरंजन राणावत कहीं पार्टी के घुटने निकालकर तो अटल जी के नहीं लगा गया?"

इस नेता का भाषण तमाम चिन्तक सुन-सुनकर हँसते रहे और हँस-हँसकर चिन्तन करते रहे।

अन्त में अध्यक्षीय उद्‌बोधन हुआ। अध्यक्ष ने सभी सवालों के जवाब सिलसिलेवार दिये। शंकाओं के समाधान किये। भविष्य की योजनाएँ समझाईं, "मैं दावे के साथ कहता हूँ कि टिकट बँटवारे में कोई घालमेल नहीं हुआ। हमने टिकट थमाते वक्त अपराधियों तक का खयाल रखा। फिल्म वालों को चुनाव लड़वाना हमारी विवशता थी। आखिर देश चलाने की एक्टिंग अकेले हम ही कब तक करते रहें? पार्टी पर विचारधारा से भटकने और जड़ों से कटने के आरोप मिथ्या हैं। हम तो व्यायाम करने भी बिना लाठी लिये नहीं जाते।

वक्त-बेवक्त संगठन और सरकार में युवाओं को स्थान देने की माँग उठती रहती है। लोकतंत्र में सबको नेतागिरी का हक है, किन्तु उन नेताओं को अभी से बूढ़ा कैसे मान लें, जिनके लिए राजनीति ही वेंटिलेटर है। युवाओं को समझना चाहिए कि राजनीति में बत्तीसी झड़ने का मतलब होता है, दूध के दाँतों का दुबारा गिरना।

हमारे विरोधी 'भूखे भजन न होत गोपाला' कहकर यह आक्षेप लगाते हैं कि भाजपा के एजेंडे में राम है, रोटी नहीं। इस सत्य को हम गर्व से स्वीकारते हैं। 'गोपाल' शब्द से स्वत: स्पष्ट है कि यह द्वापर का विषय है, जबकि भाजपा अभी त्रेता वाले प्रोजेक्ट पर काम कर रही है।

(समवेत नारा लगा 'कैसी रोटी कैसा काम। जय श्रीराम जय श्रीराम')

जहाँ तक जनसम्पर्क का प्रश्न है, तो हम जनता से कभी कटकर नहीं रहे। हम तो नींद में भी रथों पर सवार होकर भटकने वाले जनसेवक हैं। हम मौका मिलते ही रथ स्टार्ट करके निकल लेते हैं। इन्हीं लोकसभा चुनावों की

घटना सुनो। अस्वस्थ अटल जी ने आडवाणी जी के घर फोन कराया। यह कहने के लिए कि सुना है देश में चुनाव चल रहे हैं। मेरा भी ध्यान रखना। मैं भले ही बिस्तर से लगा हूँ, लेकिन पोस्टरों में तो खड़ा रह ही सकता हूँ। फोन आडवाणी जी के सेवक ने उठाया और बताया कि साहब तो रथारूढ़ होकर कनॉट प्लेस में दाढ़ी बनवाने गए हैं।

अब तो आप सब समझ ही गए होंगे कि पार्टी की पराजय के लिए हम सब में से कोई जिम्मेदार नहीं है। भाजपा की दुर्दशा के लिए यदि कोई दोषी है तो वे हैं मतदाता और चुनाव प्रणाली। रामकृपा से ज्योंही हमारी पार्टी सत्ता पर काबिज होगी, त्योंही हम न सिर्फ मतदाताओं के खिलाफ कड़ी कार्रवाई करेंगे, बल्कि चुनाव प्रणाली में भी आमूलचूल सुधार करेंगे। आमूलचूल सुधार तो आप समझते ही हैं। इसी के साथ चिन्तन बैठक का समापन किया जाता है। जय श्रीराम।"

खेल गाँव में साँप

दिल्ली राष्ट्रमंडल खेल अपने आयोजकों को सम्पन्न बना, सम्पन्न हुए।

संसार के इस दूसरे बड़े खेल आयोजन में व्याप्त भ्रष्टाचार तथा अव्यवस्थाओं को लेकर मीडिया और आयोजकों में यथाशक्ति कहा-सुनी रही। जहाँ मीडिया ने दावा किया कि यदि वह समय रहते भ्रष्टाचार के मामले नहीं उठाता तो तय था कि तमाम पदक भी आयोजक ही आपस में बाँट लेते। वहीं आयोजकों को मीडिया से शिकायत रही कि उसने कारवाँ गुजरने से पहले ही गुबार दिखा दिया।

हालाँकि खिलाड़ियों के अपना-पराया सामान पैक करते ही केन्द्र सरकार ने जाँच कमेटी बिठा दी और उसे तीन महीनों में उन मजबूरियों का पता लगाने को कह दिया कि आखिर खाने वालों ने खाते समय शोर मचाने वालों की अनसुनी क्यों की? इससे दुनिया में भारत की छवि खराब हुई है, जबकि सच्ची भारतीयता कहती है—मिल-बाँटकर खाओ और डाइरेक्ट बैकुंठ में जाओ।

जाँच कमेटी जाँच करेगी। तत्पश्चात और-और जाँच कमेटियाँ और-और जाँचें करेंगी। जाँच दर जाँच के नतीजे ऐसे निकलेंगे कि उत्साहित होकर राष्ट्रमंडल खेल कराने वाले ही ओलम्पिक की सम्भावनाएँ तलाशने में जुट जाएँगे।

भारतीय नागरिक होने के बावजूद राष्ट्रमंडल खेल तथा मीडिया की भूमिका को लेकर मेरी भी अपनी राय है।

भ्रष्टाचार-भ्रष्टाचार अलापने से भ्रष्टाचार की महत्ता नहीं घट जाती। क्या हम पहले बेईमान नहीं रहे या भविष्य में सदा के लिए ईमानदार हो जाएँगे? मीडिया द्वारा कॉमनवेल्थ के समय कॉमनमैन के जिक्र का क्या मतलब था? दिल्ली की सड़कों के गड्ढे दिखा-दिखाकर मीडिया ने क्या हासिल कर लिया?

उसे आयोजकों की प्राथमिकताएँ समझनी चाहिए थीं। जेबों के गड्ढे भरे बिना सड़कों के गड्ढे कैसे भरे जा सकते थे? बेहतर होता कि मीडियाकर्मी सकारात्मक पत्रकारिता करते हुए चाँद के गड्ढों को बुढ़िया का चरखा कातना बताते।

जिन गरीबों ने दो पैसे बनाए हैं, परिस्थितिवश बनाए हैं। ठेकेदारों को नेताओं, अफसरों, इंजीनियरों, आर्किटेक्टों, बाबुओं, चपरासियों की मदद करके पुण्य कमाना था। किसी गरीब नेता को अपना चुनाव खर्च निकालने की लाचारी थी। किसी भूमिहीन अफसर को फार्म हाउस खरीदना था। किसी इंजीनियर को अपने कुलदीपक को इंजीनियरिंग करानी थी। किसी आर्किटेक्ट को अपनी पुरानी कोठी के इंटीरियर को नया लुक देना था। किसी बाबू को फोर व्हीलर का सपना साकार करना था। किसी चपरासी को अपनी कन्या हेतु सरकारी नौकरीयाफ्ता वर की आकांक्षा थी। बेचारों ने उपरोक्त तुच्छ जरूरतें खेल-कूद से पूरी कर लीं तो क्या गुनाह कर दिया? पूज्य बापू कह गए हैं कि साध्य पवित्र हो तो साधन भी पवित्र होने चाहिए। ऐसे में राष्ट्रमंडल खेलों के आयोजक बैंक तो लूट नहीं सकते थे।

कितना हास्यास्पद था बार-बार यह कहना कि छह करोड़ रुपये लेकर भी ए.आर. रहमान ने बेहूदा थीम सॉन्ग तैयार किया। आलोचक क्यों नहीं समझते कि महँगाई कितनी बढ़ चुकी है। ऐसे में इतनी मामूली रकम से तो ऐसा ही थीम सॉन्ग बन सकता था। यह भी तो हो सकता है कि ए.आर. रहमान ने बेहूदा थीम सॉन्ग जानबूझकर बनाया हो, ताकि खिलाड़ियों का ध्यान सिर्फ खेलों में रहे।

एक फुटओवरब्रिज क्या गिर गया, बड़ी हायतौबा मचाई मीडिया ने। जबकि पुल ने गिरकर न्यूटन के नियम की ही पुष्टि की थी। गिरे हुए पुल के माध्यम से मीडिया विश्व की महाशक्तियों को हमारी यह गौरवशाली ताकत भी तो दिखा सकता था कि पुल की न तकनीक घटिया थी, न निर्माण सामग्री। दरअसल अन्यत्र धरती का जितना गुरुत्वाकर्षण बल है, भारतीय धरा का उससे अधिक है। जो कि हमारे नेताओं और अधिकारियों ने बड़ी लगन और मेहनत से डेवलप किया है। उचित हो मीडिया बजाय हमारे गिरे हुए पुल का रोना रोने के हमारे उन स्टेडियमों और भवनों को दिखाए जो खेल खत्म हुए कई दिन बीत चुकने पर भी अभी तक नहीं गिरे।

अब यह भी कोई खबर थी कि खेल गाँव में साँप पाए गए। जब अपना फन नीचे लगाकर पूरी पृथ्वी को ही शेषनाग ने उठा रखा है तो उसके दो-चार वंशजों के ऊपर आ जाने से कौन-सी आफत आ गई?

यह दुष्प्रचार ही था कि आम भारतीय रोटी, कपड़ा, मकान, शिक्षा, चिकित्सा के लिए तरस रहा है और भारत सरकार खेलकूद पर अनगिन रुपये उड़ा रही है। तो सरकार दुनिया को यही तो दिखाना चाहती थी कि देखो, भारत में घोर गरीबी तथा बुनियादी जरूरतों का अभाव है फिर भी हमने सब राष्ट्रमंडलियों को इंडिया बुला लिया। जमाने के हिसाब से चलना होता है। ग्लोबल युग में स्वयं को शक्ति-सम्पन्न दिखाने का एक ही फॉर्मूला है कि नंगई को मत ढँको, सिर पर चाँदी का छत्र तानो। कॉमनवेल्थ गेम्स ने साबित कर दिया है कि भारत है भले ही सुदामा, लेकिन खेलते-खाते बढ़ द्वारका की ओर रहा है।

हाँ, हमने एक घाटा अवश्य उठाया। मेजबान होकर भी हम पदक तालिका में दूसरे स्थान पर रहे। हम प्रथम स्थान पर ही रहते, परन्तु विदेशी खिलाड़ी दगा दे गए। कमबख्त अन्तिम समय तक तो खेलों के बहिष्कार की धमकी देते रहे और बाद में यूटर्न ले लिया।

मीडिया को देश की महत्त्वाकांक्षाओं की कद्र करनी चाहिए, क्योंकि खेल आयोजन अब खुद को ऊँचा उठाने के लिए नहीं, विरोधियों को नीचा दिखाने के लिए आयोजित किये जाते हैं। जैसा चीन ने अपने यहाँ ओलम्पिक आयोजित करके दुनिया को (विशेष कर भारत को) उसकी हैसियत बताई। सो हमारा मीडिया भी हमारे भ्रष्टाचार को हमारे राष्ट्रीय गौरव से जोड़े। कम-से-कम पाकिस्तान को तो साफ बता ही दे कि भारत अब महाशक्ति बन चुका है। और इतनी बड़ी महाशक्ति बन चुका है कि पाकिस्तान का जितना कुल सालाना बजट होता है, उतना तो हमारे खेल आयोजक सिर्फ दिल्ली कॉमनवेल्थ गेम्स में खा गए।

इडियट बॉक्स का इडियटपना

इलेक्ट्रॉनिक मीडिया ने सबसे बड़ा अपराध यह किया है कि जूते बनाने वाले तो भूखे मरते हैं और जूते खाने वाले सेलिब्रेटी बन जाते हैं।

टीवी ने क्रान्ति कर दी। राम-जानकी के स्वयंवर से चले थे, राखी सावंत के स्वयंवर तक उतर आए। टीवी पर अधिकतर ने देखा ही है राखी सावंत का स्वयंवर। सोलह लड़के और अकेली राखी सावंत। स्वयंवर स्क्रिप्ट लिखकर रचा गया, मानो क्रिकेट का आईपीएल खेला जा रहा हो। स्वयंवर का लीग। स्वयंवर का प्रीक्वार्टरफाइनल। स्वयंवर का सेमीफाइनल। स्वयंवर का फाइनल। वह तो अच्छा हुआ कि फाइनल विजेता उस एनआरआई लड़के का राखी सावंत से सिर्फ सगाई करके पिंड छूट गया।

इसके थोड़े समय बाद राहुल महाजन का स्वयंवर टेलीकास्ट हुआ। राहुल महाजन ने एक लड़की का चयन किया और शादी भी की। सम्भव है, शादी इस आशंका के मद्देनजर करनी पड़ी हो कि घर बँधने का आखिरी मौका है।

टेलीविजन वाले राखी सावंत और राहुल महाजन के फेरे आपस में करा देते तो दो के बजाय एक ही घर डूबता, लेकिन टेलीविजन वाले देश-समाज का कम नुकसान कब चाहते हैं?

टीवी चैनलों पर आधे समय नेता, अभिनेता, क्रिकेटर और प्रवचनकार छाए रहते हैं और आधे समय साँप-बिच्छू, भूत-प्रेत। दर्शकगण साँप-बिच्छू, भूत-प्रेत वाले प्रोग्राम अधिक रुचि से देखते हैं। यह सोचकर कि ये नेताओं, अभिनेताओं, क्रिकेटरों और प्रवचनकारों से तो कम नुकसानप्रद हैं।

चैनल वालों को जब तक जूली और मटुकनाथ (लव गुरु) नहीं मिले थे, तब तक सब उस राधावेशधारी (पुलिस आई. जी.) पांडा को बेचते रहे।

वह राधा बना पांडा अनेक ने देखा ही है। बाप रे, क्या राधा था? यदि राधा सच में उस पांडा जैसी ही थी तो मेरी सारी सहानुभूति भगवान श्रीकृष्ण के साथ है।

हद है। एक चैनल ने स्वर्ग की सीढ़ियाँ लगा दीं। दूसरा चैनल दावा कर रहा है कि उसने असली लंका ढूँढ़ ली है। जबकि यहाँ अयोध्या देश के गले में फँसी पड़ी है।

ताजा समाचारों की चाह में टेलीविजन ऑन किया। अप्रत्याशित खबर मिली कि टीम इंडिया के कप्तान महेन्द्र सिंह धोनी की कल सगाई हुई है और आज वह ब्याह कर बैठा। समाचार वाचक मुस्करा रहा था, किन्तु मेरा गला भर आया। दूसरे ही महीने दूसरा वज्रपात हुआ। राष्ट्र सानिया मिर्जा के निकाह से उबर भी नहीं पाया था कि धोनी ने आत्मघाती कदम उठा लिया।

टेनिस की बात अलग है। गेंद कब तक हवा में रहती, पर भरोसा था कि धोनी दिलेर है, नॉटआउट रह लेगा। दोस्त, बाहर जाती गेंद को छेड़ा है तो अब भुगतो जिन्दगीभर। हाय! जिन करकमलों में ग्लव्स सुशोभित थे, अब उनमें राशन-सब्जियों के थैले होंगे। स्टेडियम में बैठी लड़कियों की दिशाओं में जानबूझकर चौका लगाने वाला चौका-बर्तन करेगा।

सानिया मिर्जा के अनगिन पुरुष प्रशंसक थे तो महेन्द्र सिंह धोनी की असंख्य लड़कियाँ प्रशंसक थीं। मुझ जैसा शादीशुदा सोचता रहता था कि भगवान करे सानिया मिर्जा की शादी कभी न हो और महेन्द्र सिंह धोनी की तुरन्त हो।

सानिया मिर्जा का निकाह भारतीयों के लाख न चाहने के बावजूद पाकिस्तानी क्रिकेटर शोएब मलिक से हो गया। राष्ट्रवादी खूब गर्वित हुए कि वाह, दुश्मन को इस हथियार से भी परास्त किया जा सकता है।

बॉर्डर के दोनों ही ओर हर घड़ी इतनी फौजें तैनात रहती हैं कि सानिया मिर्जा तो अब इधर वालों के ख्वाबों में भी नहीं आ सकती। चैप्टर सदा के लिए क्लोज हुआ।

पर इस धोनी को क्या सूझी? परसों तक अच्छा-भला हँस-खेल रहा था। दो ही दिनों में ऐसी क्या मति फिरी कि कप्तान से पति हो गया? माता-पिता चिन्तित रहे होंगे कि कहीं ऐसा न हो जाए कि छोरा रनों के बजाय उम्र की हाफ सेंचुरी बना ले और जीवनभर के लिए राज सिंह डूंगरपुर रह जाए।

टीवी समाचारों से यह महत्त्वपूर्ण जानकारी भी मिली कि महेन्द्र सिंह धोनी का अपनी ब्याहता से दो साल से प्रेम-प्रसंग चल रहा था, अब जाकर विवाह किया है। इसमें अटपटा तो कुछ नहीं है, लेकिन प्रेम और विवाह में अन्तर होता है। प्रेम क्लीनबोल्ड है और विवाह हिटविकेट।

अखबारों ने धोनी के विवाह पश्चात के चित्र छापे। चित्र देखकर मैंने हमदर्दी प्रकट की। हे ईश्वर! इसे क्षमा करना। यह नहीं जानता कि इसने क्या कर लिया है। सभी चित्रों में धोनी के चेहरे पर धनुष तोड़ डालने का दर्प था, लेकिन भाई रामकथा से जान कि धनुषभंग के साथ वनवास भी नत्थी रहता है।

महेन्द्र सिंह धोनी का विवाह देहरादून के एक रिसॉर्ट में चल रहा था। न्यूज रूम से एंकर ने दर्शकों से कहा, "चलिए अब आपको सीधे घटनास्थल पर लिये चलते हैं।" एंकर ने 'घटनास्थल' क्या कहा, लगा वहाँ शादी समारोह न होकर कोई ट्रेन पटरी से उतर गई है। अघाकर मैंने चैनल बदला। लो, वहाँ भी वही 'आज मेरे यार की शादी है'। सारे न्यूज चैनल अदल-बदलकर देखे। सभी पर महेन्द्र सिंह धोनी की शादी का स्टिंग ऑपरेशन। सात फेरे जैसे सात गेंदें फेंकी जा रही हों। एक-एक फेरे के कई-कई रीप्ले। दूल्हा-दुल्हन भी धीमी गति से फेरे ले रहे थे, ताकि चैनल वाले कमर्शियल ब्रेक ले सकें। दोनों हाथ मिलाने से धुलते हैं।

किसी सेलिब्रेटी का ब्याह हो तो टीवी चैनल वाले हर दर्शक को बाराती बना लेते हैं। अभिषेक बच्चन और ऐश्वर्या राय का विवाह याद होगा ही। हर चैनल वाला खुशी से ऐसे पगला गया था, गोया निजी पत्नी से तलाक मिल गया हो।

इस देश में लाखों लड़कियाँ दहेज के अभाव में अविवाहित रह जाती हैं अथवा विवाह के बाद प्रताड़ित की जाती हैं। वहाँ इन न्यूज चैनलों के कैमरों की भूल से भी नजर नहीं पड़ती।

ये न्यूज चैनल वाले तो गरीबी के दृश्य भी तब तक नहीं दिखाते, जब तक कोई गरीबी का स्पॉन्सर्ड नहीं मिल जाता।

आत्मा गई तेल लेने

श्रीकृष्ण ने अर्जुन को चिन्तित अवस्था में देखकर पूछा, "कौरवों को निपटे युग बीत गया। अब किस उलझन में फँसे हो गांडीवधारी?"

बेचैन अर्जुन बोला, "हे केशव! आत्मा और धर्म की फिर से व्याख्या करने का समय आ गया है। मैं भारी ऊहापोह में हूँ।"

श्रीकृष्ण हँसे और कहा, "यह अध्याय तो द्वापर में ही समाप्त हो गया था कौंतेय। फिर भी तुम्हारे मन में कोई छोटी-मोटी शंका है तो गीताप्रेस, गोरखपुर से प्रकाशित असली गीता की एक प्रति वीपीपी से मँगवाकर पढ़ लो। आत्मा और धर्म के विषय में अपडेट रहने हेतु मैं भी उसी का सहारा लेता हूँ। धनुष-बाण खूँटी पर टाँगो और कागज-पेन निकालो। मैं तुम्हें गीताप्रेस, गोरखपुर का पिनकोड सहित एड्रेस नोट करा देता हूँ।"

अर्जुन ने श्रीकृष्ण को बोध कराया, "हे योगीश! गीताप्रेस, गोरखपुर से छपी हुई गीताएँ तो आर्यावर्त में झूठी शपथ खाने के काम आ रही हैं। मैं चाहता हूँ कि आप तुरन्त पुन: अवतार लें तथा गीता भाग-2 लिखें।"

श्रीकृष्ण ने विवशता प्रकट की, "तुम सोचो जरा इन्द्रसुत, स्वर्गिक सुख-सुविधाएँ छोड़कर मैं पुन: अवतार कैसे ले लूँ? जहाँ तक नई गीता के लेखन का सवाल है, तो व्यक्ति एक पुस्तक लिखते ही वरिष्ठ लेखक हो जाता है और वरिष्ठ लेखक का काम होता है, लिखना-पढ़ना त्यागकर साहित्यिक दाँव-पेच एवं पुरस्कारों की आस में टाइम पास करना। लगता है तुम्हारे मस्तिष्क से अभी महाभारत नहीं निकला है मित्र?"

अर्जुन ने समस्या बताई, "हे माधव! मेरे दिमाग में महाभारत नहीं, भारत घूम रहा है। वहाँ राष्ट्रपति का चुनाव है। सांसदों-विधायकों से कह दिया गया

है कि सब अपनी आत्मा की आवाज सुनकर ही मतदान करें। अब आप ही बताइए हे शंखधर! जिनकी आत्मा मर चुकी हो, वे बेचारे वोटिंग के समय किसकी आवाज सुनें?"

श्रीकृष्ण ने अर्जुन को समझाया, "हे जयंत! मैं नई गीता लिख दूँगा तो भी पाठक उसी गीताप्रेस, गोरखपुर वाली पुरानी गीता को ही मौलिक मानेंगे। रागी हो कि वैरागी, संन्यासी हो कि गृहस्थ, सब स्वार्थ में सदुपयोग भी उसी का कर रहे हैं। फिर पारिश्रमिक रहित श्रम करना भी मूर्खता है। प्रकाशकों ने तो मेरी लिखी गीता की असंख्य प्रतियाँ छाप-छापकर, बेच-बेचकर ऐश्वर्य-विलास के तमाम संसाधन जुटा लिये और मुझे रॉयल्टी में से इकन्नी नहीं चढ़ाते। अत: हे पार्थ! संशय में मत पड़ो। स्मरण रखो, तुम अर्जुन हो अर्जुन सिंह नहीं हो।"

अर्जुन ने आशंका दोहराई तथा चेताया, "हे मुरारी! मुझे लगता है कि जैसे भारत में नित्य ही कौरव और पांडव आमने-सामने रहने लगे हैं। आपके कथन के विपरीत आत्माएँ मरने लगी हैं। भारत को अतिशीघ्र बचाना है। भगवन, भूलो मत कि आप द्वारा रचित इस असीम सृष्टि में केवल भारतीय ही हैं जो अपन दोनों को थोड़ा-बहुत मानते हैं। भारत नहीं बचा तो अपन भी नहीं बचेंगे।"

श्रीकृष्ण ने उपदेशात्मक लहजे में कहा, "हे अर्जुन! आत्मा कभी मरती नहीं है। हाँ, बेची जा सकती है, गिरवी रखी जा सकती है, दबाई, पीटी और कुचली जा सकती है। चाहो तो मैं तुम्हें भारतभूमि पर ले जाकर प्रत्यक्ष दिखा सकता हूँ।"

इतनी कहासुनी के पश्चात अर्जुन और श्रीकृष्ण ने साधुरूप धरा और दोनों भारत की पुण्यधरा पर आकर राजनीतिक गलियारों में फेरी लगाने लगे।

एक आत्मा के उसी का शरणदाता लातें जमा रहा था, "अपनी औकात में रहा कर। बड़ी आई मुझे नैतिकता और वफादारी सिखाने वाली। याद रख तू किसी सैनिक की नहीं, शिवसैनिक की आत्मा है और एक शिवसैनिक के लिए सदैव राष्ट्र से बड़ा महाराष्ट्र होता है, समझी।"

दोनों साधुओं ने सुना। अनेक आत्माएँ आर्तनाद कर रही थीं, "हाय! हमारे मालिक कितने निर्लज्ज हैं। कह रहे हैं कि राष्ट्रपति चुनाव में हिस्सा ही नहीं लेंगे। अपने लिए वोट माँगने का समय आता है तो भिखारी बन जाते हैं दुष्ट। जिस वोट के बल पर नालायक से नायक बने, आज उसी का तिरस्कार कर रहे हैं।"

अर्जुन ने आहिस्ता से पूछा, "हे सोमेश्वर! ये आत्माएँ क्या प्रलाप कर रही हैं?"

श्रीकृष्ण ने धीमे से उत्तर दिया, "हे धनंजय! ये सब थर्ड फ्रंट के मतलबी नेताओं की आत्माएँ हैं, जो स्वार्थों के वशीभूत हो, शिखंडी बन गए हैं।"

कांग्रेसी वार्ता कर रहे थे, "हमने तो हाईकमान की आवाज में कैसेट भरवाकर अपनी-अपनी आत्मा में फिट करवा ली है। जब भी दस जनपथ से सत्य सुनने का आदेश मिलता है, फौरन टेप चालू करके सत्य सुन लेते हैं। कोई कांग्रेसी कहे कि वह सिर्फ निजी आत्मा की ही सुनता है तो समझो वह कुछ और है, कांग्रेसी नहीं है।"

एक निरीह आत्मा ने प्रार्थना की, "मेरी आवाज सुनोगे स्वामी?"

प्रतिक्रिया में उस आत्मा के आश्रयदाता ने उसे लाठी से पीटना शुरू कर डाला, "तू क्या इतनी सुदर्शन और सुरीली है जो तेरी आवाज सुनी जाए? तू सुन। हम भाजपाई हैं। हमने आज तक कभी अपने उस भाग्यविधाता की ही नहीं सुनी जो हमें वोट देता आया है।"

अनेक भाजपाई क्रॉस वोटिंग कर आए। दोनों साधुओं ने देखा, आलाकमान उन्हें तलब कर रहा है, "भैरों सिंह शेखावत को वोट देना था, प्रतिभा पाटिल को दे आए?"

"आत्मा की आवाज सुनी और दे आए।"

"डूब मरो। भाजपाई होकर आत्मा की आवाज सुनते हो? शर्म नहीं आती तुम्हें?"

"आप ही ने तो कहा था कि मतदान आत्मा की आवाज सुनकर ही करना।"

"मैंने इसलिए कहा था कि चुनावों में ऐसा कहने का रिवाज है। ये जुमले होते हैं जो अपनों-परायों को भ्रमित करने के लिए बोले जाते हैं। अपनी आत्मा की आवाज सुनने से पहले जरा इतनी सी अक्ल तो लगाते कि क्या मैंने भी यह अपील अपनी आत्मा की आवाज सुनकर की थी? क्या तुमने नुकसान का आकलन किया है कि तुम्हारे आत्मा की आवाज सुन लेने से भारतीय जनता पार्टी को कितनी शर्मिंदगी उठानी पड़ी है?"

दोनों साधुओं को साम्यवादियों के आत्मा होने का बालभर प्रमाण नहीं

मिला। दया के पात्र साम्यवादी आत्मा का बन्धन नहीं स्वीकारते। आत्माविहीनों के सरोकार गठबन्धन की आत्माओं से जुड़े होते हैं।

साधुओं ने देखा कि समाजवादियों की आत्माएँ उनके जूतों के तलों में लगी थीं और वे उन्हें कुचलते हुए चले जा रहे थे।

मतदान केन्द्र के बाहर आत्माओं का बड़ा समूह जार-जार रोए जा रहा था, "खुद ठप्पा लगाने गए और हमें यहीं छोड़ गए। हमारी सुनो मत, साथ तो रखो। तिरासी लाख निन्यानवे हजार नौ सौ निन्यानवे योनियों में भटकने के बाद भी न जाने कौन से शाप का फल भुगतना शेष रह गया था, जो रहने के लिए इन नेताओं की देह मिली? हे परमात्मा! इन्हें शीघ्र उठा, ताकि हमें मुक्ति मिले। हमें पिछली समस्त योनियों में फिर से भटकना स्वीकार है प्रभु।"

कई नेता अपना वोट डालने सीधे तिहाड़ जेल से आए थे। किसी ने उनसे मजाक की, "मतदान करते समय अपनी आत्मा की आवाज सुनी?"

"यह आत्मा-वात्मा क्या होती है भाई," ठहाके लगे।

दृश्य देखकर अर्जुन की आँखें फटी रह गईं। उसके आश्चर्य का पारावार न रहा। यह सोचकर कि भारतवर्ष में न्यायाधीशों की नियुक्ति करने वाला राष्ट्रपति अपराधियों के वोटों से चुना जाता है?

अर्जुन बोला, "हे हरि! अविलम्ब लौट चलो। मैं आत्मा और धर्म के विषय में सम्पूर्ण ज्ञान प्राप्त कर चुका हूँ। राजनीति में अर्थ, काम और मोक्ष प्राप्ति का चांस मिल रहा हो तो हर आत्माधारी का धर्म बनता है कि वह साम-दाम-दंड-भेद से अपनी आत्मा को गूँगी कर दे अथवा स्वयं बहरा हो जाए।"

श्रीकृष्ण मन्द-मन्द मुस्कराए।

दोनों साधु कबीर वाणी गाते हुए अन्तर्धान हो लिये—

सातों सबद जु बाजते, घरि घरि होते राग।
ते मन्दिर खाली पड़े, बैसण लागे काग॥

(अर्थात भौतिक वैभव से युक्त जिन महलों में कभी सातों स्वर ध्वनित होते थे, प्रत्येक क्षण राग-रागिनियाँ बजती थीं, वे खाली पड़े हैं। आज उन पर कौए बैठते हैं)।

शुद्ध कवयित्री सम्मेलन

कस्बा तिमिरपुर। सरकार ने कस्बे में आगामी सत्र से महिला महाविद्यालय खोलने की घोषणा की। सरकार के महिला विकास मंत्री वहीं के निवासी और वहीं से विधायक थे। महिला उत्थान को समर्पित मंत्री जी सिनेमा में अभिनय का शौक अलग से रखते थे। महिला महाविद्यालय खुलवाने के पीछे उन्हीं का हाथ था। हालाँकि लोग भी चाहते थे कि तिमिरपुर में महिला महाविद्यालय खुले, ताकि उसकी देखरेख के बहाने उनका विधायक आता रहे। ठोस कारण हुए बिना कहाँ एक एमपी, एमएलए कहीं आता-जाता है?

कृतज्ञ प्रजा ने सदाचार कन्या पाठशाला के खेल मैदान पर भव्य मंच बनाकर मंत्री जी का नागरिक अभिनन्दन किया। वाचाल उद्घोषक ने महिला महाविद्यालय के लिए भवन की समस्या छेड़ दी। बात इतनी मजेदार थी कि जिन्होंने नहीं सुनी, उन्होंने भी करतलध्वनि की।

अपने नागरिक अभिनन्दन से मुक्ति पाते ही मंत्री जी ने तिमिरपुर के उन गणमान्यों की मीटिंग ली, जो हरदम मीटिंग के चक्करों में रहते थे। चर्चा की गई कि कोई ऐसा कल्चरल प्रोग्राम रखा जाए, जिससे महिला महाविद्यालय के भवन निर्माण हेतु धन-संग्रह किया जा सके। रामलीला, नाटक-नौटंकी अपना आकर्षण खो चुके। कवि सम्मेलन, मुशायरा भीड़ तो बहुत खींचते हैं, पर लोगों की अंटी ढीली नहीं करा पाते। आर्केस्ट्रा, कव्वाली वगैरह कराओ तो अधिकतर पास कार्यक्रम की परमिशन देने के बदले प्रशासन झपट लेता है। अन्तत: एकमत से तय किया गया कि लीक से हटकर एक सुन्दर सा शुद्ध कवयित्री सम्मेलन कराया जाए। सुनने के लाभ से अधिक देखने के मजे।

तुरत-फुरत मंत्री जी की पदेन अध्यक्षता में पाँच अन्य पारखियों को

शामिल कर 'कवयित्री सेलेक्शन कमेटी' बना दी गई। शुद्ध कवयित्री सम्मेलन उसी खेल मैदान पर होगा जहाँ मंत्री जी का नागरिक अभिनन्दन करना पड़ा। मंच-बैठक, स्वागत-सत्कार के अरेंजमेंट का जिम्मा सदाचार कन्या पाठशाला की हिन्दी अध्यापिका रजनी बहिन जी, लाइब्रेरियन आशा दीदी तथा पीटीआई नेकी राम को सौंपकर मंत्री जी अपनी लालबत्ती लगी सरकारी कार से राजधानी लौट गए। कार में सवार होते-होते वह यह बताना नहीं भूले कि शुद्ध कवयित्री सम्मेलन दानदाताओं के अलावा बाकी सबके लिए बिना टिकट-सिकट के एकदम ओपन रहे, ताकि मेरा प्रत्येक मतदाता अपने मतदान का निःशुल्क प्रतिफल पा सके।

कवयित्री सेलेक्शन कमेटी में पंच-प्रमुख नियुक्त हुए—फॉरेस्टर अरण्य प्रताप सिंह, आरसी (पाक्षिक) के संस्थापक सम्पादक एवं शुद्ध कवयित्री सम्मेलन के मीडिया पार्टनर धनी राम 'निर्धन', दानवीर लालमणि बाबू, सदाचार कन्या पाठशाला की प्रधानाध्यापिका श्रीमती चंचल लता तथा तिमिरपुर के दिवंगत साहित्यकार ग्यारसी लाल 'शान्तनु' के होनहार पुत्र पवन कुमार 'समीर'। 'समीर' को कविकर्म का रीतिकालीन स्वभाव पिता 'शान्तनु' जी से विरासत में मिला था। ग्यारसी लाल 'शान्तनु' आखिरी दम तक नायक-नायिका भेद, नखशिख वर्णन वाले सवैये लिखते रहे। पवन कुमार 'समीर' उन्हीं के गवैये थे।

गणेश जी महाराज के वार बुधवार को सदाचार कन्या पाठशाला के पुस्तकालय में पदेन अध्यक्ष की अनुपस्थिति में कवयित्री सेलेक्शन कमेटी की पहली बैठक जुड़ी।

फॉरेस्टर अरण्य प्रताप सिंह ने मीटिंग में आरी चलाई, "शुद्ध कवयित्री सम्मेलन ऐसा हो कि दसों दिशाओं में जंगल सा छा जाए। वैसे कुल कितनी कवयित्रियाँ पर्याप्त रहेंगी 'निर्धन' जी?"

"इस जटिल समस्या का हल 'समीर' जी ही बता सकते हैं। उन्हें इस प्रकार के प्रोग्रामों का लम्बा एक्सपीरियंस है। मैं तो ऑलरेडी वर्कलोड से दबा पड़ा हूँ। शुद्ध कवयित्री सम्मेलन के मीडिया पार्टनर वाला फंदा गले में पड़ने से आरसी को पाक्षिक से डेली अथवा दो-एक दिन छोड़ दो—एक दिन करना पड़ रहा है," इतना बोलकर 'निर्धन' जी कागज पर कुछ लिखने-विखने लगे।

सबकी सारी आँखें अपनी ओर लगी देखकर पवन कुमार 'समीर' ने समस्या सुलझाई, "कवयित्री सेलेक्शन क़मेटी में मंत्री जी सहित हम छह जन हैं। मेरे खयाल से पाँच कवयित्रियाँ और एक पुरुष संचालक यानी कुल छह आर्टिस्ट उचित रहेंगे। इससे कवयित्रियों के आवास आदि की भी कठिनाई नहीं आएगी। संचालक को चंचल लता जी के यहाँ ठहरा ही देंगे, क्यों लालमणि बाबू?"

लालमणि बाबू बोले, "कार्यक्रम की रिकॉर्डतोड़ सफलता के वास्ते एक-आध कवयित्री अधिक भी रखनी पड़े तो रखनी चाहिए। उसके आवास आदि के लिए भाई चुन्नी लाल से उसका होटल स्पॉन्सर करा दूँगा। ऐसी मदद के लिए वह हर समय तैयार रहता है।"

पवन कुमार 'समीर' ने अपने पिता के जीवनकाल में उनके साथ घटित हुआ एक हादसा उद्‌घाटित किया, "क्षमा करना। चुन्नी लाल ने एक बार एक कवि सम्मेलन में पधारी एकमात्र कवयित्री को अपने होटल में मुफ्त रुकाने का वचन दिया था। पता नहीं भूलवश या जानबूझकर वह अपने अनुज को साथ ले आई। चुन्नी लाल ने दोनों को रुकवाया तो सही, लेकिन आवास-भोजन आदि का मोटा बिल बनाकर भिजवा दिया था पिताजी के पास।"

कवयित्री सेलेक्शन कमेटी के पुरुष सदस्यों ने श्रीमती चंचल लता जी की राय को गैरजरूरी मांना। अत: वह ऊबकर सबके लिए चाय-पानी की व्यवस्था में लग गईं।

मीटिंग में निर्णय कर देशभर की अनेक देखी-अनदेखी कवयित्रियों को आमंत्रणपत्र प्रेषित किये गए। शर्तें रखी गईं कि हर कवयित्री अपनी डेट ऑफ बर्थ के प्रमाण हेतु अपने मैट्रिक के सर्टिफिकेट की (किसी महिला अधिकारी द्वारा ही) सत्यापित प्रति तथा ताजा पोस्टकार्ड साइज (फोटो और बड़े हों तो और अच्छा) के रंगीन फोटो भिजवाए। सौभाग्य से कवयित्री के नॉन मैट्रिक रह जाने पर भिन्न-भिन्न काल खंडों में भिन्न-भिन्न स्टूडियोज में खिंचवाई गई फोटुओं की संख्या कम-से-कम तीन अवश्य हो। सबके आवास-भोजन की व्यवस्था नितान्त घरेलु रहेगी। जिसका जिम्मा सिर्फ कवयित्री सेलेक्शन कमेटी के पदेन अध्यक्ष और मेम्बर ही उठा सकेंगे। पारिश्रमिक और मार्गव्यय मंच पर कवयित्री के समाँ बाँधने के अनुरूप देय होगा। संचालन देश-दुनिया में

शुद्ध कवयित्री सम्मेलनों के आदतन संचालक छैलबिहारी 'छैल' करेंगे। सभी कवयित्रियों को सख्त हिदायत है कि अपनी रचनाएँ भेजकर कवयित्री सेलेक्शन कमेटी का समय एवं ऊर्जा नष्ट न करें।

कवयित्रियों के लौटती डाक से इतने लिफाफे आए कि मैट्रिक सर्टिफिकेटों की तो एक फाइल भी नहीं बन पाई और फोटुओं के अनेक एलबम बन गए। एलबम देख-देखकर कवयित्री सेलेक्शन कमेटी 'किसे चुनें, किसे टालें' के भारी संकट में फँस गई। बड़ी मुश्किल से पदेन अध्यक्ष मंत्री जी से फोन पर सलाह कर पाँच नाम छाँटे गए। ज्योत्स्ना 'ज्योत' (ज्योतिनगर), श्यामा 'श्यामसखि' (श्यामपुर), रूप मोहिनी (रूपगढ़), तरन्नुम (शाहगंज), निशिगंधा 'निशी' (निशिविहार)। संचालक छैलबिहारी 'छैल' रहने ही थे। निर्णय हुआ कि एक कोई लोकल प्रतिभा भी रहेगी, ताकि कल को कवयित्री सेलेक्शन कमेटी पर यह ब्लेम न लगे कि मर्करियों की चकाचौंध में ट्यूबलाइटें अँधेरे में रख छोड़ीं। स्वदेशी के समर्थक इसे मुद्दा बनाकर मंत्री जी के खिलाफ पॉलिटिक्स खेल सकते हैं।

अपना घर-परिवार तिमिरपुर में होने के बावजूद कवयित्री सेलेक्शन कमेटी के पदेन अध्यक्ष और शुद्ध कवयित्री सम्मेलन के मुख्य अतिथि लाड़ले महिला विकास मंत्री घर पर नहीं ठहरे। उन्होंने दो दिन पूर्व ही तिमिरपुर स्थित डाक बँगले में डेरा जमा लिया। हालाँकि उन्हें तब बहुत निराशा हुई जब पता चला कि कवयित्रियाँ प्रोग्राम के दिन ही आएँगी।

तिमिरपुर और आसपास के क्षेत्र में गहरी गहमागहमी थी। गीत-गजल-मुक्तक यों तो सुनने के लिए होते हैं और कहीं भी बैठकर सुने जा सकते हैं, लेकिन लोग क्या अजब-गजब रसिक थे, सब में माइक के निकटतम बैठने की मारामारी थी। तिमिरपुर का वातावरण शुद्ध कवयित्री सम्मेलनमय हो चुका था।

पनवाड़ी की दुकान पर पान खाने की ओट में शुद्ध कवयित्री सम्मेलन को लेकर रसिकों की प्रतिक्रियाएँ जानने खड़े धनीराम 'निर्धन' से पान एवं रसपान रसिक गोपी किशन ने पूछा, "फिर कौन-कौन फाइनल रहीं?"

'निर्धन' जी ने पान का पीक थूकते हुए आरसी (पाक्षिक) का चार-पाँच दिन पहले छपा ताजा अंक उसकी ओर बढ़ाते हुए कहा, "लो, पढ़ लेना। पूरी डिटेल है इसमें।"

तिमिरपुर में जिधर देखो पोस्टर ही पोस्टर। होर्डिंग ही होर्डिंग। बड़े-बड़े, रंग-बिरंगे। जिन पर आमंत्रित कवयित्रियों की तसवीरें और संचालक का नाम। हर उम्र का व्यक्ति पोस्टर, होर्डिंग निहारता भटकता हुआ।

अन्ततः वह घड़ी आ गई जिसका बेसब्री से इन्तजार था। शुद्ध कवयित्री सम्मेलन का स्वागतचरण शुरू हुआ। सम्मान की कड़ी में इक्कीस सौ रुपये तक का दान करने वालों से कवयित्रियों को गुलदस्ते भेंट कराए गए। इससे अधिक राशि देने वालों ने कवयित्रियों को अपने पैसों से खरीदकर साथ लाई मालाएँ जिदपूर्वक पहनाईं। मंत्री जी ने अपनी गर्दन में माला डलवाने से यह कहते हुए मना कर दिया कि विधायक कोष पर जितना कम भार पड़े, उतना अच्छा।

कवयित्री सेलेक्शन कमेटी वाले स्टेज पर ऐसा स्थान चुनकर बैठे कि सभी कवयित्रियों के संग फ्रेम में आते रहें। संचालक छैलबिहारी 'छैल' कवयित्रियों की संगत से इस क़दर अभिभूत महसूस कर रहे थे कि उन्हें अलग से माल्यार्पण की जरूरत नहीं पड़ी।

स्वागतचरण का उद्घोषक किसी धनाढ्यों के क्लब का मेंबर था। क्लब प्रोग्रामों में फिल्मी नग्मे गाते रहने से उसकी झिझक बचकानेपन की हद तक खुली हुई थी। अपना ही अपना रंग जमाने के लक्ष्य से उसने अनेक चुटकियाँ लीं, "कृपया दीप प्रज्वलन आज के इस शुद्ध कवयित्री सम्मेलन के मुख्य अतिथि महिला विकास मंत्री जी करें।" मंत्री जी ने जैसे ही तीली से दीपक जलाया, उद्घोषक ने चुटकी ली, "तीली लगाने का काम भला नेताओं से बेहतर कौन कर सकता है?" सुनकर लोगों ने तो ठहाके लगाए ही, मंत्री जी भी यथार्थ पर मुस्कराए बिना नहीं रह सके। मुख्य संचालक छैलबिहारी "छैल" कुढ़ गए कि कमबख्त उद्घोषक ने मेरा एक सूतली बम मार लिया।

शुद्ध कवयित्री सम्मेलन के संचालन हेतु वही नाम पुकारा गया जो पहले से सुनिश्चित था—श्री छैलबिहारी 'छैल'।

संचालनभार अपने अधरों पर उठाकर छैलबिहारी 'छैल' ने शुद्ध कवयित्री सम्मेलन को बड़े माइक पर खड़े होकर हैंडल करना चालू किया। कुछेक गैरजरूरी लतीफे, अशुद्ध शेर और पराए मुक्तक अस्त-व्यस्त भीड़ पर उछाले। दर्शकश्रोताओं से आदेश दे-देकर तालियाँ पिटवाईं।

छैलबिहारी 'छैल' सर्वप्रथम श्यामपुर से आईं श्यामा 'श्यामसखि' को सरस्वती वंदना गाने के लिए बड़े माइक पर बुलाकर खुद छोटे माइक से जा चिपके। संचालक को चूँकि हर वक्त टोकते-बोलते, नोक-झोंक करते रहना होता है, अत: छैलबिहारी 'छैल' ने छोटे माइक से भी वे ही बातें फिर बोलीं जो वह बड़े माइक से बोल चुके थे। कहा, "मैं माँ सरस्वती की वंदना गाने के लिए माँ सरस्वती की वरदपुत्री श्यामा 'श्यामसखि' को आमंत्रित करता हूँ।"

श्यामा 'श्यामसखि' के उठकर माइक के सम्मुख खड़े होने तक दर्शकश्रोता भारी सकते में रहे, क्योंकि सबने अधीरतावश 'वरदपुत्री' को 'वृद्धपुत्री' सुन लिया था।

सरस्वती वंदना टाइमपास टाइप रही, मानो भारत के प्रधानमंत्री ने लाल किले से भाषण दिया हो। वह तो छैलबिहारी 'छैल' के संचालकीय कौशल ने शुद्ध कवयित्री सम्मेलन को बचा लिया, अन्यथा भिड़ते ही लेने के देने पड़ जाते।

रात गहराने लगी। संचालक ने पर्याप्त इधर-उधर की बातें कर दायित्व निभाते हुए निशिगंधा 'निशि' को काव्यपाठ के लिए पुकारा।

निशिगंधा 'निशि'। काली साड़ी पर गोल्डन बॉर्डर। किनारे-किनारे फूल-पत्तियाँ। करीने से किया गया मेकअप। गोया सीधी ब्यूटीपार्लर से आई हो। झूमकर गाया—'बड़ी दूर से आई हूँ, बैग भर तोहफे लाई हूँ'। बड़ी दूर वाली बात पर बड़े ठहाके लगे, क्योंकि निशिविहार तिमिरपुर से महज तीन किलोमीटर पर ही था। उसकी छह-सात और तुकबन्दियों के साथ ही संचालक ने हथियार डाल दिये। निशिगंधा 'निशि' ने गीत उकेरा—

माँझी आजा रे।
दो कौड़ी का भरतार,
सो कौन उतारे पार,
माँझी आजा रे।
लगा रे प्रेम का रोग,
यह नदी नाव संजोग,

माँझी आजा रे।
दरिया का तेज बहाव,
मैं दिशाहीन सी नाव,
माँझी आजा रे।
मौसम भी है अनुकूल,
ओ अंग्रेजी के फूल,
माँझी आजा रे।

गीत का प्रभाव रहा कि गले का, निशिगंधा 'निशि' की वंसमोर हुई, किन्तु दुर्भावनावश संचालक दो-चार दोहे गाकर दबा गया। उसने अनमनी होकर माइक छोड़ा तथा बैठी-बैठी पूरे समय अपने पेमेंट को लेकर आशंकाओं से घिरी रही।

छैलबिहारी 'छैल' ने क्रम बढ़ाते हुए स्थानीय उभरती प्रतिभा कनुप्रिया 'कनु' का नाम लिया। कनुप्रिया 'कनु' ने परिजनों से ग्यारह सौ नगद दिलाकर शुद्ध कवयित्री सम्मेलन में चांस लिया था। उसने तिमिरपुर के तमाम दर्शक-श्रोताओं को कंठस्थ अपनी चिरपरिचित रचना 'शंख और सीप' गाकर सुनाई। समापन पर कुछ मनचलों ने उसे बाहरी कवयित्रियों के सामने डाउन करने की रणनीति के तहत उसकी वंसमोर कर दी। 'शंख और सीप' आरसी (पाक्षिक) में गत माह ही दो बार प्रकाशित हो चुकी थी। वंसमोर से आहत कनुप्रिया 'कनु' रचना अभाव में बैठने लगी तो सबने देखा कि धनी राम 'निर्धन' ने 'शंख और सीप' की एक प्रति उससे पुन: माँग ली है, ताकि आरसी (पाक्षिक) के नेक्स्ट अंक में पुन: छाप सकें।

एक कवयित्री के बैठने और दूसरी के उठने तक के अन्तराल का उचित लाभ ले, संचालक कुछ न कुछ अतिरिक्त बोल-बोलकर छा जाने का प्रयास करता रहा। इस बड़ी उम्मीद से कि सम्भव है अन्य गाँवों, कस्बों से शुद्ध कवयित्री सम्मेलन देखने आई भीड़ में कोई आयोजक भी बैठा हो।

दर्शक-श्रोताओं को कवयित्रियों से नोक-झोंक के अलावा संचालक का सार्थक बोलना भी खटक रहा था, पर सब यह सोचकर सहन करते रहे कि मलेरिया से मुक्ति के लिए कुनैन ही उपाय है।

संचालक अपनी-परायी तमाम हाजिर जवाबियाँ बोल-बालकर खाली हो

चुका। हारकर उसने इस-उस की शेरो-शायरी से श्रृंगार के वियोग पक्ष का महत्त्व और तुरन्त अनिवार्यता समझाते हुए रूप मोहिनी (रूपगढ़) का आह्वान किया। रूप मोहिनी माइक पर खड़ी होकर राष्ट्रवंदना सी गाने लगी। पहला अन्तरा भी अधूरा था कि संचालक के पास कंकर पर लपेटकर फेंकी हुई पर्ची पहुँची। लिखा था—"छैलबिहारी 'छैल' जी, कंकर वाली दाल न परोसने दें। रूप मोहिनी को इशारा करें कि देशभक्ति का रोना-धोना छोड़कर कोई फड़कती सी चीज सुनाए। बड़ी उम्मीद से आया हूँ।"

संचालक ने फरमाइश करने वाले को किसी कवि की दो दशक पुरानी आशु कविता से हड़काया—

यातायात नियमों की
पूरी पालना की जाएगी
हॉर्न न बजाएँ
साइड जगह मिलने
पर ही दी जाएगी

कवयित्री ने बिना पर्ची पढ़े भी उस दर्शक-श्रोता का मन पढ़ लिया था। अत: क्षतिपूर्ति का छंदबद्ध वादा गाने लगी और माइक पर अड़ी रही, किन्तु इसी बीच संचालक ने शुद्ध कवयित्री सम्मेलन उखड़ता देख शाहगंज से आई तरन्नुम को परफॉर्म करने का निवेदन तरन्नुम के साथ कर दिया।

रूप मोहिनी को यथास्थान बैठना पड़ा। सभी दर्शकश्रोता कंकर पर पर्ची लपेटकर फेंकने वाले की साहित्यिक समझ के प्रति किलकारियाँ मार-मारकर कृतज्ञ हुए।

तरन्नुम माइक पर आई। अपना ही दुपट्टा अपने ही बाएँ हाथ की तर्जनी से लपेटते हुए गाने लगी। हारमोनियम का सा जादू बिखरने ही लगा था कि एक दर्शक-श्रोता खड़ा होकर बोलने लगा, "मोहतरमा, खुदा ने गला तो सुरीला दिया है, पर दोहा-चौपाई को तो गजल न कहो।"

यह कोई और नहीं, पवन कुमार 'समीर' का लँगोटिया था, जो किसी के एकतरफा इश्क में अनेक तरफा बर्बाद होकर रद्दीफ-काफिया और लघु-गुरु से परिचित हो गया था।

डिस्टर्बेंस से क्रुद्ध होकर फॉरेस्टर अरण्य प्रताप सिंह उठे और शाब्दिक कुल्हाड़ी मारी, "जंगलराज नहीं चलेगा। यहाँ कोई काव्य समारोह नहीं हो रहा है, शुद्ध कवयित्री सम्मेलन हो रहा है।"

दरअसल तरन्नुम अरण्य प्रताप सिंह के निवास 'सुन्दरवन पैलेस' पर ठहरी थी। उन्होंने उसकी पीठ थपथपाई और कहीं भी किसी से भी कभी भी न दबने-घबराने की कहकर बिठाया। खुद भी स्थान बदलकर संग बैठे और लगातार हौसला बढ़ाते रहे।

छैलबिहारी 'छैल' को नये सिरे से माहौल जमाना पड़ा। जब-जब भी ढीले पड़ते शुद्ध कवयित्री सम्मेलन को कसना होता, वह हल्के लतीफों और भारी टीका-टिप्पणियों से रस्सियाँ खींचते।

अपना नाम सुनकर ज्योत्स्ना 'ज्योत' खड़ी हुई। वह संचालक द्वारा उसे सतही ढंग से आमंत्रित करने से असहज महसूस कर रही थी। उसने दो पंक्तियों से संचालक को भविष्य के नुकसान के प्रति चेताया, "आ दोनों शोहरत कमाएँ एक ऐसा काम कर / मैं करूँ बदनाम तुझको तू मुझे बदनाम कर।" संचालक भी मन-प्राण से उसके साथ अन्ताक्षरी खेलने लगा। बात में से बात निकलती गई। कवयित्री ने ज्योंही गाया, 'तन्हा न चल सकूँगी तुझसे अपील है' त्योंही संचालक ने समस्यापूर्ति की, 'मैं क्लाइंट बना हूँ तेरा तू मेरी वकील है'। मंत्री जी संचालक की हाजिर जवाबी से इतने प्रफुल्लित हुए कि उसको माला पहनाने उठे और कवयित्री को पहना बैठे। मारे खुशी के कवयित्री को लगा कि वह खुद मंत्री हो गई है। मंत्री जी की एक पुष्प माला ने छैलबिहारी 'छैल' की हालत मतदाता जैसी कर दी।

हाजिर जवाबी वाले शेर में 'वकील' शब्द सुन एडवोकेट घनानन्द उछलकर स्टेज पर चढ़ गए। उन्होंने कवयित्री के सिर पर अपनी ही जेब से निकालकर दस-दस के दो नोट काफी देर तक वारे और संचालक के सम्मुख धर दिये। संचालक ने दोनों ही नोट भारी मन से उस पात्र में डाले जो महिला महाविद्यालय के भवन निर्माण हेतु फंड जुटाने के लिए रखा गया था। कवयित्री ने दर्शक-श्रोताओं को बड़े नेक काम के लिए बीस रुपये के बड़े त्याग का महत्त्व समझाते हुए एक छोटे गीत को लम्बा करके गाया—

पपिहा पिउ की बानी बोल,
ताकि पिउ को याद करूँ।
मुझको बस एक बार सुना दे सिर्फ पिउ का नाम,
तेरी सौगंध और पिउ से मुझे न कोई काम,
पपिहा पिउ की बानी बोल,
ताकि पिउ को याद करूँ।
पिउ नाम ही काफी है रे स्वयं पिउ बेकार,
बिना नाम के पिउ दुनिया में मिलें टके के चार,
पपिहा पिउ की बानी बोल,
ताकि पिउ को याद करूँ।
कैसे स्मरण करूँ पिउ का तू पिउ न बोले हाय,
पपिहा बोले से स्मरण हो वो पिउ भाड़ में जाय,
पपिहा पिउ की बानी बोल,
ताकि पिउ को याद करूँ।

मुशायरा लूटने के मुहावरे में कहा जाए तो ज्योत्स्ना 'ज्योत' ने शुद्ध कवयित्री सम्मेलन लूट लिया। भीड़ उसे इस तरह गौर से सुनने लगी कि वह बिन बोले माइक पर काफी देर खड़ी रही और भीड़ सुनती रही। वह अपना रोल खत्म कर मुख्य अतिथि के बगल में जा बैठी।

सदमे से उबरने के लिए संचालक को ज्ञानभरी बातें बोलनी पड़ीं, पर लोग नहीं हँसे। झख मारकर हल्के चुटकुले और बहुत हल्के शेर सुनाने पड़े, तब जाकर वातावरण में प्राण लौटे।

श्यामा 'श्यामसखि' सरस्वती वंदना के साथ ही लोकगीत गायकी भी करती थी। संचालक के नाम लेते ही वह झटके से उठी और झूमकर गाने लगी। उसने किसी और से लिखवाया गीत का मुखड़ा पेश किया—

अब की बरस सावन में सैयाँ ऐसी बरसी आग,
धुआँ उठा अंबर तक ऊँचा लगा चाँद पर दाग।

दर्शक-श्रोता व्यंग्यात्मक मुस्कराहट बिखरने लगे। असल में श्यामा

'श्यामसखि' का सैयाँ साथ आया था तथा मंच के एक तरफ गोद में लेटे बच्चे को थपकाते हुए अर्द्धांगिनी की चप्पलों की चौकीदारी कर रहा था।

दर्शक-श्रोताओं के रिएक्शन का मंतव्य कवयित्री पत्नी से पहले अकवि पति ने ताड़ लिया। उसने तत्काल बच्चे को थपकाना छोड़, पत्नी की तरफ लोकगीत सुनाने के लिए हाथ जोड़े। पति की सांकेतिक प्रार्थना मंजूर कर, उसने चिट्ठी-पत्री शैली वाला फिल्मी धुन पर आधारित लोकगीत गाया।

लोकगीत का कुल सारांश था—"हे विदेशिया! तू कब आ रहा है? हरजाई! चौमासा मेरे तन-बदन में आग लगाता है तथा इन्द्रधनुष को निरख लूँ तो वह स्याह पड़ जाता है। मेरा सात फेरों का पति तो निगोड़ा रात-रातभर मेरी चप्पलों की चौकीदारी करता बैठा रहता है। सो हे परदेसी मीत! ऐसे में बस तेरा ही आसरा है। छलिया! मारे विरह के मेरी साख इतनी खराब हो चुकी है कि मेरे आदेश से बैरी कागा उड़ता नहीं और बैरन कोयलिया चुप नहीं होती। हे जादूगर! मोर पाँख से तुझे पाती भी क्या माँडूँ? निगोड़े निरर्थक लिखने वाले लेखकों ने स्टेशनरी ही बहुत महँगी कर दी। अरे छबीले! बताना तेरे आसपास कोई हेलीपैड हो तो। मैं हेलिकॉप्टर बनकर उड़ती हुई आ सकती हूँ।

ओ रसिया! तू वहाँ राजा की चाकरी में बिजी है और मेरी यहाँ कोख सूनी पड़ी है। ननदिया का पौने दो बरस पहले ही गौना हुआ है और आज उसके दो बच्चे हैं। यह मेरे ऊपर वज्रपात है, क्योंकि इसी कारण जालिम सास ने तानों की संख्या जस्ट डबल कर दी है। रंगीले! मेरे कोई नन्हा देवरिया नहीं होने से मैं होली भी किसके संग खेलूँ? सास मुझे तो ताने देती रहती है, पर इस ओर से वह भी आँखें मूँदे है। धोखेबाज! तू वहाँ गुलछर्रे उड़ा रहा है और मुझे लोकगीतों के सहारे घर में वनवास काटना पड़ रहा है। दोनों वक्त नल आने पर भी केवल लोकगीत गाने-गुनगुनाने के वास्ते पनघट पर जाती हूँ तथा घूँघट निकाले ही कुएँ में झाँक, वाटर लेवल नीचा देख, रीते मटके लिये लोकगीत गाते-गुनगुनाते लौट आती हूँ।

मेरा खसम भी पूछता रहता है कि हे धूर्त! सच तो बता आखिर तू आएगा कब तक? गिनते-गिनते उस बेचारे की अँगुलियों की रेखाएँ घिस गई हैं। तुम्हारा ही नाम पुकारते-पुकारते मेरे हसबैंड की जीभ में छाले पड़ गए हैं। रैन-दिन तेरी ही राह ताकते रहने से उसके चश्मे के नम्बर इतने बढ़ चुके हैं

कि अंधे होने के कगार पर है। अक्ल से तो खैर वह कभी का हो चुका। मेरा पति निपट भोला है। फरेबी! मैं उसकी कभी बाट नहीं जोहती, किन्तु वह मेरे लिए तेरी बाट जोहता रहता है। सोच, उसकी कितनी दशा खराब चल रही है? तू मुझ पर न सही, मेरे पति पर ही तरस खाकर आ। यदि अगले जन्म में आए तो भी वाया जयपुर ही आना, ताकि मेरे लिए चुनरी ला सके। हे ढोला! मैं आज भी इतनी रूपवती हूँ कि आँखों में काजल आँज लेती हूँ तो बुरी नजर वालों के मुँह काले पड़ जाते हैं।"

लोकगीत कांड समाप्त हुआ। जो आखिरी कील बची थी, वह भी ठुक गई।

मुख्य अतिथि महिला विकास मंत्री जी ने शुद्ध कवयित्री सम्मेलन देखने ना आ पाने वालों का भी आभार व्यक्त किया, बल्कि सर्वाधिक उन्हीं के आभारी हुए। तिमिरपुर वासियों को आश्वस्त किया कि शुद्ध कवयित्री सम्मेलन समाप्त नहीं किया जा रहा है, स्थगित किया रहा है। महिला महाविद्यालय के भवन के शिलान्यास की रात तो होगा ही, मेरे करकमलों से नये भवन के लोकार्पण के शुभअवसर की रात्रि में भी शुद्ध कवयित्री सम्मेलन आयोजित किया जाएगा।

कवयित्रियाँ विदा हुईं। इस कारण भीड़ को भी छँटना पड़ा। संचालक छैलबिहारी 'छैल' छँटती भीड़ में ऐसों को छाँटते रहे जो विजिटिंग कार्ड देने योग्य हों।

अगले दिन डाक बँगले पर मंत्री जी के पावन सान्निध्य में प्राप्त डोनेशन का जमा-जोड़ किया गया। वही हुआ जो होना था। आय व्यय से एक चौथाई निकली। नुकसान के कारणों का पता लगाने के लिए एक जाँच कमेटी का गठन किया गया। जाँच कमेटी में भी वे ही महानुभाव नियुक्त हुए जो कवयित्री सेलेक्शन कमेटी में नियुक्त थे।

वाह-वाह! तालियाँ!! वंसमोर!!!